HEUMILCH

Jutta Mehler, Jahrgang 1949, hängte frühzeitig das Jurastudium an den Nagel und zog wieder aufs Land, nach Niederbayern, wo sie während ihrer Kindheit gelebt hatte. Seit die beiden Töchter und der Sohn erwachsen sind, schreibt Jutta Mehler Romane und Erzählungen, die vorwiegend auf authentischen Lebensgeschichten basieren, sowie Kriminalromane.

JUTTA MEHLER

HEUMILCH

Kriminalroman

emons:

Bibliografische Information der Deutschen Nationalbibliothek
Die Deutsche Nationalbibliothek verzeichnet diese Publikation
in der Deutschen Nationalbibliografie; detaillierte bibliografische
Daten sind im Internet über http://dnb.d-nb.de abrufbar.

© Emons Verlag GmbH
Alle Rechte vorbehalten
Umschlagmotiv: Bethel Fath/Lookphotos
Umschlaggestaltung: Nina Schäfer, nach einem Konzept
von Leonardo Magrelli und Nina Schäfer
Umsetzung: Tobias Doetsch
Gestaltung Innenteil: César Satz & Grafik GmbH, Köln
Druck und Bindung: CPI – Clausen & Bosse, Leck
Printed in Germany 2018
ISBN 978-3-7408-0411-4
Originalausgabe

Unser Newsletter informiert Sie
regelmäßig über Neues von emons:
Kostenlos bestellen unter
www.emons-verlag.de

Dieser Roman wurde vermittelt durch die Aulo Literaturagentur.

*Motorradfahren
ist die wildeste Spielart
einer friedlichen Seele.*

Helmut A. Gansterer

Prolog

»Kann es erblich sein?«

»Was?«

»Das Talent, über Leichen zu stolpern.«

»Ach, Fanni.« Sprudel nahm sie in die Arme und drückte sie so fest an sich, dass er ihr die Luft aus den Lungen presste. Wenigstens übertönte der Zischlaut den Schluchzer, der sich nicht verhindern ließ. Fanni barg den Kopf an seiner Brust. »Er war's nicht, Sprudel.«

Statt einer Antwort strich er ihr übers Haar. Selbst Sprudel hatte also Zweifel. Hielt er es tatsächlich für möglich, dass ihr Enkel den jungen Mann erwürgt hatte?

»Max würde niemals …« Fanni konnte nicht weitersprechen. Zum einen erstickte ihre Stimme in einem neuerlichen Schluchzer, zum andern waren Aussagen wie »Mein Enkel würde niemals jemandem etwas zuleide tun«, »Mein Sohn ist ein guter Junge«, »Mein Mann macht so was nicht« derart abgedroschen, dass sie sie nicht auszusprechen vermochte.

Sprudel schob sie ein Stück von sich weg, um ihr ins Gesicht sehen zu können. »Wir haben fast zehn Grad minus, Fanni, und stehen jetzt schon seit gut einer Stunde hier herum. Wenn wir das noch länger tun, frieren uns nicht nur die Zehen ab. Bitte lass uns irgendwohin gehen, wo wir uns aufwärmen können.«

Sie nickte und duldete, dass er den Arm um ihre Schultern legte und sie von der Absperrung, die das Zelt umgab, wegführte.

Rund um den Tatort war es ruhig geworden. Nur der platt getretene, mit einer Schmutzschicht überzogene Schnee zeugte noch von dem Aufruhr, der vor Kurzem hier geherrscht hatte.

Ein Entsetzensschrei, ausgestoßen von Max' Kumpel Bruno, hatte dafür gesorgt, dass Dutzende Menschen hier zusammenströmten.

1

Vorher

Fanni war erstaunt, wie erwachsen ihr Enkel geworden war.

Sprudel und sie erwarteten Max am Plattlinger Bahnhof, um ihn mit nach Birkenweiler zu nehmen, wo sie beide sich momentan aufhielten. Sie hatten sich wieder einmal in dem Anwesen einquartiert, das Sprudel irgendwann geerbt und eigenhändig renoviert hatte. Später hatte er es Fannis Tochter Leni überschrieben, wobei er mit ihr übereingekommen war, dass Fanni und er jederzeit darin wohnen konnten.

In diesen Wintertagen waren sie beide angereist, um rund um den Hirschenstein Langlauftouren zu unternehmen oder einfach nur durch den verschneiten Wald zu stapfen. Sie hatten sich auch fest vorgenommen, das Hüttchen aufzusuchen, das Fanni vor vielen Jahren, als Sprudel und sie ihre Beziehung noch geheim halten mussten, für sie beide eingerichtet hatte. Fannis Gedächtnis hatte sich lange geweigert, sich an diese Zeiten zu erinnern, aber langsam ließ ihre Amnesie nach. Jedenfalls kam vieles zurück, was sie verloren geglaubt hatte.

Max war von Heidelberg, wo er gerade sein Studium begonnen hatte, mit dem Zug nach Plattling gekommen, weil er sich tags darauf mit einem Kumpel im Kessel von Loh treffen wollte. Fanni hatte sich die Gelegenheit, ein paar Stunden mit ihrem Enkel zu verbringen, nicht entgehen lassen wollen. Beim Abendessen kam die Rede sehr bald auf das Ereignis, das Max hergeführt hatte.

Sogar Fanni hatte schon davon gehört, dass sich Ende Januar, zu einer Zeit also, in der der Winter normalerweise am härtesten zuschlug, in Niederbayern die »Elefanten« trafen. Diese verwegenen Biker trotzten Eis und Schnee, nahmen weite Strecken und allerlei Unbill in Kauf, um mit ihren Motorrädern in »Loh« dabei zu sein.

Der den Rest des Jahres über wenig beachtete Weiler bestand aus etwa einem Dutzend Häusern an einer ehemaligen Eisenbahnlinie, die früher eine ganze Latte kleiner Orte zwischen Donau und tschechischem Grenzkamm verbunden hatte und später zu einem Radweg umfunktioniert worden war. Die am östlichen Rand gelegenen Anwesen bewachten ein ausgedehntes Tal, an dessen tiefstem Punkt eine Stockcarbahn angelegt worden war. Im Sommer fanden dort manchmal Rennen und Trainingsläufe statt. Im Winter zeigte sie sich eingeschneit, verwaist und verödet, bis im Januar die Elefanten kamen.

Max reagierte begeistert, als Fanni und Sprudel spontan beschlossen, ihn am nächsten Tag mit dem Auto zum Kessel zu bringen und sich das Treiben dort selbst anzusehen. Mit öffentlichen Verkehrsmitteln von Birkenweiler nach Loh kommen zu wollen war ohnehin aussichtslos, denn Bus und Bahn fuhren in Niederbayern kaum häufiger als in der sibirischen Steppe. Sich Sprudels Auto zu leihen oder einen Mietwagen zu nehmen kam nicht in Frage, weil Max seine Führerscheinprüfung erst in zwei Wochen ablegen würde.

Fanni, Sprudel und Max trafen gegen Mittag in dem kleinen Örtchen Solla ein, wo Schaulustige ihre Fahrzeuge auf einem extra dafür ausgewiesenen Besucherparkplatz abstellen mussten. »Frei nur für Motorräder auf zwei oder drei Rädern« stand auf einem Schild an der Straße nach Loh.

Fanni dachte noch darüber nach, ob ihr je ein Motorrad mit drei Rädern untergekommen war, als eine Maschine mit Beiwagen an ihr vorbeiratterte und ihr schlagartig klar wurde, was gemeint war.

Sprudel, Max und sie machten sich also zu Fuß zum Kessel auf. Unterwegs sahen sie noch etliche Motorradgespanne an sich vorüberziehen. In ihren Beiwagen transportierten die Biker offensichtlich Campingausrüstung, Feuerholz und Bier.

Am Eingang zum Kessel trennte sich Max von ihr und Sprudel, um sich mit seinem Studienfreund Bruno beim Kassenhäuschen zu treffen. Fanni hatte von ihrem Enkel dies und das über Bruno erfahren wollen, aber die meisten ihrer Fragen waren mit einem Schulterzucken beantwortet worden. Max und er kannten sich noch nicht besonders gut. Sie waren sich an dem Tag, an dem Max sich an der Ruprecht-Karls-Universität in Heidelberg für den Studiengang Physik eingeschrieben hatte, in der Cafeteria zufällig begegnet und hatten sich eine Weile unterhalten. Bruno stammte aus Südtirol – Bozen, um genau zu sein – und nahm an einem Austauschprogramm teil. Irgendwann hatte er Max von dem Bikertreffen im Loher Kessel erzählt, an dem er schon im Vorjahr und dem Jahr davor teilgenommen hatte. Max war von Brunos Bericht so fasziniert gewesen, dass der ihm vorgeschlagen hatte, sich das Spektakel gemeinsam anzusehen.

Fanni und Sprudel hatten sich kaum von Max getrennt, da verloren sie ihn bereits aus den Augen. Nachdem sie ihr Eintrittsgeld bezahlt hatten, folgten sie ein Stück weit einem mit »Elefantenstraße« beschilderten, gut befestigten Weg, bogen dann aber mal auf den einen, mal auf den anderen Pfad ab und streiften auf diese Weise kreuz und quer durch das in der flachen Senke liegende Gelände.

»Krass«, sagte Sprudel nach längerem Schweigen.

Fanni musste lachen. »Krass« war Lenis Lieblingsausdruck gewesen, als sie noch ein Teenager gewesen war. »Krass« stand für gut und schlecht, für erfreulich und unerfreulich, für großartig und grauenhaft.

Bevor »krass« zum Kultwort avancierte, war es wohl im Sinne von »schroff« oder »augenfällig« verwendet worden. Inzwischen bedeutete es aber viel mehr als das. Fanni musste zugeben, dass es auch ihren Eindruck vom Loher Kessel am besten wiedergab.

Fast dreitausend Biker aus aller Herren Länder, die bei Schnee und Eis und Minusgraden über Hunderte von Kilometern mit ihrem Motorrad angereist waren – krass. Die es auf sich nahmen, hier zu campen und dabei mit dem Allernötigsten auszukommen: einem winzigen Zelt, einer Isomatte, Schlafsack und einer Garnitur Kleidung – krass. Klapprige Mopeds; aber auch Spitzenmaschinen, die geradezu futuristisch wirkten; Motorradgespanne aus den fünfziger Jahren des vorigen Jahrhunderts – megakrass.

Als sich die Kälte unaufhaltsam durch ihre Kleidung fraß und in ihre Knochen kroch, entschlossen sich Fanni und Sprudel, nach Solla zurückzukehren und nach einem Gasthof Ausschau zu halten, wo sie gemütlich Kaffee trinken und sich aufwärmen konnten. Zeit dazu hatten sie mehr als genug, denn die Rückfahrt nach Birkenweiler war erst für neun Uhr abends geplant.

Es kostete sie etwa fünfzehn Minuten, um wieder zum Besucherparkplatz zu gelangen, und von da noch einmal zehn bis zu einer Kreuzung, die offenbar das Zentrum des Dörfchens bildete. Einen Gasthof suchten sie jedoch vergeblich. Es gab nicht einmal ein Lebensmittelgeschäft. Auch keine Dorfkirche, kein Postamt, kein Rathaus, keine Bankfiliale. Fanni fragte sich, ob es Bewohner gab, denn sehen ließ sich niemand. Das Dorf wirkte wie ausgestorben.

Irritiert kehrten sie zum Parkplatz zurück, falteten die Straßenkarte auseinander, suchten nach einem größeren Ort in der Nähe und entschieden schließlich, ihr Glück in dem etwa sechs Kilometer entfernten Markt Schönberg zu versuchen.

Auch Schönberg erwies sich als recht verschlafen, der Gasthof im fast leer gefegten Ortskern hatte geschlossen, das Café drei Häuser weiter sah nicht so aus, als würde es jemals wieder öffnen, nur in der Pizzeria am unteren Ende des leicht abfallenden, mit Kopfsteinen gepflasterten Marktplatzes brannte Licht, und die Tür schwang auf, als Sprudel dagegendrückte.

Es ging schon auf fünf Uhr zu, als sie wieder in den Loher Kessel zurückkehrten, wo mittlerweile an vielen Stellen Lagerfeuer angezündet worden waren. An dreibeinigen Gestellen hingen Töpfe, in denen Wasser oder Suppe kochte.

Fanni zog ihre Mütze über die Ohren und wickelte sich ihren Schal fester um den Hals. Es wurde zusehends kälter. In der vergangenen Woche hatte es getaut, aber pünktlich zum Elefantentreffen war die Temperatur gefallen. In der Nacht davor hatte es sogar geschneit. »Ein Wetter, wie die Elefanten es sich wünschen«, hatte das Tagblatt getitelt.

Fanni konnte sich gut vorstellen, wie es bei Tauwetter im Kessel aussah, denn die Spuren, die sich durch den knöcheltiefen Schlamm gezogen hatten, waren inzwischen zu Gräben und kantigen Furchen erstarrt. Außerdem gehören Eis und Schnee zum Elefantentreffen wie Milchschaum auf Cappuccino, ging es ihr gerade durch den Kopf, als sie den Schrei hörte.

Irgendwie hob er sich vom übrigen Lärm ab, klang bestürzt und verstört. Sie horchte auf, aber da war er bereits verklungen. In der flachen Senke, die den Kessel von Loh bildete, überlagerten sich wieder scherzhafte Zurufe, Gelächter, Gejohle und Motorlärm.

»Das ist sie«, sagte Sprudel und deutete auf ein altertümliches, mattgrün lackiertes Motorrad mit Beiwagen. »Die Zündapp KS 601. Sie hat unter dem Namen ›der grüne Elefant‹ Geschichte geschrieben.«

Und dem Bikertreffen seinen Namen gegeben, dachte Fanni.

Sie wollte Sprudel gerade fragen, wie es dazu gekommen war, als plötzlich aus allen Richtungen Leute heranströmten. Die an der Spitze rannten bereits an ihr vorbei. Fanni wandte sich um und sah ihnen nach, um festzustellen, wohin sie wollten. Zielpunkt war offenbar ein blaues, tipiartiges Zelt, das ein knappes Duzend Schritte entfernt in einer flachen Mulde stand.

Was Fanni dort sah, ließ sie vor Schreck nach Luft schnappen und im nächsten Moment darauf zustürzen.

Während sie die kurze Strecke im Sprint zurücklegte, dabei zwei etwas kurzatmige Biker überholte und einen dritten grob anrempelte, was der mit einem »He, wo hakt's denn?« beantwortete, haftete ihr Blick auf den beiden Gestalten, die, gerade als sie sich umgedreht hatte, aus dem Zelt herausgekommen waren. Es handelte sich um zwei junge Männer, der eine mittelgroß und untersetzt, der andere lang und dürr. Der Lange wirkte irgendwie orientierungslos, was wohl der Grund dafür war, dass ihn sein Gefährte am Arm gepackt hielt.

»Max!« Fanni hatte die beiden erreicht und hob beide Hände, als wolle sie ihren Enkel an sich reißen, hielt aber mitten in der Bewegung inne. »Max, was ist denn los? Hast du etwa vorhin geschrien? Ist was passiert?«

Der untersetzte junge Mann – das musste Bruno sein – hatte Max mittlerweile losgelassen und sich einem langen Kerl in rot-schwarzer Thermokombi zugewandt, mit dem er jetzt diskutierte.

Fanni konzentrierte sich wieder auf ihren Enkel und griff nach dem Arm, den Bruno freigegeben hatte. »Max, was ist denn? Jetzt sag halt endlich was.«

Aber Max blieb stumm. Fanni musterte ihn mit prüfenden Blicken und stellte erschrocken fest, dass er irgendwie abwesend wirkte, so als wüsste er nicht recht, wo er sich befand und was um ihn herum vorging.

Hatte er Drogen genommen?

Fanni hatte ihren Enkel immer für vernünftig genug gehalten, die Hände vom Rauschgift zu lassen. Aber was, wenn ihm etwas von dem Zeug aufgedrängt oder gar heimlich untergeschoben worden war?

Sie begann, ihn zu schütteln. »Hörst du mich, Max? Verstehst du, was ich sage? Hast du Drogen genommen?«

Als Antwort auf die letzte Frage deutete Max ein Kopfschütteln an.

»Dann sag mir jetzt, was passiert ist!«

Max zeigte wortlos auf den Zelteingang, den eine lose herabhängende Plane verdeckte, die im Wind sachte hin- und herschwang.

Was ihn mit Stummheit geschlagen und den Schrei – von wem immer er auch kam – ausgelöst hatte, musste sich im Zelt befinden.

Entschieden trat Fanni darauf zu und wollte gerade die

Plane zurückklappen, als sich eine Stahlklammer um ihr Handgelenk legte.

Mehr zornig als erschrocken drehte sie sich um und sah sich dem langen Kerl in rot-schwarzer Thermokombi gegenüber, dessen Rechte ihr Handgelenk derart unerbittlich festhielt, als wäre es unversehens in Eisen gelegt. Mit der Linken verstaute er soeben sein Mobiltelefon in einer Brusttasche seiner Jacke.

Fanni sah er mit stahlhartem Blick an. »Sie dürfen nicht in das Zelt hinein, und Sie dürfen sich auch nicht so nah dran aufhalten. Die Polizei ist schon informiert und wird gleich eintreffen. Also bitte treten Sie zurück.«

»Aber –«

Er unterbrach sie mit einem strafenden Blick und zog sie mit sich fort. »Die Polizei hat Anweisung gegeben, den Umkreis des Zeltes und die beiden – ähm – Zeugen abzuschirmen.«

»Komm, Fanni. Wir können im Moment nichts anderes tun, als auf die Polizei zu warten.« Sprudels vertrauter Arm legte sich um ihre Schultern, seine vertraute Stimme klang in ihrem Ohr.

Hilflos ließ sie sich wegführen.

Einige Meter vor dem Zelt hatte sich eine Menschentraube gebildet, die sich noch immer vergrößerte wie ein Klumpen Eisenspäne an einem Magnetende, und um das Zelt herum begann sich ein geschlossener Ring aus Bikern zu formen, der geradezu hermetisch wirkte. Die Männer standen unerschütterlich wie ein Zaun aus Stahlpfosten und trennten Fanni von ihrem Enkel, der die Sprache verloren hatte.

In der Menge verbreitete es sich wie ein Lauffeuer: »Im Zelt liegt ein Toter mit einer Stahlschlinge um den Hals.«

Fanni starrte Sprudel entgeistert an.

Redeten die Leute von Mord? Und was hatte Max damit zu tun? Der Biker, der sie fortgezogen hatte, hatte von Max und Bruno als Zeugen gesprochen. Aber er hatte gezögert, bevor er das Wort aussprach, und es hatte wie eine Beschönigung geklungen. Was hatte er lieber nicht sagen wollen? Dass die beiden weniger Zeugen als Verdächtige waren?

Sie musste mit Max reden. Jetzt.

Fanni wollte sich in Bewegung setzen, den Ring der Biker durchbrechen und wieder zu Max vordringen, aber Sprudel hielt sie entschlossen an sich gepresst.

»Lass mich los, ich muss zu meinem Enkel!«

Sprudel zeigte sich unnachgiebig, zwang sie, ihn anzusehen, und wiederholte eindringlich: »Wir müssen auf die Polizei warten, Fanni.«

»Aber Max ...«

Fanni konnte nicht weitersprechen, weil ihr gerade jemand den Ellbogen in die Seite rammte, was ihr für einen Moment die Luft nahm. Erst jetzt merkte sie, dass Sprudel und sie mitten in die Menschenmenge geraten waren; der Schutzwall, den die Biker gebildet hatten, war schon nicht mehr zu erkennen. Fanni kam es so vor, als würden Sprudel und sie immer weiter vom Zelt weggespült und an den äußersten Rand der Menge gedrängt.

Sie begann sich dagegen zu wehren, aber auch das ließ Sprudel nicht zu. »Wir halten uns besser etwas abseits.«

»Aber Max ...«, wiederholte Fanni aufgelöst.

»Max und Bruno müssen bleiben, wo sie sind. Es wird sich alles klären, Fanni.« Sprudel blieb an einer Stelle stehen, an der kein Gedränge mehr herrschte, und drückte Fanni fest an sich. »Sobald die Polizei eintrifft, melden wir uns bei einem Beamten und erklären ihm, wer wir sind.«

Fanni presste die Lippen aufeinander. Sie war dazu verurteilt, tatenlos zuzusehen, wie ihr Enkel, eingekreist von einer Horde Biker, neben diesem Zelt ausharren musste, in dem sich offenbar ein Mordopfer befand.

Etliche Minuten verstrichen. Die Menschenmenge pulsierte wie ein Organismus. Hin und wieder trennte sich ein Teil ab und löste sich auf. Dann wieder kam eine Gestalt hinzu, verschmolz mit der Masse.

Satzfetzen, Informationsbrocken flogen von Mund zu Mund.

Sprudel und sie standen aneinandergelehnt etwas außerhalb der Ansammlung. Schräg vor ihnen hatten zwei junge Burschen in Blaumann und Sicherheitsschuhen Stellung bezogen. Fanni nahm an, dass sie auf dem Heimweg von der Arbeit einen Abstecher zum Loher Kessel gemacht hatten.

»Ich weiß, wem das Zelt gehört. Hab den Typen gestern Abend aufbauen sehen«, sagte der eine.

Der andere – er wirkte sehr jung und etwas einfältig – antwortete: »Und wer ist der Typ?«

»Weiß ich doch nicht. Hab ihn nur gesehen. Oben an der Straße parkt seine Amsel.«

»Was macht er mit einer Amsel?«

»Das ist eine Honda CBR 1100 XX Super Blackbird, Blödmann. Ich hab dir doch vorhin erklärt, dass die Maschinen fast alle Spitznamen haben. Die alte Zündapp ist der Elefant, die BMW 100 GS ist der Elch, die …«

Fanni hörte nicht mehr hin. Nach einer Weile verstummte der Bursche. Als er erneut zu sprechen anfing, horchte sie wieder auf.

»Einer von den zwei Typen da vor dem Zelt soll ihn erdrosselt haben«, sagte der Bursche.

»Den mit der Amsel?«

»Wen sonst.«

Fanni rang nach Luft. Es kam ihr so vor, als würde sich der Ring der Biker um Max und Bruno immer enger zusammenziehen. Die beiden waren jetzt überhaupt nicht mehr zu sehen. Sie konnte nicht an sich halten. »Ich muss wissen, was da vorgeht.«

Kaum hatte sie es ausgesprochen, spürte sie, wie Sprudel sich versteifte und sie wieder näher an sich zog. Er würde dafür sorgen, dass sie sich nicht von der Stelle rührte.

Doch unvermittelt ließ seine Anspannung nach. »Da sind sie ja.«

Jetzt vernahm auch Fanni die Geräusche, die mit der Ankunft der Polizei einhergingen: das Zuschlagen von Autotüren, Zurufe, schwere Schritte auf harschem Schnee.

»Zurücktreten bitte.«

Fanni wollte sich auf einen der Polizisten stürzen, aber erneut hielt Sprudel sie fest. »Wir warten auf die Kripo.«

Die traf etwas später ein, und bald darauf kamen die Leute von der Spurensicherung.

Als die Streifenbeamten begannen, die Personalien der Umstehenden aufzunehmen, schmolz die Menschentraube jäh zusammen, sodass es schließlich ganz einfach war, in die Nähe des Schauplatzes zu gelangen, der inzwischen von Polizisten bewacht wurde.

Sprudel wandte sich an einen der beiden Kriminalkommissare. Der hörte ihm zu, gab sich freundlich, sagte dann aber in entschiedenem Ton: »Die zwei Burschen sind aus einem Zelt gekommen, in dem ein Mordopfer liegt. Da brauche ich Ihnen wohl nicht zu erklären, dass die Aussagen unverzüglich zu Protokoll genommen werden müssen.«

Was durchaus vernünftig klang, wäre nicht auch bei ihm der unausgesprochene Verdacht herauszuhören gewesen, dass einer von den beiden die Tat begangen hatte. Vielleicht auch beide zusammen.

Als Fanni beobachtete, wie ein Streifenpolizist Max Handschellen anlegte und ihn abführte, machte sie eine heftige Bewegung, aber Sprudels fester Griff vereitelte ihr Vorhaben, den beiden nachzulaufen.

»Wohin bringen sie ihn?«, fragte Sprudel den Kommissar, der sich mit dem Namen Bauer vorgestellt hatte.

Bauer sagte es ihm und fügte hinzu: »Es steht Ihnen frei, nach Passau ins Kommissariat zu kommen und dort abzuwarten, was sich aus den Verhören ergibt. Die Sache wird allerdings eine Weile dauern. Also lassen Sie sich besser Zeit. Gehen Sie noch einen Kaffee trinken, damit Sie nicht stundenlang auf der Dienststelle herumsitzen müssen.«

Damit ließ er sie stehen und kehrte zum Zelt zurück, wo die Leute von der Spurensicherung und ein sichtlich angespannter Arzt, der als Letzter eingetroffen war, ihre Arbeit taten.

Mittlerweile hatten sich die Schaulustigen größtenteils verlaufen.

Als irgendwann der Leichenwagen eintraf, kamen einige zurück, zogen aber enttäuscht wieder ab, weil es nur einen verschlossenen Zinksarg zu sehen gab und zwei Träger mit grimmigen Mienen, die ihn zur Straße brachten und in den Wagen schoben, der gleich darauf losfuhr.

Schließlich standen nur noch Fanni und Sprudel vor dem Band, mit dem die Polizei den Tatort gesichert hatte. Außerhalb des abgesperrten Bereichs herrschte Dunkelheit. Eine einzige Lampe wies den Weg zum Eingang des Zeltes, dessen Innenraum hell erleuchtet war. Die Menschen dort wirkten von draußen betrachtet wie Puppen in einem Schattenspiel.

»Fanni?«

Sie machte eine abwehrende Geste. Solange hier noch nach Spuren gesucht wurde und die – zugegeben unwahrscheinliche – Möglichkeit bestand, etwas über das Opfer, die Tat oder gar den Täter zu erfahren, würde sie das Feld auf keinen Fall räumen.

Aber auch als die Kriminaltechniker den Schauplatz endlich verließen, konnte sie sich nicht aufraffen zu gehen.

»Wir sollten Vera informieren«, sagte Sprudel.

Fanni schüttelte den Kopf. »Nicht bevor wir wissen, was der Kommissar aus der Sache macht. Vielleicht klärt sich ja ganz schnell, dass Max mit dem Mord nichts zu tun hat. Dann können wir ihn mit nach Hause nehmen und den Schrecken vergessen.«

Sie spürte, wie Sprudel mit sich kämpfte, und drückte seinen Arm, was so viel heißen sollte wie »Bitte sag's nicht«. Sie wollte jetzt keine Einwände hören, keine Gegenargumente, keine Vernunftsgründe. Nicht jetzt. Und auch nicht später. So lange nicht, bis Max von jeglichem Verdacht reingewaschen war. Bis er ihr persönlich erklärt hatte, was sich im Zelt abgespielt hatte, und bis er wieder frisch und freimütig auftrat.

Kopf frei, Hand am Gasgriff und immer eine Handbreit Luft unterm Vorderreifen!

Fanni schnappte so entsetzt nach Luft, dass Sprudel abrupt stehen blieb.

»Was ist?«

Nicht zu fassen ist das, dachte Fanni.

Die Gedankenstimme, die sie seit Jahren (oder waren es schon Jahrzehnte?) plagte, die alles besser wusste und schlichtweg unerträglich war, hatte sich ja schon eine Menge Humbug geleistet: alberne Ratschläge, Unverschämtheiten noch und noch, vorlautes Dazwischenreden im unpassendsten Augenblick, nervige Redensarten – Never-Sprüche, chinesische Pseudo-Weisheiten, skurrile Grabsprüche – und jetzt das: Bikerparolen.

Fanni atmete tief durch. Ausblenden, so gut es ging, möglichst ausblenden. Abschalten ließ sich die Gedankenstimme nicht. Auslöschen ebenso wenig. Denn die Stimme führte ein Eigenleben, war unsterblich und unverwundbar.

»Er war's nicht, Sprudel.«

Statt einer Antwort strich er ihr beruhigend übers Haar. Aber Fanni konnte spüren, dass auch er sich Sorgen machte.

War es tatsächlich möglich, dass man ihren Enkel des Mordes anklagte?

Selbst Sprudel hatte also Zweifel. Hielt er es tatsächlich für möglich, dass ihr Enkel den jungen Mann erwürgt hatte?

»Max würde niemals …« Fanni konnte nicht weitersprechen. Zum einen erstickte ihre Stimme in einem neuerlichen Schluchzer, zum andern waren Aussagen wie »Mein Enkel würde niemals jemandem etwas zuleide tun«, »Mein Sohn ist ein guter Junge«, »Mein Mann macht so was nicht« derart abgedroschen, dass sie sie nicht auszusprechen vermochte.

Sprudel schob sie ein Stück von sich weg, um ihr ins Gesicht sehen zu können. »Wir haben fast zehn Grad minus, Fanni, und stehen jetzt schon seit gut einer Stunde hier herum. Wenn wir das noch länger tun, frieren uns nicht nur die Zehen ab. Bitte lass uns irgendwohin gehen, wo wir uns aufwärmen können.«

Sie nickte und duldete, dass er den Arm um ihre Schultern legte und sie von der Absperrung, die das Zelt umgab, wegführte.

Rund um den Tatort war es ruhig geworden. Nur der platt getretene, mit einer Schmutzschicht überzogene Schnee zeugte noch von dem Aufruhr, der vor Kurzem hier geherrscht hatte.

2

»Setzt euch her. Bei uns könnt ihr euch aufwärmen. Das Mädel ist ja halb erfroren. Die Kleine braucht was Hochprozentiges, sonst schafft sie die Strecke bis hinter zum Parkboden nicht mehr.«

Es dauerte einen Augenblick, bis Fanni begriff, dass tatsächlich jemand – er sprach mit auffällig brüchiger Stimme – das Wort an sie gerichtet hatte.

Und er hat dich Mädel genannt!

Das, fand Fanni, war in Anbetracht ihres Alters wahrhaftig bemerkenswert.

»Kommt doch her zu uns.« Mit »uns« war offensichtlich ein halbes Dutzend Biker gemeint, die auf Ballen aus gepresstem Stroh um ein offenes Feuer saßen. Einer von ihnen klopfte neben sich auf einen Strohsitz.

Als Fanni ihn näher in Augenschein nahm, verstand sie, weshalb er für eine fast Siebzigjährige den Ausdruck »Mädel« gebraucht hatte. Er selbst schien weit über hundert zu sein.

Na, wen haben wir denn da? Gandalf aus »Herr der Ringe«?

Fannis Blick glitt über die weißen, leicht gekräuselten Haare, die zottelig unter der Pelzkappe herabfielen; über den Bart, der auf der Brust in fransigen Zipfeln auslief und die Farbe schmutzigen Schnees hatte; über die tausend Falten um die Augen des Mannes. Sie musste zugeben, dass die Ähnlichkeit mit dem Zauberer aus der bekannten Filmtrilogie frappierend war.

»Ja, setzt euch doch endlich«, sagte nun auch ein etwa vierzigjähriger, glatt rasierter Typ, der barhäuptig und mit offener Jacke dasaß. »Ihr seht wirklich aus, als könntet ihr eine Verschnaufpause am Feuer vertragen.« Er streckte die Hand aus. »Ich bin der Bert aus Hannover. Und der da«, er deutete auf Gandalf, »ist der Karl aus Krumbach, unser Ältester. Er war schon '56 auf der Solitude in Stuttgart dabei.«

»Setz dich hin zu ihm, Mädel«, übernahm ein junger Kerl das Wort, der eine Mütze mit weit hinunterhängenden Ohrenklappen trug, die offenbar Elefantenohren darstellen sollten. »Hitze gibt der Karl zwar keine mehr ab, aber dafür haben wir das größte Feuer im Kessel. Deswegen hat sich auch der Luigi zu uns hergemacht. Der ist nämlich aus Italien, und die Kälte setzt ihm närrisch zu. Ja, und ich bin der Xarre aus Neureichenau. Hast du auch einen Namen?«

Fanni spürte etwas wie einen Sog, der sie zu dem alten Mann auf dem Strohsitz hinzog. Der Bursche mit der Elefantenohrenmütze, Xarre hieß er anscheinend, hatte recht. Das Feuer war tatsächlich das größte und schönste im ganzen Umkreis. Meterlange Holzscheite standen senkrecht in einem Metallring, der an einem kleinen Tisch – ebenfalls aus Metall – befestigt war. Die Scheite glühten rot und gaben fühlbar Wärme ab. Auf der Tischplatte saß ein Teekessel, in dem es leise brodelte. Die Atmosphäre wirkte einladend.

Fanni warf Sprudel einen um Einverständnis bittenden Blick zu, den er mit einem fragenden Stirnrunzeln beantwortete.

Die Gedankenstimme hatte entschieden mehr beizutragen: *Du willst dir doch nicht wirklich das Fell wärmen lassen und Motorradfahrergarn spinnen, während dein Enkel von den Bullen in die Mangel genommen wird!*

Doch, dachte Fanni, genau das werde ich tun. Max nützt es nämlich nichts, wenn Sprudel und ich im Flur vor dem Verhörraum auf und ab tigern, bis die Polizei mit ihm fertig ist. Aber hier unter den Bikern zu sitzen, die richtigen Fragen zu stellen, sich die Antworten genau anzuhören, auf Stimmungen und Untertöne zu achten, das könnte hilfreich sein.

»Ich bin die Fanni, und das ist der Sprudel.« Sie ließ sich neben Karl aufs Stroh fallen.

»Bastian aus Innsbruck«, kam eine angenehme Stimme von der anderen Seite der Feuerstelle.

Fanni konnte von Bastian nur die Konturen erkennen, denn die langen, hochkant stehenden Scheite verdeckten ihr die Sicht auf ihn.

»Neben Bastian hockt der Johann aus dem Villnösstal«, ließ sich Elefantenohr-Xarre wieder vernehmen.

Fanni sah eine Schirmmütze, eine breite Nase und ein bärtiges Kinn. Eine Hand hob sich und senkte sich wieder. Sie nahm es als Begrüßungsgeste.

»Mountain Riders«, fügte Xarre mit hörbarem Respekt hinzu.

Fanni war offenbar anzusehen, dass sie nicht wusste, was der Ausdruck bedeuten wollte. Waren mit »Mountain Riders« Motorradfahrer gemeint, die mit ihren Maschinen in den Bergen herumschwirrten?

Damit lag sie anscheinend richtig.

»Kein Alpenpass ist denen zu vertrackt«, erklärte Xarre. »Und Johann ist ihr Road Captain.«

Fanni versuchte, Johanns Gesichtszüge genauer auszumachen, und hätte beinahe überhört, was Xarre als Nächstes sagte:

»Neben Johann siehst du unsere Bambi sitzen.«

Fannis Blick ließ von Johann ab und glitt seitwärts.

Bambi befand sich schräg vis-à-vis von ihr und war im Schein des Feuers gut zu sehen.

Rote Glut spiegelte sich in rehbraunen Augen.

Rehbraune Augen! Das scheint aber auch das Einzige zu sein, was »Unsere Bambi« mit einem Rehkitz gemeinsam hat!

Die junge Frau hob lässig das Kinn und sagte mit einer Stimme, die wie Eisenfeile auf Stahlträger klang: »Bratislava. Slovenská republika. Vitajte.«

»Geh, Bambi, red Deutsch mit uns. Wir wollen ja verstehen, was …«

Fanni überhörte den Rest, weil ihre gesamte Aufmerksamkeit von der Erscheinung der Bikerin aus der Slowakei gefesselt war.

Die junge Frau hatte mehr Piercings als Karl Zälne, mintgrüne Haare mit orangeroten Strähnen und offenbar Heizstäbe im Körper, denn sie hatte die Ärmel ihres Wollpullovers bis über die Ellbogen zurückgeschoben. Fasziniert betrachtete Fanni die lückenlos tätowierten Unterarme.

»Du hast ja ein neues Patch auf deiner Kutte. Wo hast du denn das her?« Xarre tippte mit der Fingerspitze auf die Schulterpartie der ärmellosen Weste, die Bambi über dem Pullover trug. Auf das schwarze Leder waren dicht an dicht Abzeichen genäht.

Bert aus Hannover kam Bambis Antwort zuvor. »Die Patches gibt es doch heuer im Elefantenshop. Noch gar nicht gesehen?«

»Er schaut sich ja im Shop bloß den neuen Pin-up-Kalender an«, stichelte jemand in Reinhold-Messner-Tonfall.

Johann aus Villnöss, mutmaßte Fanni. Sie hatte zu spät in seine Richtung geschaut, sodass sie nicht ganz sicher sein konnte.

Eilig kehrte ihr Blick zu Bambi zurück, heftete sich auf die vielen bunten Aufnäher an ihrer ärmellosen Jacke, die im Bikerjargon offenbar »Kutte« hieß. Doch bevor sie die Schriftzüge und Gebilde auf den Patches näher ins Auge fassen konnte, bezog sie von Karl einen Rempler in die Rippen.

»Nehmt ein Schlückchen, das wärmt von innen.« Er hielt ihr einen Flachmann hin.

Na dann prost! Ride hard or stay home!

Fanni setzte die Flasche vorsichtig an den Mund.

»Aber geh. Nicht so zaghaft«, wurde sie von Xarre ermuntert.

Während eine homöopathische Dosis Alkohol durch ihre Kehle rann, erfasste ihr Blick die Runde am Feuer, und jetzt fiel ihr auf, dass auch die meisten anderen über der Kleidung eine ärmellose Lederweste trugen, allerdings mit viel weniger Patches darauf als Bambis.

Xarre hatte einen Snoopy auf der linken Brustseite und auf der rechten einen Schriftzug, den Fanni nicht entziffern konnte. Die Patches auf Johanns und Berts Kutten nahm sie nur als bunte Kringel wahr. Karl hatte statt einer Kutte einen Fellumhang um die Schultern, und Luigi trug eine dicke rote Daunenjacke.

»Ihr seid so lang vor dem Zelt von dem Toten gestanden, kennt ihr ihn?«, fragte Karl.

Fanni nahm einen zweiten etwas ausgiebigeren Schluck und gab den Flachmann dann an Sprudel weiter. »Einer der beiden, die offenbar bei dem Toten im Zelt waren, ist mein Enkel.«

»Holy shit«, kam es von Bambi.

»Shit happens«, hatte Luigi, der Italiener, beizutragen.

»Haben ihn die Bullen kassiert?«, fragte die Reinhold-Messner-Stimme von vorhin, die das H von ganz hinten aus dem Rachen hervorholte.

Jetzt reagierte Fanni schneller und konnte verbuchen, dass sie – wie konnte es anders sein – dem Südtiroler gehörte. Sie musste den scharfen Schnaps weghusten, bevor sie bejahen konnte.

»Ist es nicht vollkommen logisch, dass die beiden Burschen zur Vernehmung ins Kommissariat gebracht wurden?«, meldete sich eine ruhige, angenehme Stimme, die Fanni dem noch immer hinter den Holzscheiten verborgenen Bastian aus Innsbruck zuordnete. »Sie sind ja die wichtigsten Zeugen. Und die einzigen womöglich.«

Daraufhin herrschte eine Weile Schweigen.

Fanni konnte sich denken, was den Bikern durch den Kopf ging: *Sind die beiden Burschen tatsächlich bloß Zeugen, oder sind sie die Mörder?*

Sprudel räusperte sich.

Aber Fanni kam ihm zuvor. »Haben Sie den Toten gut gekannt?«, fragte sie an Karl gewandt.

»Im Elefantenlager sagen wir uns alle Du, Mädel, das ist so der Brauch.«

Fanni nickte. Es war ihr herzlich egal, ob im Loher Kessel geduzt oder gesiezt wurde. Sie wollte Auskünfte, in welcher Form auch immer.

»Wer von euch hat ihn denn am besten gekannt?« Sie schaute gespannt in die Runde, sah aber nur ausdruckslose Gesichter.

»Mir ist der aus dem blauen Tipi überhaupt nie untergekommen«, sagte Xarre nach einiger Zeit.

»Non del tutto«, pflichtete ihm Luigi bei.

»Soviel ich gehört habe, war es für Arno und seine Amsel

das erste Elefantentreffen.« Fanni ordnete die Stimme dem Glattrasierten aus Hannover zu. Bert, ja, so hatte er sich vorgestellt. Was er gesagt hatte, irritierte sie, bis ihr das Gespräch einfiel, das die beiden jungen Männer im Blaumann geführt hatten. Der eine hatte die Maschine des Toten als »Amsel« bezeichnet und dem andern erklärt, dass es für Motorräder bestimmte Spitznamen gab.

Bastian, den sie nach wie vor nur als Silhouette wahrnahm, bestätigte das und fügte hinzu: »Karl reist mit seinem Wasserbüffel, Xarre mit seiner Gummisau, Bert mit seinem Superelch, Bambi mit ihrem Schnabeltier –«

»Auffrisiert«, warf Xarre ein. »Die BMW von Bambi ist so tierisch auffrisiert, die bringt's spielend auf dreihundert. Mit Tempo zweihundertdreißig brettert unsere Bambi über die A 3, da geb ich euch Brief und Siegel.«

»Wer später bremst, bleibt länger schnell«, meinte Bambi darauf trocken.

Coole Braut! Markiger Spruch! Erinnernswert! Da war doch noch so einer … Ach ja: Wir rasen nicht, wir fliegen tief!

Im darauffolgenden Schweigen wurde Fanni unvermittelt bewusst, dass Bert den Toten »Arno« genannt hatte.

Sie schaute an Karl vorbei zu ihm hinüber. »Du hast ihn also gekannt?« Es gab keinen Zweifel, wen sie meinte.

Bert schüttelte den Kopf. »Nein, nur seine Maschine. Eine Super Blackbird von Honda. Sie war oben an der Straße geparkt.«

»Mit so einem Ofen fährst nicht durch den Kessel, wenn dir deine Maschine und deine Knochen was wert sind«, warf Xarre ein.

»Die Amsel hat etliche Bewunderer angezogen«, fuhr Bert fort. »Irgendwann ist wohl auch der Name des Besitzers gefallen. Keine Ahnung, wer ihn genannt hat. Der war aber auch nicht weiter wichtig. Man hat sich hauptsächlich für die Alpenpässe interessiert, die dieser Arno mit seiner Blackbird offenbar gefahren ist. Timmelsjoch, Grimselpass …«

»Die Super Blackbird galt Mitte der Neunziger als das

schnellste Motorrad der Welt. Ein echtes Geschoss«, sagte Johann schwärmerisch.

»Für so einen Ofen könnte man glatt …« Xarre unterbrach sich, sprang auf, griff sich ein Holzscheit und rammte es in den Metallring, dass die Funken stoben.

Karls Kopf ruckte hoch. »Pass auf, was du sagst. Und gib acht wegen dem Funkenflug. Das Stroh ist schnell in Brand …«

Fanni hörte ihm nicht mehr zu. Der Tote, Arno – nach seinem Nachnamen zu fragen, schien ihr sinnlos –, war offenbar in diesem Jahr zum ersten Mal im Loher Kessel aufgetaucht und folglich ein Fremder. Aber er hatte Bekanntschaften geschlossen. Mit Max und Bruno zweifellos, denn sie waren ja bei ihm in Zelt gewesen. Mit wem hatte er noch Kontakt gehabt? Es würde nicht einfach werden, das herauszufinden.

Aber was bringt es schon, zu wissen, mit wem der Neuankömmling dort und da ein paar Worte gewechselt hat?, überlegte sie dann. Wie könnte aus einer kurzen Berührung ein Mordmotiv entstanden sein?

Das war so wenig denkbar, dass sie zu dem Schluss gelangte, zumindest eine Person im Kessel müsse Arno gut genug gekannt und tief genug gehasst haben, um ihm nach dem Leben zu trachten.

Einer unter dreitausend Bikern im Kessel von Loh war Arnos Mörder. Allerdings kam auch jemand von den Tagesgästen in Frage, die aus der ganzen Gegend anreisten, um sich anzusehen, wie es im Hexenkessel brodelte.

Unwillkürlich glitt Fannis Blick über die riesige Zeltstadt, die innerhalb weniger Tage in der weitläufigen Senke gewachsen war.

Das Lagerfeuer, um das sie mit den Bikern saß, befand sich südöstlich des Kesseleingangs, etwas abseits der breiten Elefantenstraße, die zum tiefsten Punkt hinunterführte. Selbst dort unten standen noch ein paar Zelte. Die meisten aber drängten sich an den flachen Hängen.

Es sind so viele, dachte sie deprimiert. Und in jedem könnte sich der Täter verstecken. Schlimmstenfalls könnte er auch schon fort sein. Was, wenn er gleich nach der Tat auf seine Maschine gestiegen und davongebraust ist? Dann haben wir nichts als ein Phantom.

Nur Max und Bruno sind real, greifbar und höchst verdächtig!

Fanni versuchte, einen schweren Seufzer zu unterdrücken, was ihr nicht wirklich gelang.

»Und keiner von euch hat mit diesem Arno gesprochen?«, hörte sie Sprudel fragen.

»Du fragst ja nicht jeden, der dir übern Weg rennt und ein Wort zu dir sagt, gleich nach seinem Namen«, hatte Xarre dazu anzumerken.

»Wir wissen aber, wo der Arno herkommt.« Karl zwinkerte Fanni zu. »Die Amsel hat nämlich ein I auf dem Nummernschild.«

War Arno Südtiroler wie Johann? Oder kam er von weiter im Süden Italiens, wie Luigi vermutlich? War er Umbrier oder Sizilianer oder Sardinier?

Spielte es irgendeine Rolle? Wohl kaum.

»Schade«, sagte Sprudel, »dass keiner von euch näher an ihn herangekommen ist.«

Bambi beugte sich ein wenig vor, der Glitzerstein in ihrem rechten Nasenflügel leuchtete im Schein des Feuers auf. »Ich schon.«

Alle Gesichter drehten sich ihr zu. Spannung lag in der Luft.

Sie hob abwehrend die Hand. »Hey. Nicht, was ihr denkt!«

»Dann solltest du uns aufklären«, sagte Bastian.

Bambi fummelte an dem Ring in ihrem Ohr. »Gestern, am späten Nachmittag, steh ich im Imbiss und halte einen Jacky-Cola in der Hand.« Mit einem leicht gereizten Blick auf Fanni fügte sie hinzu: »Das ist Jack-Daniel's-Whiskey mit Cola.«

Fanni dankte ihr mit der Andeutung eines Lächelns für die Auskunft, und Bambi fuhr fort. »Ein Typ kommt an den Tresen. Bestellt sich einen Drink. Sagt, er ist gerade eingetroffen. Ich frage, woher, und er murmelt etwas wie ›Dolomiti‹, lässt sich aber nicht weiter aus. Fragt dann, wo gute Zeltplätze sind. Ich antworte: Kommt drauf an. Das kapiert er aber nicht. Also erkläre ich es ihm.« Sie warf Fanni einen forschenden Blick zu und verdrehte die Augen, weil offensichtlich war, dass die ebenso wenig kapierte, wie Arno es getan hatte.

Fanni wollte gerade abwinken und damit andeuten, dass sie auf eine Erklärung verzichtete, da sagte Xarre: »Bei der Wahl vom Zeltplatz kommt es halt ganz drauf an, was dir wichtig ist. Magst mitten im Kessel lagern oder mehr am Rand. Magst in der Nähe von einem Klohäusl sein oder in der Nähe vom Imbiss. Oder willst du nicht weit von der Straße weg campen, weil du deine Maschine dort stehen hast. Wie schon gesagt, mit einem schweren Ofen fährst du nicht in den Kessel, das ist viel zu gefährlich mit all den gefrorenen Spurrillen, dem Schneematsch und den Eisplatten.«

Bambi nickte beipflichtend und fuhr mit ihrem Bericht fort. »Der Typ zuckt die Schultern. Anscheinend weiß er nicht, was er will. Dann stellt er sein leeres Glas ab und sagt, dass er mal eine Runde dreht und sich die Sache anschaut.«

»Das war alles?«, fragte Sprudel.

Bambi nickte. »Wir haben noch kurz über seine Amsel geredet. Die war an der Straße geparkt, logisch. Heißer Ofen. Ich habe mich für ein paar Daten interessiert: Hubraum, Leistung, Drehmoment …«

Fanni fragte sich, ob es auf Zufall beruhte, wie Arno schließlich seinen Zeltplatz gewählt hatte, oder ob es einen bestimmten Grund dafür gab. Sie warf einen Blick in die Richtung, in der sein Tipi ihrer Orientierung nach stehen musste, und stellte fest, dass hinter einer Ansammlung von Iglus, einer Reihe von aufgeschichteten Strohquadern und einigen teils kuriosen Motorradgespannen nur die Spitze davon zu sehen war.

Sie horchte auf, als sie Sprudel sagen hörte: »Hast du Arno denn noch mal gesehen, bevor …« Er verstummte, schien nicht recht zu wissen, wie er sich ausdrücken sollte.

Bambi hob die Hand, wie um sich zu verabschieden. »Arno sagt noch: ›See you‹, dann geht er. Geht für immer.« In ihrer

Stimme klang tiefes Bedauern mit, was Fanni nicht daran zweifeln ließ, dass Bambi diesen jungen Mann gern wiedergesehen und die Bekanntschaft vertieft hätte.

Weil nach Bambis »Geht für immer« Schweigen einkehrte, blickte Fanni erneut zu Arnos Zeltplatz hinüber.

Wir müssen uns Arnos Zeltnachbarn ansehen und mit ihnen reden, dachte sie gerade, als sie Sprudel sagen hörte: »Eure Zelte stehen wohl alle um die Feuerstelle hier?«

Fanni sah Karl zuerst nicken, dann auf Luigi zeigen. »Er campiert im Windschatten bei den Holzstapeln, meint, da ist es wärmer. Und Bambi …« Er sah sie auffordernd an.

Bambi deutete mit dem Daumen über die Schulter. »Mein Lager ist im Feld hinter der Arena.«

»Die Bambi ist gern ab vom Schuss«, sagte Xarre. »Aber auf unsere liebenswerte Gesellschaft will sie trotzdem nicht verzichten, gell, Bamsili?« Er bekam einen Rippenstoß, der ihn taumeln ließ. »He. Musst nicht gleich grob werden.«

Während sich die beiden kabbelten, rief sich Fanni die Örtlichkeiten und das allgemeine Geschehen im Kessel vor Augen.

Im Eingangsbereich befanden sich etliche Holzhütten, die laut Beschilderung Reifendienst und Reparaturservice, Feuerwehr und Organisationsteam beherbergten. Die Elefantenstraße mit ihrer platt gefahrenen, graubraun verfärbten Schneedecke mündete hier in die Zufahrtsstraße, nachdem sie quer durch die Senke geführt und überall schmale Pfade entlassen hatte, die sich zwischen den Zelten dahinschlängelten.

Auf ihnen stapften dick vermummte Biker durch den Schnee, der sich in der Nähe der Lagerfeuer in Matsch verwandelte. Kaum einer dieser Biker trug eine Motorradfahrerkluft, die meisten hatten Daunenjacken, Parkas oder schwere Mäntel an.

Zurufe brachen sich an Schneewänden. Das Knattern selbst gebastelter Drei-Zylinder-Motoren erfüllte die Luft. Maschinen mit Beiwagen, einige davon aus obskuren Einzelteilen zusammengebaut, zwängten sich zwischen die Zelte.

Als sie und Sprudel vorhin herumgelaufen waren, hatte er mehrmals verblüfft ausgerufen: »Wie kriegen sie die Vehikel bloß durch den TÜV?«

Irgendwann waren sie auch in die »Arena« gelangt, einem freien, ovalen Gelände, das im Sommer als Stockcar-Bahn genutzt wurde. Während des Elefantentreffens fanden hier offenbar Wettkämpfe wie Tauziehen und Holzsägen statt.

Am Rand der Arena hatte man Toilettenhäuschen aufgestellt, denen man ihr Vorleben als Telefonzellen noch ansah. Hier befand sich auch der offizielle Waschplatz – bestehend aus einem Schlauch, der ein dünnes Rinnsal Eiswasser spuckte.

Karls Stimme riss Fanni aus ihren Gedanken. »Seid ihr nicht selbst mit dem Toten bekannt gewesen, wo doch euer Enkel bei ihm im Zelt war?«

»Nein«, antworteten Fanni und Sprudel unisono.

Das erwartungsvolle Schweigen, das ihnen daraufhin entgegenschlug, zeigte deutlich, dass sie mit diesem einen Wort nicht durchkommen würden.

»Mein Enkel Max wollte hier im Kessel seinen Studienfreund Bruno treffen«, erklärte Fanni schließlich. »Wir kennen Bruno nicht und können deshalb auch nicht sagen, ob Arno möglicherweise ein alter Kumpel von Bruno gewesen ist.«

»Bruno«, nahm Bert den Namen auf. »Bruno, Max und Arno. Wer von den dreien wohl den Schrei ausgestoßen hat?«

»Klang er nach Todesschrei?«, sagte jemand halb zu sich selbst.

»Mehr nach Schreckensschrei nach einer grässlichen Entdeckung«, sagte ein anderer.

Fanni nickte. Genauso hatte er sich angehört. Und wer hatte die grässliche Entdeckung gemacht? Bruno, nach Lage der Dinge. Denn der hatte einen stummen, sichtlich orientierungslosen Max aus dem Zelt gezerrt und dafür gesorgt, dass die Polizei alarmiert wurde.

An den Gesichtern der andern konnte Fanni denselben Gedankengang ablesen, weshalb sie geradezu heftig den einen

Satz wiederholte, der wie ein Spruchbanner in ihrem Kopf hing.

»Max hat Arno nicht umgebracht.«

»Und das wollt ihr beweisen«, sagte Bastian. Es war eine Feststellung, keine Frage.

Bastian war noch immer so gut wie unsichtbar, und Fanni versuchte zu erraten, wie er aussah. Seiner Stimme nach musste er eine sympathische Erscheinung sein. Er war sicher nicht mehr jung, aber definitiv jünger als Sprudel.

»Das wird aber nicht leicht werden.« Xarre wirkte besorgt. »Er ist ja anscheinend bei dem Toten im Zelt gewesen. Und vorher ist Arno mit den beiden zusammen gesehen worden, wie man hört.«

Genau deshalb sitzt Max jetzt im Verhörraum und über kurz oder lang in U-Haft!

Fanni entwich ein Stöhnen.

Karl reichte ihr die Schnapsflasche. »Und dein Enkel hat mit dem Arno gewiss nichts zu schaffen gehabt?«

»Nein«, antwortete Sprudel scharf. »Wir gehen davon aus, dass er ihn genauso wenig gekannt hat wie ihr alle. Entweder war es ein zufälliges Zusammentreffen, das dann irgendwie zu einer Einladung in Arnos Zelt geführt hat. Oder …«, er brauchte einen Augenblick, um sich zu sammeln, »… Bruno ist das Bindeglied.«

»Wäre wohl nicht verkehrt, mal mit dem Bruno zu reden«, meinte Karl.

»Das haben wir natürlich vor, aber …«

»… den hat die Kripo ja auch gerade in der Mangel«, beendete Xarre Sprudels angefangenen Satz und fuhr nach einer kleinen Pause mit gedämpfter Stimme fort: »Abgeführt worden sind die zwei, wie Verbrecher, dabei waren sie eh ganz zahm.« Er schüttelte unwillig den Kopf. »Einen Achter hätte es da echt nicht mehr gebraucht.«

»Das war derb«, vermeldete Bambi.

Fanni sah erschrocken von einem zum andern. Waren Max und Bruno von den Polizisten misshandelt worden? »Achter«, das hörte sich nach Boxhieb an, wie »Schwinger« oder »Haken«.

Sie wollte gerade nachfragen, da sagte Bastian: »Die Buben in Handschellen abzuführen hätte wirklich nicht sein müssen. Die haben alle zwei nicht so ausgesehen, als würden sie Schwierigkeiten machen.«

Xarre winkte ab. »Ich habe den Polizisten ja nicht sehen können, aber ich wette, das war der Otto, die alte Bullensau. Der haut dir schon einen Achter drauf, wenn du bloß in ein Bushäuschen pinkelst.«

Handschellen. Mit »Achter« waren Handschellen gemeint. Fanni hätte beinahe aufgelacht. Von Misshandlung keine Rede. Sie konzentrierte sich wieder auf das Gespräch und bekam mit, dass Luigi und Bruno sich kannten.

Sprudel erkundigte sich soeben, woher.

Luigi sagte daraufhin in seiner Muttersprache ein paar kurze Sätze zu Johann, die der für die anderen übersetzte: »Lupi di montagna. Das ist Brunos Motorradclub in Bozen. Luigi macht manchmal Touren mit den Lupi, gehört aber nicht dazu. Bruno hat er schon länger nicht mehr getroffen. Soweit er weiß, studiert Bruno jetzt in Heidelberg.«

Zumindest vom Sehen war Bruno auch den anderen in der Runde bekannt, weil er in den vergangenen beiden Jahren schon beim Elefantentreffen dabei gewesen war.

Lupi di montagna, dachte Fanni. »Bergwölfe« zu Deutsch. Das bedeutete doch wohl, dass auch Bruno ein Faible für Bergstrecken hatte. So wie Johann aus Villnöss. Bozen und Villnöss lagen höchstens fünfzig Kilometer auseinander. Hätten sie nicht dort und da aufeinandertreffen müssen? Aber Johann machte nicht den Eindruck, als würde er Bruno näher kennen. Blieb also nur Luigi, um mehr über diesen Bruno zu erfahren, von dessen Aussage wohl einiges abhing.

Nur sprach Luigi offenbar kein Deutsch.

Fanni schrak aus ihren Gedanken, als sie plötzlich Sprudels Hand mit leichtem Druck auf der ihren spürte und begriff, dass es Zeit zum Aufbruch war.

Das Verhör ist womöglich längst abgeschlossen! Beschleunigung auf Tempo hundert! In unter vier Sekunden gefälligst!
Bitte keine Motorradsprüche mehr, flehte Fanni.

Auf dem Weg zur Verbindungsstraße nach Solla schien es ihr, als würde der ganze Kessel brodeln. Offenbar hatte die Presse bereits Wind von der Mordsache bekommen. Blitzlichter flammten auf, Mikrofone wurden geschwenkt.

Was würde morgen in den Zeitungen stehen?

Mit etwas Glück, dachte Fanni, könnten ein paar nützliche Informationen über Arno dabei sein. Herkunft, Alter, Beruf ...

Was absolut nichts über seinen Mörder aussagt!

Fanni ignorierte die Gedankenstimme. Möglicherweise, überlegte sie, finden sich Fotos von Arnos Bikerfreunden ...

Wo sollen denn die auf einmal herkommen? Der Bursche schien ja im Kessel ein Unbekannter zu sein!

»Kein Kommentar.« Sprudel zog Fanni näher an sich und wich einem Reporter aus, der ihm ein Mikrofon vor die Nase halten wollte.

Sie wissen es schon, dachte Fanni erschrocken. Sie wissen bereits, dass Max als Hauptverdächtiger gehandelt wird.

Würde sein Foto morgen in der Zeitung zu finden sein? Sein Name drunterstehen?

3

Die Dreiflüssestadt Passau war Fanni immer sympathisch gewesen, obwohl sie nicht oft Gelegenheit gehabt hatte, sie zu besuchen. Selbst als sie noch in Erlenweiler, also nur ein knappes Autostündchen entfernt, gewohnt hatte, war sie nur selten nach Passau gekommen. Dabei war die Stadt durchaus eine Reise wert, hatte einiges zu bieten: den Stephansdom, die Altstadt mit ihren barocken Gebäuden, die Veste Oberhaus, die Innpromenade mit ihrem südländischen Flair. Was hätte Fanni in diesem Moment nicht alles darum gegeben, sorglos dort entlangschlendern oder – Sprudel zuliebe – in einem der Kaffeehäuser an der Donau sitzen zu können.

Ein paar Minuten lang gab sie sich dem Tagtraum hin, sie würde durch die kleinen Geschäfte der Altstadt stromern, dort ein Kleidungsstück bewundern, da einen Dekoartikel oder hübsches Porzellan. Sie würde in einer Buchhandlung stöbern, während Sprudel in der Konditorei Simon Pralinen verkostete. Später, malte Fanni sich aus, würden sie am Donauufer stehen und die eleganten Ausflugsschiffe bestaunen, die von einer »Dreiflüsse-Stadtrundfahrt« bis zu Schiffsreisen nach Wien und Bratislava alles anboten, was mit so einem Kahn möglich war. Flussschifffahrten hatte Fanni zwar stets als langweilig abgetan, jetzt aber wäre ihr nichts lieber gewesen, als hinter einer der Panoramascheiben zu sitzen und die Ufer der Donau an sich vorüberziehen zu lassen.

Stattdessen rumpelte Sprudels Wagen über holpriges Kopfsteinpflaster in eine öde Straße, grau und trist, von schmucklosen, geradezu düsteren Bauwerken gesäumt.

»Sie haben Ihr Ziel erreicht. Das Ziel liegt links«, meldete die Computerstimme aus dem Navigationsgerät.

Sprudel stellte den Wagen auf einem vis-à-vis gelegenen Parkplatz ab.

Der alternde Betonbau mit den Fensterrahmen aus grasgrün gestrichenem Metall im südlichen Stadtbezirk von Passau wirkte alles andere als einladend.

»Polizeiinspektion« stand auf einer Messingtafel und darunter: »Bitte klingeln«.

Sprudel drückte auf den Klingelknopf, woraufhin es knackte und eine Stimme »Ja bitte?« sagte.

Sprudel nannte seinen und Fannis Namen und erklärte, weshalb sie hier waren.

»Familienangehörige«, wiederholte die Stimme. »Na, dann kommen Sie mal rein.«

Ein Summer ertönte. Sprudel drückte die Tür auf.

Sie traten in einen kleinen Vorraum – nicht größer als eine Gefängniszelle –, von dem aus man durch eine Glastür auf jeder Seite in zwei kahle Flure blicken konnte. An der Wand gegenüber dem Eingang gab es eine Sitzbank aus lackiertem Holz. Damit erschöpfte sich das Inventar.

Nach einiger Zeit erschien ein junger Polizist, der ihnen mitteilte, die Vernehmung würde noch eine Weile dauern. Er deutete auf die Bank. »Wenn Sie solange warten wollen, dann bitte hier.« Im nächsten Moment war er verschwunden.

Eine halbe Stunde verging, und Fannis Sorge nahm mit jeder Minute zu. Dass sich das Verhör so lange hinzog, verhieß nichts Gutes. Denn hätte Max sich rechtfertigen können, dann wäre die Sache schnell erledigt gewesen.

Fannis Finger verkrampften sich, ihre Gesichtszüge wurden starr.

Sprudel hatte sie auf die Bank gezogen, den rechten Arm um ihre Schultern geschlungen und drückte sie an sich. Seine linke Hand hielt ihre Rechte umklammert.

Fanni konnte spüren, wie er mental auf sie einzuwirken versuchte, wie er darum kämpfte, ihre Anspannung abzumildern. Aber selbst eine Höchstdosis an Empathie nützte im Moment nichts. Ihre Kiefer waren aufeinandergepresst, ihr Nacken steif.

Was hatte Bruno vor dem Kriminalbeamten ausgesagt? Hatte er Max in irgendeiner Weise belastet?

Ihr Kopf zuckte hoch, als sich eine der beiden Glastüren unvermittelt öffnete und eine barsche Stimme zu vernehmen war: »Sie sollten sich zur Verfügung halten, damit wir Sie jederzeit noch mal befragen können.«

Fanni und Sprudel schnellten auf die Füße, wandten sich der offenen Tür zu, erwarteten Max, sahen sich jedoch Bruno gegenüber.

Der trat in den kleinen Vorraum. Hinter ihm schloss sich die Tür wieder.

»Max …?«, fragte Fanni. Für einen vollständigen Satz fehlte ihr die Kraft.

»Keine Ahnung, wo er steckt«, antwortete Bruno. »Sie haben uns sofort getrennt, und seitdem habe ich nichts mehr von ihm zu sehen bekommen.«

»Wir würden uns gern mit Ihnen unterhalten«, sagte Sprudel förmlich.

Bruno schaute sich verdrossen um. »Hier? Ich war jetzt lange genug in dem hässlichen Bunker.«

»Ich bin seine Großmutter …«, begann Fanni. Mit einem Nicken gab Bruno zu verstehen, dass ihm das völlig klar gewesen war. »… Ich muss wissen, was geschehen ist und wie es dazu kommen konnte, dass Max unter Verdacht steht.« Sie klang fast flehend.

Täuschte sie sich, oder wurde Brunos Blick abweisend?

»Ich weiß ja selbst nicht mehr als das, was vermutlich schon die Runde macht. Arno ist ermordet worden, und Max war bei ihm im Zelt«, antwortete er.«

»Sie etwa nicht?«, fragte Fanni scharf.

Bruno wandte sich der Tür zu, die nach draußen führte, und legte die Hand auf die Klinke. »Ich weiß nur eins: Als ich weg bin, hat Arno noch gelebt, und als ich zurückkam, war er tot.«

Fanni rückte ihm auf die Pelle. »Das müssen Sie mir genauer erklären.«

»Was gibt es da zu erklären? Was Sie wissen wollen, kann Ihnen doch Max am besten beantworten.« Bruno drückte die

Klinke hinunter. »Ich brauche was zu trinken. Die nächste Kneipe wird hoffentlich nicht weit sein.«

Warum will der Bursche nicht mit uns reden?, fragte sich Fanni. Hat ihn das Verhör so geschlaucht, dass er nur noch seine Ruhe haben will, oder hat er etwas zu verbergen? Und warum lässt ihn Maxens prekäre Lage einfach kalt? Oder zeigt er bloß nicht, dass er sich Sorgen macht?

»Kann ich mitkommen?«, fragte sie, als Bruno über die Schwelle trat.

Bruno sah sie entgeistert an. Fannis Ansinnen hatte ihn offenbar sprachlos gemacht.

»Nur für ein paar Minuten«, drängte sie.

Bruno verdrehte die Augen, nickte jedoch.

Fanni drehte sich hastig zu Sprudel um.

Einer von ihnen beiden würde hierbleiben müssen, um auf Max zu warten und mit Kommissar Bauer zu sprechen.

Du weißt am besten, was zu tun ist, falls Max tatsächlich in Schwierigkeiten steckt, sagte ihr Blick. Ich versuche indessen, so viel wie möglich aus Bruno herauszuholen.

Sprudel setzte sich mit einem leisen Seufzer wieder auf die Bank.

Fanni lächelte ihm dankbar zu. Sprudel würde geduldig warten, bis Max aus dem Verhörzimmer kam, und sich dann um alles kümmern. Er würde in Erfahrung bringen, ob Max beschuldigt wurde, und wenn ja, was gegen ihn vorlag. Und er würde dafür sorgen, dass Max freikam.

Sprudel lächelte aufmunternd zurück, aber als sie Bruno nach draußen folgte und sich auf der Schwelle noch mal umschaute, war seine Miene bekümmert, tiefe Sorgenfalten zogen sich um seinen Mund.

Die Straße lag nach wie vor verlassen da. Ausschließlich Ämter und Bürogebäude schienen sie zu säumen, die längst geschlossen waren.

Fanni hatte keinen Schimmer, wohin sie sich wenden sollten, um in eine belebtere Gegend zu gelangen, aber Bruno schien zu wittern, wo sich die nächste Kneipe befand. Er bog um zwei Ecken, eilte einen Häuserblock entlang und blieb dann plötzlich stehen.

»Sam's« stand in weißer Farbe auf einer Doppeltür aus dunklem Holz.

Fanni heftete sich an Brunos Fersen, als er die Tür aufstieß und mit schnellen Schritten in den dahinterliegenden, nur schwach erleuchteten Raum trat.

Bevor sie Zeit fand, sich umzusehen, steuerte er bereits einen winzigen Ecktisch mit zwei Stühlen an, der halb verdeckt hinter einem Stützbalken stand.

Wäre Fanni nicht so beunruhigt und angespannt gewesen, hätte sie wahrscheinlich in sich hineingegrinst.

Offensichtlich war Bruno ihre Begleitung peinlich.

Was man ihm nicht verdenken kann!

»Ich besorg uns was zu trinken.« Bruno deutete auf einen der Stühle und sah sie abwartend an.

Fanni gelang ein Lächeln. »Eine Tasse Tee wäre schön.« Sie hatte noch nicht ausgeredet, da war er schon auf dem Weg zur Theke.

Fanni blickte ihm kopfschüttelnd nach.

Dann rückte sie den Stuhl, auf den Bruno gezeigt hatte, noch weiter in den Schutz des Balkens und ließ sich darauf nieder. Bruno war jetzt außerhalb ihres Sichtfeldes, aber als sie sich etwas zur Seite neigte, konnte sie beobachten, wie er einen Geldschein über die Theke reichte und auf Wechselgeld wartete.

Er wirkte älter als Max, Fanni schätzte ihn auf Ende zwanzig. Dabei fiel ihr ein, dass Max tags zuvor beim Abendessen, als sie versucht hatte, ihn über Bruno auszufragen, beiläufig erwähnt hatte, Bruno habe bereits fünf Semester seines Studiums hinter sich.

Sie fing an zu rechnen und kam zu dem Ergebnis, dass Max – falls er nichts verschleppte – im fünften Semester erst knapp einundzwanzig Jahre alt wäre.

Sah Bruno bedeutend älter aus, als er tatsächlich war?

Wenn das so ist, könnte es an seinem stämmigen Körperbau liegen!

Die Gedankenstimme hatte recht. Bruno war untersetzt und kräftig, hatte Muskelpakete, die trotz Winterkleidung zu erkennen waren, einen Stiernacken und auffällig große Hände.

Und an seiner Hinterhof-Visage!

Es war nicht zu leugnen, dass Brunos Gesicht wegen der ein wenig fleckigen Haut, den buschigen, fast zusammengewachsenen Brauen über dem etwas platt gedrückten Nasenrücken irgendwie vulgär wirkte.

Gegen Bruno sieht Max wie ein Schuljunge aus!

Definitiv.

Aber Max ist ja auch noch längst nicht ausgereift, dachte Fanni.

Mit sechzehn war er plötzlich in die Länge geschossen, wie Pubertierende das oft tun, und Fanni kam es vor, als würde er immer noch weiterwachsen. Jedes Mal, wenn sie ihn sah, erschien er ihr länger und dünner. Zu einem ausgewachsenen Mann fehlten ihm die rechten Proportionen, was ihn linkisch und unfertig wirken ließ.

Und der Bartwuchs lässt noch schwer zu wünschen übrig!

Was im Elefantenkessel ganz besonders auffällt, ging es Fanni durch den Sinn.

Als Sprudel und sie im Kessel herumspaziert waren, war Sprudel von den Motorrädern fasziniert gewesen, die mit viel Kreativität gestaltet waren; Fanni von deren Besitzern.

»Nicht zu fassen«, hatte Sprudel an einer Abzweigung von der Elefantenstraße gerufen. »Da steht doch tatsächlich eine Taurus. Eine Royal Enfield Taurus. Seit wann werden die schon nicht mehr gebaut? Der Kerl, der sie so originalgetreu hergerichtet hat, muss ein Genie sein.«

Fanni hatte für das zugegebenermaßen ungewöhnliche Motorrad wenig Interesse aufbringen können und stattdessen die beiden Typen gemustert, die vor dem danebenstehenden Zelt gerade einen Suppenkessel über ihrer Feuerstelle aufhängten. Der eine trug einen Schnauzer, um den Asterix ihn beneidet haben würde, der andere hätte mit seinem Vollbart jedes Weihnachtsmann-Casting gewonnen.

In abgeschabten Lederklamotten, Fellkappe mit Stierhörnern und Moonboots hätte er dazu wohl kaum antreten dürfen!

Das Bild der bärtigen Biker wurde durch Bruno verdrängt, der mit einem Becher Tee, einer Flasche Bier, die er sich unter den Arm geklemmt hatte, und einem Glas Schnaps an den Tisch zurückkehrte.

Erneut registrierte sie seine ablehnende Haltung, seine eckigen Bewegungen, seinen vierschrötigen Körperbau und gestand sich unumwunden ein, dass er ihr unsympathisch war.

Wie seltsam, dass Max sich mit ihm angefreundet hatte.

Aber das hat er doch gar nicht! Sie sind sich in der Uni-Cafeteria ganz zufällig begegnet und haben sich eine Weile unterhalten! Bruno hat vom Elefantentreffen erzählt, und Max hat sich interessiert gezeigt! Damit hätte es sich wohl gehabt, wenn sich Bruno nicht bei ihm gemeldet und ihn in den Kessel gelockt hätte!

»Wie kommen Sie zum Loher Kessel zurück?«, fragte Fanni, nachdem Bruno Platz genommen hatte.

Bruno zuckte die Schultern. »Ich habe mit ein paar Leuten die Handynummern getauscht. Mal sehen, von wem ich mich abholen lasse. ›Nein‹ sagt von denen keiner.« Er scrollte durch das Adressbuch seines Mobiltelefons. »Luigi wäre nicht schlecht. Fährt einen heißen Ofen, der Typ.«

Abwesend hob er das Schnapsglas. Statt es zum Mund zu führen, starrte er es an. »Komplett irre, die ganze Geschichte. Wie kann so was passieren? Irgendwie irreal, unwirklich. Wahnsinn.« Er kippte den Schnaps.

»Und der Alkohol macht es realer?«

Bruno sah Fanni unwirsch an, dann griff er zur Bierflasche und nahm einen langen Zug.

Keine gute Idee, ihm patzig zu kommen!

Fanni biss sich auf die Unterlippe. Die Bemerkung war ihr

einfach so herausgerutscht. Sie konnte sich jedoch nicht erlauben, den Burschen zu verärgern.

Reiß dich zusammen, mahnte sie sich. Du musst ihn dazu bringen, dir einen lückenlosen Bericht zu liefern, über alles und jedes, was sich heute Nachmittag zugetragen hat.

Einen uneingeschränkten, rückhaltlosen Bericht, ohne Auslassungen und Halbwahrheiten!

Hättest du die Güte, deine Klappe zu halten?

Bruno hatte die Flasche abgestellt, die Arme auf der Tischplatte gekreuzt und sich nach vorn gebeugt. »Was wollen Sie von mir wissen?«

»Alles. Jede Kleinigkeit. Den gesamten Ablauf der Ereignisse. Angefangen bei dem Zeitpunkt, zu dem Sie mit Max im Kessel zusammengetroffen sind.«

Brunos Blick saugte sich an der Tischplatte fest. »Max war schon da, als ich zum Treffpunkt gekommen bin. Ich hatte mich ein bisschen verspätet, weil ich ewig am Vergaser meiner Maschine herumschrauben musste. Das Ding hat nicht aufgehört zu tropfen. Außerdem war ich komplett durchgefroren. Deswegen sind wir gleich zum Imbiss. Haben da erst einmal was Warmes getrunken –«

»Was habt ihr getrunken?«, unterbrach ihn Fanni und dachte dabei an Hochprozentiges und Drogencocktails.

»Glühwein.« Bruno schwieg einen Moment, schien auf weitere Fragen zu warten, als aber nichts mehr nachkam, beendete er den zuvor angefangenen Satz. »… und sind eine Zeit lang rumgehangen, weil es im Imbiss nicht ganz so kalt ist wie draußen.«

In Fannis Kopf nahm der luftige Holzbau Gestalt an, in dem Getränke und Snacks mit Bezeichnungen wie »Elefantenburger« und »Elefantenwurst« zu haben waren. Die Verkaufstheke befand sich an einer Längswand der auf einer Seite offenen Halle, deren Einrichtung aus Ölfässern bestand, die man mit Hilfe runder Resopalplatten zu Tischen umfunktioniert hatte. In die Mitte jeder Platte war ein großes Loch gestanzt worden, durch das leere Plastikbecher und alle Arten von Verpackungen ihren Weg ins Innere der Fässer finden sollten.

»Wer war außer dir – äh Ihnen ...«

»Lassen Sie es ruhig beim Du. Unter Bikern ist das sowieso üblich.«

Fanni nickte. »Wer war noch im Imbiss?«

Bruno prustete. »Da war es gesteckt voll. Das ist fast immer so.«

»Woher kannst du so gut Deutsch? Du kommst doch aus Bozen, oder bin ich da falsch informiert?«

Bruno sah sie verdattert an.

Wenn du so weitermachst und planlos von einem Thema zum andern springst, hält er dich für bekloppt, und das war's dann.

Plötzlich griff er nach seinem Schnapsglas und ging damit zur Theke. Zwei Minuten später brachte er es gefüllt zurück. »Mutter Österreicherin – okay?«

»Wie lange habt ihr im Imbiss rumgehangen?«

Sollte das nicht »seid ihr rumgehangen« heißen?

Als ob das nicht schnurzegal wäre, giftete Fanni und konzentrierte sich rasch wieder auf Bruno, um seine Antwort nicht zu verpassen.

»Halbe Stunde, vielleicht auch eine ganze.«

»Und ihr habt euch mit niemandem unterhalten?«

Bruno sah sie an, als wäre sie ein Motorrad und würde nichts als Fehlzündungen liefern. »Klar haben wir mit ein paar Leuten geredet.«

»Mit wem?«

Bruno stürzte den Schnaps hinunter. »Manche kannte ich vom Sehen. Manche gar nicht. Manche mit Vornamen.«

»Die will ich hören.«

Noch so ein taktischer Missgriff, und er haut einfach ab! Womöglich verpasst er dir vorher noch ein Veilchen!

Einstweilen dachte Bruno nach.

»Es tut mir leid«, sagte Fanni einlenkend. »Und ich kann gut verstehen, dass du nach der langen Vernehmung nicht noch mal einen Haufen Fragen beantworten willst.« Sie machte eine erwartungsvolle Pause, weil sie hoffe, Bruno würde ein paar Worte darüber verlieren, wie das Verhör gelaufen war und weshalb er gehen durfte. Als nichts kam, fuhr sie fort: »... aber ich möchte mir ein genaues Bild machen können.«

»Geht klar.« Bruno strich über sein Kinn, auf dem sich der dunkle Schatten von Bartstoppeln zeigte. »Also Dimitri und Anatol waren da –«

»Russen?«

»Ja, Vater und Sohn, soweit ich weiß, die zwei hatten schon ganz schön getankt. Dann einer, der sich Zappo nennt, Romeo, Cemal, Damian ...«

»Arno?«

»Nein, der nicht.«

»Luigi, Johann, Xarre ...?«

»Nein, keiner von denen.«

»Bambi?«

»Auch nicht.«

Fanni nahm einen Schluck von ihrem Tee. »Also gut. Ihr habt mit diesen Leuten ein paar Worte gewechselt und seid irgendwann gegangen. Seid im Kessel herumgestromert. Was genau habt ihr gemacht?«

»Die schicken Maschinen an der Zufahrtstraße besichtigt, mit Luigi gequatscht, dabei geholfen, eine Suzuki aus einem Schneehaufen zu ziehen, in den sie sich gebohrt hatte ...«

Dann erst waren sie im Kessel herumgestromert.

»Und da habt ihr Arno getroffen.«

»Das war später. So gegen vier. Wir sind wieder in den Imbiss, weil wir noch mal was Warmes zu trinken brauchten. Arno hat uns einen Jagatee ausgegeben.«

»Einfach so? Ihr habt euch ja nicht gekannt – oder doch?«

Arno hatte mit den beiden Russen zusammengestanden, die jedes Jahr aus Smolensk anreisten. Die zwei waren inzwischen sternhagelvoll. Wollten ständig mit ihm anstoßen, auf die Gesundheit trinken, auf das Elefantentreffen, auf den Winter, den

Schnee und eine Menge Unverständliches. Arno brauchte wohl einfach Verstärkung.

Irgendwann verkündeten die Russen, dass sie jetzt baden gehen würden. Zusammen mit ihren neuen Freunden, versteht sich. »Pool. Särr feine Pool.«

Bruno kannte das aufblasbare Kinderplanschbecken bereits, das Anatol schon seit Jahren zum Elefantentreffen mitbrachte. Er erzählte Max und Arno von den Eisschollen, die im knöcheltiefen Wasser schwammen, und davon, wie Dimitri und Anatol bekleidet mit Stringtangas darin herumhüpften.

Als Dimitri sich bei Arno, Anatol sich bei Bruno und Max einhakte, blieb den dreien nichts anderes übrig, als mitzukommen. Auf halber Strecke rutschte Dimitri jedoch auf einer Eisplatte aus und verhedderte sich mit dem Stiefel in einer Zeltschnur. Er ließ von Arno ab, um sich befreien zu können, riss einen Zelthering aus dem Boden und löste damit einen Dominoeffekt von Zerstörungen aus. Im darauffolgenden Tumult gelang es Arno, Max und Bruno, sich zu verdrücken.

»Kommt mit«, hatte Arno gesagt. »Dort drüben steht mein Zelt, da sind wir erst mal sicher vor den Chaoten.«

So kam es, dass Max und Bruno in Arnos Tipi gelangten.

Bruno lachte leise. »Der Typ hatte es echt gemütlich da drin. Auf dem Boden lag eine dicke Schicht aus dem trockenen Stroh, das es zu Ballen gepresst am Kesseleingang zu kaufen gibt. Nur in der Mitte, direkt unter der Spitze des Tipis, hatte Arno einen runden Fleck blanker Erde übrig gelassen. Da stand ein winziger gusseiserner Ofen, in dem ein Holzfeuer glühte. Arno hat gleich ein paar Kanthölzchen nachgelegt, sodass es anfing zu prasseln.« Erneut ließ Bruno ein kleines Lachen hören. »Ein paar Rauchschwaden muss man für ein geheiztes Zelt natürlich in Kauf nehmen, weil nicht alles durch den schmalen Kamin abziehen kann, der zur Zeltspitze und dort durch ein kleines Loch ins Freie führt.« Ernst werdend fuhr er fort: »Vor dem Ofen hatte Arno seine aufblasbare Isomatte mit dem Schlafsack ausgebreitet. Er hat uns die Matte zum Draufsetzen angeboten und für sich selbst den zusammengerollten Schlafsack als Sitzkissen benutzt.«

Fanni nahm einen Schluck Tee und versuchte, sich die drei jungen Männer in Arnos Tipi vorzustellen.

Sie hatten es warm und gemütlich, waren guter Laune und vermutlich daran interessiert, sich gegenseitig kennenzulernen.

Bruno und Max sah sie deutlich vor sich auf der Matte sitzen. Aber Arno entzog sich dem Bild, das sie heraufbeschwor. Wie mochte er ausgesehen haben?

Sie fragte Bruno danach.

»Gut aussehender Kerl«, antwortete der. »Mitte oder Ende zwanzig. Dunkle Haare, blaue Augen. Einer, auf den die Weiber fliegen. Und durchtrainiert bis in den kleinen Zeh.«

Ganz anders also als du, ging es Fanni durch den Kopf. Einnehmend, sympathisch. Warst du vielleicht neidisch auf ihn?

»Worüber habt ihr euch unterhalten?«

»Anfangs haben wir über das Zelt geredet«, antwortete Bruno. »Arno war so stolz auf sein Tipi. Er hatte es vor einiger Zeit in seinem Elternhaus auf dem Dachboden entdeckt. Lag da in einer Ecke, so schmutzig und zerrissen, dass er zuerst gar nicht wusste, was es war. Als er schließlich dahinterkam, hat er beschlossen, es instand zu setzen. Er hat die Zelthaut geflickt und imprägniert und die Verspannung erneuert. Die Zeltstangen waren zum Glück noch gut in Schuss. ›Lärchenholz. Trocken und fest und gerade wie Speere‹, hat er uns erzählt. Die konnte er natürlich nicht mitnehmen, musste sie durch –«

»Arno hat nicht zufällig erwähnt, wo sein Elternhaus steht?«, unterbrach ihn Fanni, denn das schien ihr die einzig relevante Information, die Brunos Bericht über das Zelt liefern konnte.

»Doch«, erwiderte er. »Allerdings nicht direkt. Als wir später über unsere Hausstrecken geredet haben, also die Strecken, die wir am häufigsten fahren, weil sie vor der Haustür liegen, hat er erwähnt, dass es rund um sein Elternhaus ganz tolle Touren gibt: von Sankt Peter nach Klausen, weiter nach Barbian und über Halbweg nach Bozen. Oder von Sankt Peter ins Grödnertal. Oder von Sankt Peter ... Na, klingelt was bei diesen Namen?«

Sankt Peter hieß der Ort, den Arno als Startpunkt genannt hatte, und die Ziele, die er von da aus anfuhr, lagen definitiv in Südtirol.

»Sankt Peter im Villnösstal?« Zufällig kannte Fanni den Ort. Sprudel und sie waren schon oft zum Wandern in Südtirol gewesen. Ein- oder zweimal auch im Villnösstal, wo sie die Zamser Alm als Stützpunkt gewählt hatten. Der Weg dorthin führte von Klausen an Gufidaun und Sankt Peter vorbei über Sankt Magdalena nach Zams.

Arno stammte also aus derselben Ecke wie Johann, der mit am Feuer gesessen hatte. Johann aus Villnöss, Road Captain der Mountain Riders ... Fanni starrte eine Weile in ihre Teetasse, in der sich jetzt nur noch ein brauner Rand befand.

»Wovon habt ihr sonst noch geredet?«, fragte sie dann.

Bruno zuckte die Schultern. »Maschinen. Zweitakter, Viertakter.«

Fanni unterdrückte ein Stöhnen. »Arno muss doch irgendetwas Persönliches über sich preisgegeben haben. Zumindest seinen Nachnamen?«

»Im Kessel gibt es keine Nachnamen«, klärte Bruno sie auf. *Allenfalls Spitznamen! Sogar die Motorräder haben welche!*

»Du weißt also so gut wie nichts über den Toten.« Fanni fühlte sich irgendwie betrogen.

»Er hatte eine Pistole«, sagte Bruno.

»Die hat er euch gezeigt?«

»Nope. Sie hat im Schlafsack gesteckt. Als Arno ihn zusammengerollt hat, ist sie ein Stück rausgerutscht.«

»Hast du der Polizei davon erzählt?«

»Hätte ich das machen sollen?«

»Du kannst es ja nachholen.«

Erneut versuchte Fanni, sich in die Szenerie im Zelt hineinzuversetzen. Bruno und Max auf die Matte geglümmelt. Arno auf seinem zusammengerollten Schlafsack, in dem eine Pistole steckt. Schier ungesunde Wärme und Rauch in der Luft. Es ist recht dunkel im Zelt. Wozu hätte Arno Lampengas oder Batteriestrom vergeuden sollen? Er sagt etwas wie …

Auf Dauer hilft nur Zwei-Takt-Power!

Nein, er gähnt.

»Ihr müsst langsam müde geworden sein«, sagte Fanni.

»Saumüde«, gab Bruno zu. »Und angesäuselt von Arnos Obstbrand.«

»Ihr habt Schnaps getrunken?«

»Arno hat eine Flasche Obstbrand rausgeholt und sie rumgehen lassen. Selbst gebrannter Obstler, muss ziemlich hochprozentig gewesen sein, weil er uns ganz schön fertiggemacht hat«, sagte Bruno.

Das Gespräch schläft ein, sinnierte Fanni. Arno lehnt sich zurück und legt den Kopf an eine Zeltstange. Max streckt sich aus, Beine im Stroh, Oberkörper auf der Matte.

»Mir sind schon die Augen zugefallen«, erzählte Bruno, »musste mich aber aufraffen und raus zum Pinkeln.«

Er war die ganze Elefantenstraße entlanggegangen, weil es in der Nähe vom Kesseleingang eine neu errichtete Toilettenanlage in Holzbauweise mit Chemieklos gab. Besser, sauberer und hygienischer als die zu Toilettenhäuschen umfunktionierten ehemaligen Telefonzellen, die man überall im Kessel finden konnte.

»Wildpinkeln ging nicht. Zu viele Leute auf der Piste und sowieso verboten im Kessel.«

Auf dem Rückweg von den Toiletten traf Bruno wieder mit den beiden Russen zusammen, die offenbar gerade auf dem Weg in die Arena waren. Mit Müh und Not entkam er ihnen, war aber gezwungen, eine andere Richtung einzuschlagen. Als er die Russen weit genug entfernt glaubte, wollte er umkehren, um zu Arnos Zelt zurückzugehen, da merkte er, dass er direkt vor dem Imbiss stand. Kurz entschlossen ging er hinein und versorgte sich mit ein paar Dosen Hacklberger Bier und einer Stange Weißbrot.

»Arno hat gesagt, er hätte Käse von der Alm in seiner Packbox. Heumilchkäse, direkt aus der Sennerei. Er wollte uns davon probieren lassen. Deswegen bin ich auf die Idee gekommen, Brot und Bier mitzubringen. Als ich zurückkam –«

»Wie lange bist du weg gewesen?«, unterbrach ihn Fanni.

»Keine Ahnung.«

»Denk nach.«

Bruno stützte den Kopf auf die Hand, schien zu grübeln. Bereits nach einer halben Minute verlor Fanni die Geduld. »Haben dich die Kripoleute nicht danach gefragt?«

Brunos Kopf deutete ein Nicken an. »Aber die waren nicht so hartnäckig.«

»Also wie lange?«, sagte Fanni.

»Eine halbe Stunde war ich mindestens weg«, antwortete er schließlich.

Fanni schloss kurz die Augen und malte sich seine Rückkehr aus. Die Bierdosen in den Händen, das Weißbrot unter dem Arm torkelte er … »Du warst noch ziemlich benebelt.«

»Gar nicht«, widersprach Bruno. »Die Kälte draußen hat meinen Kopf schnell wieder klargemacht.«

»Aus welcher Richtung bist du gekommen?«, fragte Fanni.

»Von da, wo der Imbiss steht, von wo sonst?«

Sie sah ein, dass sie die Frage falsch gestellt hatte, und formulierte sie um. »Bist du von vorn auf das Zelt zugegangen oder von der Seite oder von hinten?«

»Von vorn.«

»Du bist also direkt auf den Eingang zugegangen.«

Bruno nickte.

»War er offen oder geschlossen? Oder einen Spalt offen vielleicht?«

»Der war ganz zu«, sagte Bruno. »Die beiden Zeltbahnen waren ordentlich überlappt.«

»Hast du das gemacht, als du raus bist?«

Bruno presste einen Moment lang die Fingerspitzen auf die Augen. »Ich weiß es nicht. Wahrscheinlich schon. Ich hab die Zeltbahn dann jedenfalls aufgeklappt und bin rein ins Zelt. Als sie hinter mir zugefallen ist, habe ich erst mal überhaupt nichts gesehen.«

Verständlich, dachte Fanni.

Als sie Brunos Aufschrei gehört hatte, der – obwohl im weiteren Umkreis sicher nicht mehr vernehmbar – für einen regen Zulauf gesorgt hatte, war es draußen schon fast dunkel gewesen. Nur die Lagerfeuer und vereinzelte Gaslaternen hatten den Kessel erhellt.

Fanni überlegte, wie spät es wohl gewesen sein mochte.

Siebzehn Uhr fünfzehn, fast auf die Minute! Da war doch diese Lautsprecherdurchsage, die für siebzehn Uhr dreißig etwas angekündigt und hinzugefügt hat: »in fünfzehn Minuten!«

Ja, sie erinnerte sich vage.

»Und ich hatte auf einmal ein ganz komisches Gefühl«, sagte Bruno. »Es war so still im Zelt, und keiner der beiden hat sich gerührt. Ich hab dann irgendetwas gerufen, so was wie: ›Hallo, seid ihr noch da?‹ oder ›Hey, Leute, wo seid ihr?‹.«

Als sich daraufhin noch immer nichts rührte, hatte er seine Einkäufe auf den Boden gelegt, die Stirnlampe aus der Jackentasche geangelt, sie über den Kopf gezogen und eingeschaltet. Der Lichtkegel fiel auf Max. »Er saß da wie vor den Kopf geschlagen, hat mich angestarrt und kein Wort gesagt.«

Bruno hatte ihn beim Namen gerufen, aber Max hatte überhaupt nicht darauf reagiert. »Da habe ich mich nach Arno umgesehen.«

Arno war zur Seite gekippt. Er lag mit angezogenen Beinen im Stroh. Der Schlafsack hatte sich ein wenig aufgerollt und bedeckte seine Füße.

»Ich fand es irgendwie seltsam, dass er einfach so umgekippt sein sollte«, sagte Bruno. »Und selbst wenn es im Schlaf passiert wäre, dann hätte er doch aufwachen müssen, als er im Stroh gelandet ist.«

»Hast du ihn angefasst?«

»Ja, natürlich«, antwortete Bruno auf Fannis Frage. »Ich wollte ihm ja aufhelfen. Dachte ... Nein, ich weiß nicht, was ich gedacht habe.«

»Dass er besoffen war?«

»Ja, wahrscheinlich.«

»Du hast ihn also gepackt. Wie? Wo?«

Bruno zuckte die Schultern. »Keine Ahnung. Am Arm vermutlich, um ihn hochzuziehen.«

»Und da hast du gemerkt, dass er tot war, hast die Schlinge um seinen Hals entdeckt.«

Bruno schluckte. »Ich glaube, ich hab einen Schrei ausgestoßen, als mir klar wurde, was passiert ist. Und Max hat etwas gesagt.«

»Was hat denn Max gesagt?«

Bruno schluckte erneut. »Arno ist tot.«

Das soll Max gesagt haben? Kann es stimmen, oder bringt Bruno da gerade eine ganz fiese Nummer?

Fanni wusste nicht, was sie denken sollte. Varianten gab es mehrere: Max hatte das tatsächlich gesagt. Bruno hatte es sich eingebildet. Bruno log sie unverschämt an.

»Ich bin zu Max herumgewirbelt und habe ›Was?‹ oder ›Wie?‹ oder so etwas gerufen, weil ich dachte, ich hätte mich verhört«, fuhr Bruno fort. »Aber Max hat nicht darauf reagiert, war schon wieder in einer Art Dämmerzustand.«

»Wie war die Luft im Zelt?«, fragte Fanni und merkte selbst, wie harsch ihre Stimme klang. Sie musste sich zusammenreißen. Im Moment ging es ausschließlich darum, Informationen zu sammeln. Aufregen konnte sie sich später.

»Rauchig«, antwortete Bruno. »Und es roch stark nach Alkohol. Von Arnos selbst gebranntem Obstler muss einiges verdunstet sein. Als ich gemerkt habe, dass Max nicht ansprechbar ist, habe ich mich gefragt, was ich jetzt tun soll.«

»Und was hast du getan?«

»Max aus dem Zelt gezerrt.«

»Hat Max dann noch was gesagt?«

»Kein Wort.«

»Ist dir sonst noch was an ihm aufgefallen, außer dass er apathisch wirkte?«

Bruno setzte wieder zu einem Kopfschütteln an, hielt jedoch inne. »Er hat fürchterlich nach Schnaps gestunken. Ich bin mir sicher, die zwei haben die ganze Flasche Obstbrand geleert, während ich weg war. Deshalb hing so eine Alkoholwolke im Zelt.«

Fanni verfiel in Schweigen.

Was geschehen war, nachdem Bruno mit Max das Zelt verlassen hatte, hatte sie ja selbst miterlebt. Er hatte mit dem langen Kerl gesprochen, der als Erster zum Zelt gelangt war, und ihm offensichtlich berichtet, was geschehen war. Der Biker hatte die Polizei informiert und dafür gesorgt, dass niemand in die Nähe des Zeltes kam. Sie und Sprudel waren herbeigeeilt, aber von Max getrennt worden. Bald darauf war die Polizei eingetroffen. Max war abgeführt worden, ohne dass sie mit ihm hatten sprechen können. Dann hatten sich die Biker langsam verlaufen. Die Leiche war abtransportiert worden, der Zelteingang wurde geschlossen. In einem Radius von drei oder vier Metern wurde eine Absperrung um das Zelt gezogen. Fanni hatte noch lange davorgestanden und es angestarrt.

Wären weitere, womöglich wichtige Informationen aus Bruno herauszuholen, falls man ihm die richtigen Fragen stellte? Vielleicht. Wahrscheinlich sogar. Aber wie lauteten die richtigen Fragen?

Sie könnten im Kessel zu finden sein! Oder bei einem Gespräch mit Max. Hier jedenfalls nicht!

Dem musste Fanni zustimmen. Sie begann in ihrer Hosentasche zu kramen, fand einen Zehner, legte ihn auf den Tisch und stand auf. »Willst du mit uns zurückfahren? Wir können dich in Solla absetzen. Für eine Motorradtour ist es doch viel zu kalt, und du bist gar nicht richtig angezogen dafür.«

Bruno nahm den Zehner und hielt ihn ihr hin. »Der Tee kostet nur zwei fünfzig.«

»Schon okay. Also was ist? Kommst du mit?«

Bruno warf einen kurzen Blick auf sein Handy. »Mein Kumpel ist schon unterwegs. Er bringt für mich Helm und Overall mit.«

Wann habt ihr das denn ausgemacht? Fanni verkniff es sich, die Frage laut auszusprechen.

Was ein guter Simser ist, der tippt so automatisch in sein Handy, wie er an einer Zigarette zieht oder sich am Kopf kratzt!

Fanni reichte Bruno die Hand. »Dann wünsche ich euch gute Fahrt. Oder wie sagt man da in Bikerkreisen?«

»Passt schon.« Und damit war er fort. Offenbar hatte er es eilig. Womöglich wartete an der Ecke schon ein Motorrad auf ihn.

Mein Gott, dachte Fanni, als sie auf die Straße trat. Spiegelglatt. Bruno und sein Kumpel werden im Graben landen.

Apropos Gott! Wie heißt es unter Bikern so schön: Wenn du Gott siehst, hast du zu spät gebremst!

4

Fanni schloss ihren Enkel heftig in die Arme.

»Wir dürfen ihn mitnehmen«, sagte Sprudel. »Aber ich musste mich dafür verbürgen, dass er rund um die Uhr zur Verfügung steht.«

»Wie konntest du dich nur so fürchterlich betrinken, Max?« Fanni sah ihn vorwurfsvoll an.

Max schob sie ein Stück von sich weg. »Was soll denn das heißen? Die haben null Komma sieben Promille bei mir gemessen. Damit durfte man in den Neunzigern noch Auto fahren, hab ich mal gelesen.«

»Bruno sagt, du und Arno, ihr hättet eine ganze Flasche Schnaps geleert, während er draußen war.«

»Quatsch.«

»Und was habt ihr tatsächlich gemacht?«

Sprudel legte ihr die Hand auf die Schulter. »Lass uns gehen. Max kann ja auf der Heimfahrt Bericht erstatten.«

»Es ist glatt auf den Straßen«, sagte Fanni.

Am schlimmsten war es auf dem Weg zum Parkplatz. Das Kopfsteinpflaster zeigte sich von einer tückischen Eisschicht überzogen.

»Sollten wir uns nicht lieber ein Hotel suchen?«, fragte Fanni besorgt, als sie zum Wagen eierten.

Sprudel deutete die Straße entlang. »Nicht nötig. Sie streuen ja schon.«

Etwas beschwichtigt sah Fanni das orangefarbene Fahrzeug des Winterdienstes näher kommen.

Mit äußerster Vorsicht manövrierte Sprudel den Wagen aus der Parklücke und hinaus auf die Straße, die, weil das Streusalz gründlich sein Werk tat, vor Nässe zu glänzen begann.

Als der Wagen ruhig und sicher in der Spur lag, wandte sich Fanni nach hinten. »Also, was ist passiert? Wie ist Arno zu Tode gekommen? Du warst doch in dem Zelt, musst also wissen, was da vor sich ging – falls stimmt, dass du nicht zu betrunken warst, um noch was mitzukriegen.«

Max beugte sich zwischen den Rückenlehnen der beiden Vordersitze nach vorn. »Wie und wann Arno zu Tode kam, ist mir ein Rätsel. Aber eines weiß ich sicher, wir haben nicht gesoffen. Wir sind nur dagehockt, Arno auf seinem zusammengerollten Schlafsack, ich auf der Isomatte, und haben ein bisschen geredet.«

»Worüber?«

»Nichts Bestimmtes. Motorradclubs. Motorradtouren. Motorradmarken: Kawasaki, Honda …«

»Ihr habt nur Bikerquatsch geredet?« Fanni nahm sich vor, »Biker«, »Motorrad« und »Elefantentreffen« aus ihrem Sprachschatz zu streichen, sobald der Fall gelöst war.

Max ließ sich nicht beirren. »Arno hatte eine Honda CBR 1100 XX. Ein Supertourer. Besonders gut für Bergstrecken geeignet. Er hat mir erzählt, dass es da, wo er herkommt, einen Haufen Pässe mit engen und steilen Serpentinen gibt. Eine besonders heikle Strecke fährt er fast täglich.«

Fanni gab ein leises Schnauben von sich.

Max' Hand legte sich auf ihren Arm. »Sie führt zu dem Ökohof, den Arno zusammen mit seinem Bruder betreibt. Schon mal was von Heumilch gehört?«

Fanni schenkte sich die Antwort. Ein Ökohof, der anscheinend einsam und allein irgendwo hoch über dem Villnösstal lag. Zwei Brüder, die dort Rindviecher hielten und diese dazu brachten, spezielle Milch zu erzeugen.

Max hatte mittlerweile zu einem Vortrag über Ökopunkte angesetzt. »… Milch von Kühen, die im Sommer nur frisches Gras zu fressen kriegen und im Winter Heu mit ein bisschen Getreide. Was Arno über die Arbeit auf dem Hof erzählt hat, war wirklich interessant. Trotzdem muss ich eingeschlafen sein.«

»Weil du zu viel getrunken hast.«

Max wollte widersprechen, aber Fanni kam ihm zuvor. »Null Komma sieben Promille, ich hab's nicht vergessen. Mag ja sein, dass es Leute gibt, die nichts merken, wenn sie so eine Menge im Blut haben. Bei dir ist es anscheinend anders.«

»Man sollte auch berücksichtigen«, sagte Sprudel, der bisher geschwiegen und sich aufs Fahren konzentriert hatte, »dass du zuvor stundenlang in der Kälte rumgelaufen bist, da wirkt dann jedes bisschen Alkohol besonders stark.«

»Wovon bist du aufgewacht?«, fragte Fanni.

»Keine Ahnung. Vielleicht davon, dass Bruno zurückkam.«

»Nein, Max, es muss schon früher gewesen sein, auch wenn du danach vielleicht noch mal eingeschlafen bist. Du hättest sonst nicht wissen können, dass Arno nicht mehr lebt. ›Arno ist tot‹, hast du nämlich angeblich zu Bruno gesagt, als er zurück war.«

Sie hörte ihren Enkel überrascht nach Luft schnappen. »Das soll ich gesagt haben?«

»Weißt du das nicht mehr?« Die Frage war rhetorisch. Fanni erwartete keine Antwort darauf. »Was ist denn das Letzte, woran du dich erinnerst?«

»Dass Arno über Heumilch spricht.«

Und damit hat es sich, dachte Fanni. Schweigend starrte sie auf den nass glänzenden Asphalt, in dem sich das Scheinwerferlicht spiegelte.

Die Aussagen von Max und Bruno stimmten hinten und vorne nicht überein. Wenn Max die Wahrheit sagte, wovon sie ausging, dann hatte Bruno Unsinn geredet oder sie bewusst angelogen. Zum einen hatte er Arno und Max nachgesagt, sie hätten eine ganze Flasche Schnaps geleert …

Was nicht ganz unrichtig sein muss, wenn Arno sich die Kante gegeben hat, nachdem Max eingeschlafen war!

Fanni wischte den Einwand mit einem leichten Kopfschütteln beiseite. Zum andern hatte er Max dieses »Arno ist tot« in den Mund gelegt.

Warum? Um es so aussehen zu lassen, als habe Max den Mord im Alkoholrausch gestanden? Für einen derartigen Schachzug konnte es nur einen einzigen Grund geben.

Bruno ist selbst der Täter und will Max in die Pfanne hauen!

Fanni nickte bestätigend. Deshalb hatte Bruno auch die Mitfahrgelegenheit abgelehnt, die sie ihm angeboten hatte. Er hatte eine Konfrontation mit Max vermeiden wollen.

Ihre Schlussfolgerungen schienen geradezu zwingend logisch. Aber wie weiter? Wie ließ sich beweisen, dass Bruno ein falsches Spiel spielte?

Es gab keine weiteren Zeugen für das, was im Zelt passiert war. Wort stand gegen Wort. Nichts und niemand konnte Bruno der Lüge überführen und Max damit entlasten.

Ein zweites Mal vergegenwärtigte sie sich, inwiefern sich Max' und Brunos Aussagen nicht deckten. Da war neben dem scheinbaren Geständnis noch die Sache mit der Schnapsflasche, die geleert worden war oder eben nicht.

Leer oder nicht! Besoffen oder nicht! Was soll das denn bringen! So oder so, bei Max ist der Bildschirm schwarz, was den Mord an Arno betrifft!

Max war nicht besoffen, jedenfalls nicht im juristischen Sinn. Das beweist sein Promillewert, erklärte Fanni ihrer Gedankenstimme, die offenbar verpasst hatte, worum es eigentlich ging. Trotzdem will Bruno es danach aussehen lassen. Als Indiz führt er die geleerte Flasche an. Was, wenn sie noch fast voll ist? Dann haben wir den Beweis, dass uns Bruno was vormacht.

Den du nur erbringen kannst, wenn du die Flasche sicherstellst!

Genau das werde ich tun.

Und bitte wie? Willst du im kriminaltechnischen Labor einbrechen?

Vielleicht liegt die Flasche noch in Arnos Zelt. Die Leute von der Spurensicherung haben ihr womöglich keine Bedeutung beigemessen.

Du willst Arnos Zelt filzen?

Fanni nickte entschlossen.

Und du glaubst, Sprudel gibt seinen Segen dazu?

Irgendwie musste sie ihn dazu bringen.

Beklommen wandte sie sich ihm zu. »Ich muss noch mal in

den Kessel und ein paar Ermittlungen anstellen, bevor es zu spät dafür ist.«

Sprudel drosselte das Tempo, das wegen der Glatteisgefahr ohnehin nicht nennenswert war (an manchen Stellen überfror die Nässe bereits wieder), und sah sie verblüfft an. »Jetzt?«

Fanni straffte sich. »Wir können es uns nicht erlauben, Nachforschungen auf die lange Bank zu schieben. Am Sonntagabend ist kein einziger Biker mehr da. Wenn bis dahin nichts geklärt ist, bleibt der Mord an Max hängen.« Sie verkniff sich den Zusatz: Dafür wird Bruno schon sorgen.

»Du willst«, Sprudel schluckte trocken, »im Kessel Ermittlungen anstellen? Jetzt, am späten Abend?« Er stockte kurz, als streife ihn ein erschreckender Gedanke. »Ganz allein?«

»Bist du närrisch, Oma?«, kam es von hinten. »Du allein im Elefantencamp, im Dunkeln und bei der Arschkälte? Was soll das denn bringen?«

»Du hältst dich raus, Max.« Fannis Stimme war scharf.

Sprudel räusperte sich. »Es ist verrückt, Fanni.«

Fanni verschränkte die Arme vor der Brust. »Bitte sehr. Wenn es verrückt ist, nach Hinweisen zu suchen, die Max entlasten, dreh um und bring ihn zurück. Dann kann ihn der Kommissar ebenso gut gleich einbuchten. Anschließend rufst du Vera an, erklärst ihr, was los ist und warum wir nichts unternehmen.«

An Sprudels abgrundtiefem Seufzer erkannte sie, dass er nachgeben würde. »Aber wir kommen mit.«

Fanni bemühte sich um einen gemäßigten Ton, was ihr gründlich misslang. »Das wäre tatsächlich närrisch. Mit Max im Kessel aufzutauchen.« Sie schnaubte. »Das kann doch nicht dein Ernst sein. Was würde der Kommissar dazu sagen, bei dem du dich für Max verbürgt hast? Was genau hast du dem eigentlich versprochen?«

Sie konnte sehen, wie Sprudel sich auf die Lippen biss, und ahnte, wie das Abkommen lautete: Max wird umgehend nach Birkenweiler gebracht und rührt sich bis auf Weiteres nicht von dort weg.

»Zu dritt im Kessel aufzukreuzen wäre wirklich unklug«, legte sie nach, wobei es ihr schließlich gelang, einen nachsichtigen, geradezu einschmeichelnden Ton anzuschlagen. »Und viel zu auffällig. Das wäre, als würden wir ein Schild mit uns herumtragen, auf dem steht: ›Hallo, Arnos Mörder, melde dich bei uns oder verrate dich auf irgendeine Weise.‹ Und damit wäre er gewarnt.«

Sprudels Hände umklammerten das Lenkrad, als wollte er es verbiegen.

Er kann dich nicht allein gehen lassen! Sieh doch ein, dass er das nicht über sich bringt!

Er muss, dachte Fanni und verlegte sich aufs Bitten. »Was kann mir denn schon passieren, Sprudel? Die Biker sind ja anständige Kerle. Ehrbare Leute, die halt ein Faible für Motorräder haben und einmal im Jahr mit ihresgleichen einen draufmachen wollen. Die tun mir nichts. Warum sollten sie?«

»Fanni –«

Sie ließ ihn nicht weiterreden. »Es gibt nur einen Einzigen im Elefantenkessel, der gefährlich ist – Arnos Mörder. Aber woher soll der denn wissen, dass ich hinter ihm her bin?«

Von den Typen am Feuer! Karl, Bert, Bambi und wie sie alle heißen!

Fanni hielt kurz die Luft an, als könnte sie damit verhüten, dass der Gedanke zu Sprudel übersprang. Bitte, beschwor sie höhere Mächte, an die sie nicht glaubte, lasst ihn darauf erst kommen, nachdem er mich in Solla abgesetzt hat.

Schließlich fügte sie hinzu: »Und ich werde mich vorsehen, versprochen.«

Bevor Sprudel zu einer Antwort ansetzen konnte, klopfte sie Max, der sich noch immer zwischen den Rücklehnen vorbeugte, mit der flachen Hand auf die Mütze. »Und ihr beide müsst nach Birkenweiler fahren und euch dort zur Verfügung halten. So ist die Übereinkunft, Sprudel. Wir können es uns nicht leisten, uns darüber hinwegzusetzen.«

Sprudels Stimme klang gequält. »Fanni, ich kann dich einfach nicht allein –«

Sie schnitt ihm das Wort ab. »Eine andere Möglichkeit gibt es aber nicht.«

»Darf ich was fragen, Oma?«, meldete sich Max in übertrieben bescheidenem Ton.

»Kann ich dich daran hindern?«, fragte Fanni unwirsch.

Max lachte leise. »Mal angenommen, wir setzen dich in Solla am Parkplatz ab. Du gehst zum Kessel und spazierst da herum. Wie lange? Drei Stunden? Vier? Nehmen wir den unwahrscheinlichen Fall an, dass du vier Stunden durchhältst. Dann wäre es zwei Uhr morgens. Die paar Biker, die um diese Zeit noch nicht in ihren Zelten liegen und schnarchen, denken jetzt auch allmählich daran, sich in ihr Nachtlager zu verziehen. Und was machst du? Dich in eine Schneewehe setzen und erfrieren?«

Lieber das Leben riskieren als Schwung verlieren!

Als die Frage, wo sie den Rest der Nacht verbringen sollte, in Fannis Kopf aufgetaucht war, hatte sie sie unbeantwortet gelassen und gedacht, es würde sich schon irgendwie finden. Nun musste sie zugeben, dass sie keine Idee hatte, wie. Ihre einzige Option war Sprudel.

Sie griff nach seiner Hand und drückte sie. »Würdest du mich abholen, wenn ich anrufe?«

Er lachte auf. »Was glaubst du denn?«

Es blieb still im Wagen, bis Sprudel auf dem Parkplatz in Solla einbog. Er stieg zusammen mit Fanni aus, nahm sie fest in die Arme.

»Versprich mir …«

Sie stellte sich auf die Zehenspitzen, legte die Hände um seinen Nacken und presste ihre Lippen auf seinen Mund.

»Wie oft haben wir schon in übelsten Schwierigkeiten gesteckt?«, sagte sie dann. »Öfter, als wir zählen können. Aber immer hat sich das Blatt zum Guten gewendet. Und warum? Weil wir wissen, dass wir uns aufeinander verlassen können. Das konnten wir von Anfang an. Seit damals, als wir uns in Erlenweiler gegenübersaßen und ich dich davon überzeugt habe, dass für den Mord an Mirza Klein der Falsche verhaftet worden war.« Sie hob den Daumen. »Wir machen das Rennen, Sprudel.«

Pokal oder Spital!

Pestbeule. Fanni zerquetsche das Wort zwischen den Zähnen.

Sprudel drückte sie noch einmal fest an sich. »Bleib nicht zu lange von mir fort. Ich warte auf deinen Anruf.«

5

Fanni legte die Strecke zwischen Parkplatz und Kessel im Laufschritt zurück. Für diese übertriebene Eile gab es zwei gute Gründe: ihre Ungeduld und die klirrende Kälte.

Als sie außer Atem, mit vereister Nase und froststarrenden Fingern in die Elefantenstraße einbog, stieß sie mit einem kleinen, rundlichen Mann zusammen.

Er bekam sie an den Schultern zu fassen und hielt sie fest. »Na aber, wohin denn so eilig?«

Fanni registrierte, dass er eine bauchige Tasche umgehängt hatte und unter dem Mantel ein Sakko trug.

Das ist kein Biker aus dem Kessel!

Stimmt, dachte Fanni. Das muss einer der Reporter sein, die sich seit dem Mord im Kessel herumtreiben.

Ein Boulevardreporter! Die anderen Medienvertreter haben sich vermutlich längst empfohlen!

Der Mann musterte sie intensiv, und sie glaubte, in seinen Augen ein kurzes Aufflackern gesehen zu haben.

Fanni wurde flau im Magen. Was, wenn der Dicke mit einem derjenigen gesprochen hatte, die mit Sprudel und ihr am Lagerfeuer gesessen hatten? Dann wusste er über Max Bescheid und darüber, dass die Großmutter nach Entlastungsbeweisen für den Enkel suchte. Er brauchte wohl nicht besonders gewieft zu sein, um dahinterzukommen, wen er da gerade vor sich hatte.

Sobald es klick gemacht hat, wird er dich in die Mangel nehmen! Fragen stellen, Fotos schießen ...

Fanni riss sich los. »Entschuldigen Sie meine Unachtsamkeit«, rief sie über die Schulter, bevor sie zu einem Sprint ansetzte.

Erst am Imbiss drosselte sie ihr Tempo, schaute zurück, stellte fest, dass der Mann nicht mehr in Sicht war, und blieb schließlich stehen.

Außer Sicht muss nicht heißen, dass er dir nicht gefolgt ist!
Besser, du tauchst irgendwo unter!

Im Imbiss, entschied Fanni. Da konnte sie sich auch gleich mit einem heißen Getränk versorgen.

Aber der Andrang, der dort herrschte, schreckte sie ab. Die zu Tischen umgestalteten Fässer waren ebenso wie der Verkaufsstand dicht umlagert. Wie Eruptionen brachen an dieser und jener Stelle Gelächter und Gejohle aus, ebbten ab, brandeten plötzlich woanders auf. Und alles schien zu schwanken: die Biker im Imbiss, die Gaslampen am Eingang, die Gestalten, die in den Lichtkegeln erschienen und verschwanden, die Zelte, die ihr auf einmal vorkamen wie Boote.

Fanni rieb sich die Augen, blinzelte, und schließlich gewann ihre Umgebung eine gewisse Stabilität zurück. Das Gedränge im Imbiss war allerdings noch immer das Gleiche, sodass sie sich wenig Chancen ausrechnete, zum Verkaufsstand vorzudringen.

Sie sagte sich gerade, dass sie dann eben ohne etwas Warmes im Magen auskommen – der Tee, den sie in der Kneipe getrunken hatte, war längst aufgesaugt – und zwischen den Zelten untertauchen müsse, da hörte sie, wie ihr Name gerufen wurde.

»Fanni. Faaaanniii! Na, so was. Du bist ja immer noch da. Gefällt es dir so gut bei uns?«

Karl. Die etwas brüchige Stimme war unverkennbar.

Fanni schaute sich suchend um, konnte den Alten aber nirgends entdecken.

»Hier, Mädel. Schau mal rechts rüber.«

Das andere Rechts!

Wie gewöhnlich hatte Fanni sich auf die falsche Seite gedreht. Sie wandte sich hastig um und sah schließlich eine erhobene Hand aus einem Knäuel aus Fellmützen und Parkas herausragen.

»Komm her, Mädel, komm her zu uns.« Karl schwenkte den Arm wie einen Scheibenwischer, was wundersamerweise bewirkte, dass die Menschenmenge sie auf ihn zuschleuste wie Schwemmholz auf eine Insel.

Und der Verkaufsstand lag mitten auf Fannis Weg.

An einen Becher Tee zu kommen erwies sich als leichter als gedacht. Die Umstehenden zeigten sich rücksichtsvoll und höflich. Keiner schubste, keiner rempelte. Ein gewaltiger Kerl mit Lederkappe und Nasenpiercing ließ ihr sogar den Vortritt.

Mit dem Becher in der Hand peilte Fanni nun wieder Karl an und wollte sich weiter auf ihn zutreiben lassen, da sah sie Xarre neben ihm auftauchen.

Sie hätte selbst nicht sagen können, was sie veranlasste, stehen zu bleiben und die beiden zu beobachten.

Karl und Xarre steckten verschwörerisch die Köpfe zusammen, was Fanni nun wirklich scharf hinschauen ließ, und tatsächlich nahm sie eine verstohlene Transaktion wahr. Ein Päckchen wechselte den Besitzer und verschwand umgehend in den Tiefen von Karls wattierter Jacke.

Was hat sich Karl denn da beschafft? Doch nicht etwa Dope?

Gut möglich, dachte Fanni. Vermutlich hält man es in diesem Hexenkessel bei krassen Minusgraden und sanitären Anlagen wie im russischen Gulag nur bekifft aus.

Als sie eine halbe Minute später an die beiden herantrat, trugen sie geradezu treuherzige Mienen zur Schau.

Karl legte ihr die Hand auf den Arm. »Sie haben vorhin darüber beraten, ob das Elefantentreffen wegen dem Todesfall abgebrochen werden soll.«

»Wer?«, fragte Fanni.

Er sah sie verwirrt an.

»Wer hat darüber beraten?«, präzisierte Fanni.

»Die halt hier das Sagen haben. Die Brüder vom BVDM.«

»Bundesverband der Motorradfahrer«, soufflierte Xarre.

Fanni wartete darauf, dass man ihr das Ergebnis der Beratung mitteilen würde, und musste sich nicht lange gedulden.

»Sie haben entschieden, dass es weitergehen soll.«

Fanni atmete erleichtert auf. Das hätte noch gefehlt, dass sich sämtliche Zeugen – und Arnos Mörder mit ihnen – aus dem Staub machten und dabei auch noch sämtliche eventuell vorhandenen Spuren restlos vernichteten.

»Aber es soll einen feierlichen Gedenkgottesdienst für den Toten geben«, fuhr Karl fort. »Drüben im Schartenkirchlein. Mit Ansprachen von Honoratioren, umrahmt von den Ohetaler Bläsern.« Er nickte zuerst beifällig, dann schüttelte er den Kopf. »Die Veranstalter hätten uns sowieso nicht abreisen lassen können, weil die Polizei mit dem Herumfragen noch lang nicht fertig ist.« Falls er noch etwas hatte hinzufügen wollen, wurde er von einem Typen in gefüttertem Holzfällerhemd daran gehindert, der ihm auf die Schulter schlug und mehrmals hintereinander in unterschiedlichen Tonlagen seinen Namen rief, als arbeite er daran, die richtige zu treffen.

Fanni ging indessen die Frage durch den Kopf, wo sich die Kirche, die Karl erwähnt hatte, wohl befinden mochte. In Solla gab es nicht einmal eine Kapelle und im Kessel ebenso wenig. Plötzlich aber erinnerte sie sich, dass sie den Hinweis »Schartenkirche« am Besucherparkplatz auf einem Schild gesehen hatte, dessen Richtungspfeil bergwärts wies. Das Kirchlein musste sich außerhalb des Ortes auf einem Hügel befinden, hatte wahrscheinlich einmal zu einer Burganlage gehört, wie es zwischen Schweikelberg und Dreisessel viele gab.

Karl redete noch immer mit dem Typen im Holzfällerhemd. Xarre hatte sich verdrückt, und das wollte auch Fanni tun, still und leise ohne lange Erklärungen.

Sie stellte ihren mittlerweile leeren Becher am Tresen ab und ließ sich in Richtung Ausgang spülen, was ihr dann doch ein paar Rempler und etliche Tritte auf die Zehen einbrachte.

Als sie endlich ins Freie trat, stand ihr der Schweiß auf der Stirn.

Wenn ein Moped nicht tropft, ist nichts mehr drin!

Halt einfach die Klappe, Dummschwätzer.

Sie öffnete den Kragen ihrer Jacke, lockerte den Schal und bog in die Elefantenstraße ein.

In der ersten Kurve blieb sie stehen, um sich einen Überblick zu verschaffen und sich zu orientieren, denn nachts sah der Kessel ganz anders aus als am Tag oder am frühen Abend, wenn überall Lichter brannten. Bei guter Beleuchtung fielen die Zelte ins Auge, die Gestalten dazwischen und die halbhohen Wälle aus Strohballen, die als Windschutz, Sitzgelegenheit oder Ablage dienten. Nachts gab es nur wenige Lichtpunkte, größere und kleinere, manchmal dichter gesäte, meist aber weit auseinanderliegende.

Am hellsten zeigte sich das Areal direkt vor ihr; dort stand die Mehrzahl der Zelte, weil die Abhänge des Kessels hier am sanftesten ausliefen. Östlich dieses Zentrums, ganz unten im Talgrund, musste die Arena liegen. Dort waren die Lagerfeuer, Gaslaternen und Fackeln recht spärlich. Westlich zog sich die Zeltstadt über Terrassen bis zum Waldrand hin, wo es kaum noch Leuchtpunkte gab.

Fanni wollte so schnell wie möglich zu Arnos Zelt gelangen. Sie musste einfach nachsehen, was es mit Brunos Aussage über die Schnapsflasche auf sich hatte, und sie hoffte, wenigstens einen winzigen Hinweis auf die Motivlage zu finden. Wen hatte Arno sich zum Feind gemacht? Und warum?

Erwartest du im Zelt einen Aushang mit den Antworten?

Nein, dachte Fanni, ein Notizbuch mit ein paar aufschlussreichen Eintragungen würde mir reichen.

Sie warf einen letzten Blick in die Runde und sagte sich, dass sie erst einmal die Richtung zur Arena einschlagen, dann aber rechts abbiegen müsse. Wo genau, wusste sie nicht. Wenn sie Glück hatte, fand sie die Stelle auf Anhieb, wenn nicht, würde die Sache auf Versuch und Irrtum hinauslaufen.

Eilig setzte sie sich in Bewegung, wobei ihr auffiel, dass ihr beim Stehenbleiben überhaupt nicht kalt geworden war. Im Kessel schien es viel wärmer zu sein als oben auf der Zufahrtsstraße.

Ist doch logisch, Mann!

Fanni verdrehte genervt die Augen, aber die Gedankenstimme hatte nicht die Absicht, auf neunmalkluge Belehrungen zu verzichten.

Der eisige Böhmerwaldwind hat hier im Talgrund keine Chance, er kann nur obendrüber blasen! Und die zahllosen Lagerfeuer heizen die Senke noch gehörig auf! Fragt sich allerdings, wann das erste Rauchgas-Opfer zu beklagen sein wird!

Wie so oft hatte die Gedankenstimme recht. Die Dunstschicht, die sich wie eine Schaumstoffmatte über den Kessel gelegt hatte, war deutlich zu erkennen.

Fanni hatte ungefähr den halben Weg bis zur Arena hinter sich gebracht, da entdeckte sie einen Trampelpfad, der ihr vertraut erschien. Als sie ihm folgte, kam sie zu dem Lagerfeuer, um das Sprudel und sie mit den Bikern gesessen hatten. Ein paar Scheite glommen vor sich hin, aber niemand war zu sehen. Hatten Bambi, Karl und die andern vor, später wieder herzukommen?

Fanni beeilte sich, den Ort zu passieren. Gerade jetzt mit jemandem aus der Bikerrunde zusammenzutreffen wäre ihr unangenehm gewesen. Man würde wissen wollen, warum sie sich hier herumtrieb und was sie jetzt noch vorhatte.

Nachdem sie noch eine kurze Strecke zurückgelegt hatte, war Arnos hohes Tipi unter den hingeduckten Igluzelten auf einmal recht gut auszumachen. Andernfalls hätte sie sich wohl schwergetan, es wiederzufinden. Wäre sie auf der Suche nach einem bestimmten Igluzelt gewesen, hätte sie vermutlich aufgeben müssen, denn die Iglus sahen alle gleich aus, farblich ließen sie sich im Dunkeln nicht unterscheiden.

Als sie das Absperrband erreichte, das in etwa vier Metern Abstand um das Tipi herumlief, duckte sie sich schnell darunter durch, flüchtete sich in den Schatten der Zeltwand und sah sich aufmerksam um.

Sämtliche Iglus in Sichtweite waren geschlossen und unbeleuchtet. Über den Trampelpfad, auf dem sie gekommen war, stapfte eine Gestalt, bog jedoch ab, bevor sie auf weniger als ein Dutzend Schritte herangekommen war. Dann war niemand mehr zu sehen.

Fanni trat einen Schritt zurück und warf einen kritischen Blick auf Arnos Zelt. Ein diffuser Lichtschein ließ die oberste Spitze gespenstisch aufleuchten, ansonsten lag es tief im Dunkeln.

Dennoch bewegte sie sich sehr vorsichtig auf den Zelteingang zu, war darauf bedacht, mit dem Schatten zu verschmelzen und kein Geräusch zu verursachen. Als sie den Eingang schließlich erreichte, musste sie feststellen, dass er mit einem breiten Band, auf dem ein behördliches Siegel klebte, gesichert worden war.

Sie hob die Hand und zupfte daran.

He, das kannst du nicht bringen!

Fanni seufzte und ließ die Hand wieder sinken. Wieder einmal musste sie der Gedankenstimme recht geben. Wenn sie das Band abriss, würde das beim ersten Tageslicht deutlich zu erkennen sein und jedem auffallen, der hier vorbeikam.

Sollte sie ihr Vorhaben aufgeben? Unverrichteter Dinge wieder abziehen?

Zugegeben, manchmal war es vernünftig, auf die Gedankenstimme zu hören.

Was mir leichter fallen würde, dachte Fanni verstimmt, wenn sie auf ihre Mätzchen verzichten könnte. Bikersprüche und Bikerjargon. War das nötig?

Klar, Mann! Kapier es doch endlich! Es geht dabei darum, in das jeweilige Milieu hineinzuwachsen! Zu reden wie ein Biker hilft, zu denken wie ein Biker!

Fanni nickte kaum merklich. Ja, so war die Sache wohl zu erklären. Ein Teil ihres Unterbewusstseins versuchte anscheinend, sich mit dem Umfeld vertraut zu machen, darin aufzugehen.

Könnte durchaus hilfreich sein, dachte sie einsichtsvoll, wagte jedoch zu bezweifeln, dass eine derartige Verschmelzung auch nur halbwegs gelingen konnte. In diesem Milieu schon gar nicht. Fannis Wissen über Motorräder beschränkte sich auf kurze Sichtungen im Straßenverkehr, von ihren Besitzern hatte sie nicht einmal ein vages Bild gehabt.

Bis heute.

Wenn du noch länger hier rumlungerst, kostet das Standgebühr!

Fanni warf einen letzten Blick auf das Polizeisiegel, das zwar tabu war, sie aber wohl nicht daran hindern konnte, in Arnos Behausung zu gelangen. Schließlich handelte es sich um ein Zelt und nicht um einen Betonbunker.

Kurz entschlossen ließ sie sich auf die Knie nieder, hob den unteren Rand der Zeltplane ein wenig an und spähte hinein.

Die Zeltstangen steckten fest im Boden, bildeten einen etwas eingedellten Kreis und hielten die Plane, die mit Schlaufen daran befestigt sein musste. Falls sie sich weit genug hochschieben ließ, wäre es vielleicht möglich, unten durchzurobben.

Und dabei stecken zu bleiben!

Zehn Zentimeter müssten genügen, dachte Fanni und griff mit beiden Händen zu. Um genügend Druck nach oben ausüben zu können, musste sie die Knie und die Ellbogen auf den Boden pressen.

Ihr Kopf glitt problemlos durch den Spalt, den sie geschaffen hatte, und die Erfahrung sagte ihr, dass folglich auch Oberkörper, Bauch und Beine durchpassen würden.

Dem mochte durchaus so sein, aber vorerst ergaben sich unvermutete Komplikationen.

Der Boden im Inneren des Zeltes war dick mit Stroh ausgelegt, das sich zusammenschob und wie eine Düne auftürmte, als Fanni sich vorwärtsarbeitete. Die Halme stachen ihr von überall her ins Gesicht, weshalb sie die Augen zukneifen und den Kopf ständig hin- und herdrehen musste, um sich von ihnen zu befreien. Sobald sie Arme und Hände unter der Plane durchgezwängt hatte, versuchte sie, den Strohwall wegzudrücken, was ihr jedoch nur unzureichend gelang. Es war, als würden sich die Halme nicht nur gegen sie wehren, sondern ihrerseits zu einem heftigen Angriff übergehen. Es kratzte, stach und zwickte von allen Seiten.

Schließlich gelang es ihr aber doch, so weit ins Zelt hineinzurobben, dass sich nur noch ihre Beine außerhalb der Plane befanden. Jetzt konnte sie sich auf die Ellbogen stützen, den Oberkörper etwas aufrichten und endlich ihr Gesicht vor den schürfenden und stechenden Halmen in Sicherheit bringen.

Ihre Stirn und ihre Wangen brannten, ihr Kinn fühlte sich

an, als wäre es mit einem groben Reibeisen bearbeitet worden. Sie strich mit der Hand darüber, was sich als Fehler erwies, weil die Haut davon nur noch mehr juckte und biss.

Schleift das Kinn auf dem Asphalt, wird der Fahrer meist nicht alt!

Fanni stieß ein empörtes Schnauben aus, während sie – auf die Unterarme gestützt – vorwärtskroch, bis sie die Beine ins Zeltinnere ziehen und sich aufsetzen konnte.

Dann hockte sie in einem Haufen aus pikenden Halmen und versuchte, ihre Umgebung wahrzunehmen. Aber mehr als ein paar schemenhafte Konturen gab das Dämmergrau im Innern des Zeltes nicht her.

Sie würde Licht brauchen, wenn sie finden wollte, wonach sie suchte.

Zum Glück hatte Sprudel am Morgen vor der Abfahrt aus Birkenweiler kundgetan, dass für den Besuch des Elefantencamps ein paar Ausrüstungsgegenstände, wie man sie auf Bergtouren oder auf längere Wanderungen mitnahm, wohl nicht schaden könnten. Daraufhin hatte jeder von ihnen – zusätzlich zu Mobiltelefon, Portemonnaie und Handschuhen – eine Taschenlampe eingesteckt, ein Taschenmesser, etwas Schnur und einen Müsliriegel.

Fanni begann in ihren Jackentaschen nach der Lampe zu kramen.

Und die willst du tatsächlich einschalten? Jeder, der vorbeigeht, wird den Lichtschein bemerken, die richtigen Schlüsse ziehen, ein paar Leute zusammentrommeln und nachschauen kommen!

Das Risiko musste sie eingehen, wenn ihr Eindringen in Arnos Zelt nicht umsonst gewesen sein sollte.

Im Lichtkegel des kleinen, aber leistungsstarken Lämpchens sprangen einzelne Gegenstände deutlich hervor. Da war das gusseiserne Öfchen mit der winzigen Herdplatte und dem dünnen Kaminrohr, das Bruno erwähnt hatte. Es schien sogar noch ein bisschen Wärme abzustrahlen. Da waren zwei Gepäckboxen und ein Motorradhelm. Der zusammengerollte

Schlafsack, von dem Max und Bruno gesprochen hatten, sowie die Isomatte fehlten jedoch.

Fanni nahm an, dass die Kriminaltechniker sie zur Untersuchung mitgenommen hatten. Aber wozu? Dass Max und Bruno sich in Arnos Zelt aufgehalten hatten, bestritt ja niemand, falls sich außer ihren und Arnos Spuren noch weitere finden ließen, womit sollten sie verglichen werden?

Polizeidatenbank? Abdrücken von Leuten, die sich eventuell verdächtig machen?

Klugscheißer.

Was selbstverständlich noch fehlte, war die Pistole.

Du hättest Max danach fragen sollen! Überhaupt hättest du ihn viel mehr ausquetschen müssen!

Es war ja nichts zu holen, dachte Fanni. Selbst wenn ich mehr als die halbe Stunde Fahrzeit zur Verfügung gehabt hätte, wäre ich nicht viel weitergekommen. Vielleicht fällt Max das eine oder andere noch ein, aber ich werde dieses Gefühl nicht los, das mir sagt: Er weiß einfach nichts.

Damit überließ sie die Gedankenstimme ihren eigenen Mutmaßungen und konzentrierte sich wieder auf Arnos vorhandene beziehungsweise nicht vorhandene Hinterlassenschaften.

Die Pistole. Warum hatte Arno sie mitgebracht? Weil er wusste, dass ihm im Kessel Gefahr drohen würde? Oder weil er selbst es auf jemanden abgesehen hatte? Was war dieser Arno denn für einer gewesen?

Ein angenehmer Typ anscheinend!

Ja, dachte Fanni. Und das bisschen, das Max über ihn erzählt hat, lässt ihn echt sympathisch wirken.

Motorradvernarrter Ökobauer, der über Heumilch referiert und sich in seiner Freizeit die Mühe macht, ein altes Zelt instand zu setzen!

Aber Arno wäre nicht der erste Halunke, der den Guten spielt und alle Welt damit hinters Licht führt.

Sie musste unbedingt mehr über ihn erfahren.

Fanni leuchtete gerade im Eingangsbereich des Zeltes herum, als sie draußen Stimmen hörte. Hastig knipste sie die Taschenlampe aus, blieb reglos im Dunkeln sitzen und lauschte. Alles blieb still.

Als sie schon glaubte, sie hätte sich getäuscht, knirschten Schritte im Schnee, und jemand sagte: »Das Kraut ist bestimmt längst weg.«

»Kann nicht sein«, lautete die Antwort. »Bambi hat gesagt, sie hebt uns was auf. Und wenn sie das sagt, dann macht sie das auch. Auf Bambi kannst du zählen.«

Karl, dachte Fanni. Die Stimme war ihr inzwischen vertraut. Der erste Sprecher, dessen Stimme ihr völlig unbekannt war, lachte kollernd. »Aber als Erstes hat sie den Xarre bedient. Um der alten Zeiten willen. Und das Einzige, auf das du dich bei Bambi verlassen kannst, ist, dass sie jeden Abend einen anderen Kerl abschleppt. Magst wetten, heut ist der Luigi dran.«

Karl fiel merklich zurückhaltend in das Lachen ein. »Sie ist halt kein Kind von Traurigkeit, und dass sie dem Xarre den Vorzug gibt, ist ihr doch nicht zu verdenken. Der ist aber sozial, hat mir was abgegeben heute …«

Den Rest des Satzes konnte Fanni nicht mehr verstehen. Zum einen waren Karl und der Unbekannte wohl schon zu weit weg, zum andern kam Lärm auf. Ein Motor knatterte, als hätte er Fehlzündungen, Männer johlten, irgendwer schien Holz zu hacken.

Fanni horchte eine Weile und versuchte einzuschätzen, woher die Geräusche kamen. Daraus, dass es ihr nicht einmal annähernd gelang, schloss sie auf eine größere Entfernung. Das Knattern war ohnehin bereits verklungen. Auch Karl und dessen Begleiter schienen endgültig fort zu sein.

Offenbar war niemand nahe genug, um einen kegelförmigen irrlichternden Schein in Arnos Zelt wahrzunehmen.

Fanni schälte die Taschenlampe aus ihrem Jackenärmel, in den sie sie gesteckt hatte, als könne sie selbst ausgeschaltet verräterisch sein, und knipste sie wieder an.

Der Strahl fiel auf Arnos Gepäckboxen, die einträchtig nebeneinander an der Zeltwand standen.

Die Kripotypen wollen den Rest von Arnos Sachen anschei-

nend erst morgen früh genauer in Augenschein nehmen! Deshalb haben sie alles abgesperrt!

Fanni stülpte den Pulloverärmel über die Finger der rechten Hand.

Das nenne ich mal abgebrüht! Aber seit wann schert es Miss Marple, wo sie Fingerabdrücke hinterlässt?

Mit der vermummten Rechten versuchte sie, den Deckel der einen Box aufzuklappen. Er gehorchte widerstandslos.

Fannis Blick fiel auf sorgfältig zusammengefaltete Wäsche. Vorsichtig durchkämmte sie T-Shirts, Slips, Wollsocken, lange Thermounterhosen, legte ein Langarmshirt beiseite, eine Fleecejacke, Handtuch und Waschzeug. Dann packte sie alles wieder so zurück, wie sie es vorgefunden hatte. Dabei streifte sie der Gedanke, ob Arno tatsächlich so sorgsam gewesen war, wie der Inhalt seiner Gepäckbox vermuten ließ. Sie zweifelte keinen Augenblick daran, dass – genau wie sie – einer der Kripoleute die Wäsche in der Box zumindest flüchtig kontrolliert hatte. Wie hatte der sie vorgefunden?

Genauso natürlich! Wie käme ein Kripomann dazu, an einem Tatort etwas zu verändern?

Die zweite Box enthielt Proviant. Müsliflocken, Teebeutel, Instantkaffee, etwas Brot, Salami und Käse.

Eine ganze Menge Käse!

Fanni wog das Paket in der Hand und schätzte es auf mehr als ein Kilo. Wollte Arno sich hauptsächlich von Käse ernähren?

Riecht ja auch lecker!

Fanni schnupperte daran und gab der Gedankenstimme recht. Der Käse roch würzig nach frischen Kräutern. Noch während ihr der Gedanke durch den Kopf ging, fiel ihr ein, was Bruno in der Kneipe berichtet hatte: »Arno hat gesagt, er hätte Käse von der Alm in seiner Gepäckbox. Heumilchkäse, direkt aus der Sennerei. Er wollte uns davon probieren lassen. Deswegen habe ich Brot und Bier gekauft.« Auch Max hatte ja von den Heumilchprodukten gesprochen, auf die Arno offenbar sehr stolz gewesen war.

Schön und gut! Aber warum karrt Arno so einen Klumpen Käse über die Alpen?

Fanni hielt das Paket noch immer in der Hand und schaute es nachdenklich an.

Die harmloseste Erklärung war, dass Arno den Käse mitgebracht hatte, um mit Kostproben davon für seine Produkte Werbung zu machen. Aber war es auch die naheliegendste? Fanni wagte das zu bezweifeln.

Richtig, im Loher Kessel wird nämlich nicht die Grüne Woche ausgerichtet, sondern ein Bikertreffen.

An dem jeder teilnehmen konnte, der ein Motorrad besaß. Das war die Eintrittskarte zum Kessel. Und das nutzten bestimmt nicht nur anständige Kerle, wie sie Sprudel hatte weismachen wollen, um ihn zu beschwichtigen.

Sie überlegte, welche Art Leute sich wohl hier eingefunden hatte.

Alle Arten! Junge und alte, gebildete und ungebildete, schlitzohrige und rechtschaffene, Radaubrüder und stille Wasser!

Und echte Gangster? Fanni erinnerte sich, wie ihr vorhin im Imbiss auf der einen oder anderen Kutte Patches aufgefallen waren, die ihr fragwürdig schienen – ein Totenkopf, eine Teufelsfratze, ein Schriftzug: »Fuck the world«.

Hells Angels? Bandidos?

Warum nicht?, dachte sie. Wer sich »Fuck the world« auf die Fahnen schreibt, ist vermutlich kein Streetworker. Und wer heimlich ein verdächtiges Päckchen in seiner Kleidung verschwinden lässt und davon spricht, sich »Kraut« besorgen zu wollen, ist vermutlich auf Drogen.

Ein Kiffer, so alt wie Gandalf der Graue?

Nicht unbedingt alltäglich, gab Fanni zu. Überdies fiel es ihr schwer, sich Karl als Junkie vorzustellen. Aber was wusste sie schon über Drogen?

Drogen. Drängte sich der Gedanke angesichts einer Veranstaltung wie dieser nicht geradezu auf? Wurden nicht bei den meisten Events Drogen eingeschmuggelt? Und ein Klumpen intensiv riechender Käse war genau die richtige Verpackung dafür. Würde sich ein Drogenspürhund davon austricksen lassen? Vielleicht.

Fanni legte das Paket auf den Boden, kniete sich davor, schlug das Papier auseinander, sodass das Käsestück offen dalag, und wollte gerade ihr Taschenmesser aus ihrer Jacke angeln, als ihr klar wurde, wie lange es dauern würde, ein Kilostück Käse mit der winzigen Klinge zu zerteilen.

Ihr Blick richtete sich auf Arnos Proviantbox. Wenn die Kripoleute nichts daraus mitgenommen hatten, musste ein Messer darin zu finden sein.

Sie wandte sich dem Gepäckstück wieder zu und begann, die Innenseiten abzutasten. Längst hatte sie aufgegeben, sich über Fingerabdrücke Gedanken zu machen, redete sich stattdessen ein, dass die Arbeit der Kriminaltechniker in der Hauptsache schon getan war.

Warum ist dann nirgends das Rußpulver zu sehen, mit dem die Spusi in den Fernsehkrimis immer die Tatorte einstäubt?

Fanni ignorierte den Einwand, tastete weiter und fand tatsächlich ein kleines Seitenfach, in dem ein Fahrtenmesser, Essbesteck und irgendwelches Werkzeug steckten. Sie griff nach dem Messer, auch das mit bloßen Händen. Die Jacken- und Pulloverärmel hatte sie weit zurückgeschoben.

Wenn du jetzt den Käse anfasst und dann wieder das Messer oder sonst irgendetwas, dann hinterlässt du Fingerabdrücke wie aus dem Lehrbuch! Fährst mit Kleber über Eber, klebt der Eber bald an Leder!

Fanni zog das Messer aus der Scheide und hätte es ihrer Gedankenstimme am liebsten in den Rachen gerammt. Wie konnte sie nur derart dumme, geschmacklose Sprüche …

Wütend stach sie in den Käse. Mit zwei Schnitten halbierte sie ihn, dann teilte sie die beiden Hälften und schließlich auch noch die Viertel. Acht etwa pflaumengroße Stücke blieben übrig.

Und wenn du ihn zu Krümeln verarbeitest! Wo nix is, is nix!

Es war tatsächlich nichts da. Kein im Käse eingeschlossenes

Tütchen oder Päckchen. Auch keine Phiole. Nichts. Fehlanzeige. Außer ...

In einem Film, den sie neulich im Fernsehen gesehen hatte, waren Haschkekse hergestellt worden. Das Cannabis war einfach zusammen mit Mehl, Butter, Eiern und sonstigen Zutaten zu einem Teig verknetet worden, aus dem dann runde Plätzchen ausgestochen und auf einem Blech gebacken wurden. Interessehalber hatte Fanni bei Google »Haschkekse« eingegeben und so viele Rezepte gefunden, dass sie damit die Weihnachtsbäckerei für ein ganzes Seniorenheim hätte bestreiten können.

Wenn »Haschkekse« sich so einfach herstellen ließen, warum dann nicht auch »Haschkäse«?, dachte sie, schnitt sich ein Eckchen von einem der pflaumengroßen Stücke ab und begann, darauf herumzukauen.

Heumilchkäse schmeckte noch besser, als er roch. Fanni schluckte, griff nach dem Rest des Stücks und aß ihn auf.

Bist du irre? Was, wenn das tatsächlich ein Drogencocktail aus geronnener Heumilch ist?

Fanni leckte sich die Lippen.

Ist es nicht. Schmeckt herrlich nach Almweide, Sonnenschein und glücklichen Kühen.

Fanni nahm sich noch ein Stück. Sie hätte auch gern etwas Brot dazu gehabt, aber die Stange Weißbrot, die Bruno vom Imbiss mitgebracht hatte, war offenbar nicht mehr da. Das Hacklberger Bier schien ebenfalls verschwunden zu sein.

Fanni bediente sich ein drittes Mal an Arnos Käse. Was nun noch übrig war, schlug sie wieder ins Papier ein, legte das Paket in die Box zurück und schloss den Deckel. Anschließend steckte sie das Messer in die Scheide zurück und schob es in eine Innentasche ihrer Jacke.

Mach nur weiter so! Dann hast du dir bald eine ganze Latte von Vergehen aufs Kerbholz geladen: unerlaubtes Eindringen in ein versiegeltes Zelt, Behinderung der polizeilichen Ermittlungsarbeit, Diebstahl ...

Fanni erhob sich. Sie war hier noch lange nicht fertig.

Während sie aufrecht in der Mitte des Tipis stand, strich der Lichtkegel ihrer Taschenlampe über die rückwärtige Zeltwand und blieb dort an einem an der Plane angenähten Streifen aus netzartigem Stoff hängen. Am oberen Rand befanden sich Öffnungen, die den Netzstreifen in mehrere Fächer unterteilten, jedoch nichts enthielten.

Fanni hatte selbst oft genug in einem Zelt übernachtet, um zu wissen, wie praktisch solche Futterale waren, in denen man nachts die Wertsachen, die Armbanduhr, die Lampe und sonstigen Kleinkram aufbewahren konnte, der sich gern in Ritzen und Falten verlor.

Arno hatte darin, solange er sich im Zelt aufhielt, vermutlich Ausweis, Führerschein, Geld und Kreditkarte aufbewahrt. Ansonsten war er wohl gut beraten gewesen, diese Dinge bei sich zu tragen. Fanni waren die Schilder mit der Aufschrift »Warnung vor Diebstahl!« – »Warning – Thefts!« nicht entgangen.

Sie vermutete, dass Arnos persönliche Sachen inzwischen in einer Asservatenkammer lagen oder noch spurentechnisch untersucht wurden, so wie auch die Flasche Obstbrand, nach der sie vergeblich Ausschau hielt. Die Flasche war nicht mehr da, aber der schwere Alkoholgeruch hing noch immer in der Luft, entströmte dem Stroh und ein wenig auch der Zeltplane.

Ein Seufzer entwich ihr. Die ganze Aktion war umsonst gewesen. Kein Hinweis auf das Mordmotiv, keine volle oder leere Flasche, die ein Licht auf Brunos Vertrauenswürdigkeit werfen konnte, keine Informationen über das Opfer. Nicht einmal den vollen Namen hatte sie herausgefunden.

Dann mach, dass du endlich hier wegkommst!

Fanni wollte ihrer Gedankenstimme gerade Folge leisten, ließ den Lichtkegel ihrer Lampe aber noch ein letztes Mal umherwandern.

Dabei fiel ihr wieder auf, dass sich der Innenraum des Tipis nicht kreisrund zeigte, wie man es eigentlich annehmen sollte. Es schien, als wäre ein Segment herausgeschnitten worden, sodass die Form eines Dreiviertelmondes übrig geblieben war.

Arno musste vom Hauptraum einen Teil abgetrennt haben, den er vermutlich als Schlafkoje nutzte, begriff Fanni, weil es zu gefährlich gewesen wäre, das Feuer im Ofen brennen zu lassen, während er schlief. Sobald aber der Ofen erkaltete, würde es in dem Tipi, das ja kein Innenzelt besaß, empfindlich frisch werden. Deshalb benötigte er einen kleinen abgetrennten Bereich aus imprägniertem Baumwollstoff und einem Fußboden aus Kunstfaser, der die Wärme einigermaßen speicherte und vor Luftzug schützte.

Ein verdeckter Reißverschluss hielt die Stoffbahnen zusammen. Fanni bückte sich und zog die Lasche hoch.

Die Bahnen teilten sich wie ein Vorhang und gaben die Schlafkabine frei, in der ein schmales Feldbett aus Alustreben stand, auf dem eine schlampig hingeworfene Fleecedecke lag.

Fanni stieg über den etwa zehn Zentimeter hohen Bodenrand in die Schlafkoje und hob die Decke hoch, um nachzusehen, ob sich darunter irgendetwas verbarg, fand aber nur ein zerknülltes Papiertaschentuch und ein Häufchen Daunenfedern. Nachdenklich faltete sie die Decke zusammen, legte sie ordentlich auf die Pritsche und setzte sich dann darauf, um nachzudenken.

Der unordentliche Schlafplatz passte kein bisschen zu der Sorgfalt, mit der Arnos Ausrüstung verstaut gewesen war. Wieso hinterließ eine Person, die T-Shirts so akkurat zusammenfaltete, als erwarte sie jeden Moment einen Stubenappell, ihren Schlafplatz wie ein liederlicher Vagabund?

Fanni schüttelte den Kopf und stand auf. Wahrscheinlich hatte die widersprüchliche Konstellation keine Bedeutung, aber irgendwie störte sie sich daran.

Gedankenvoll stieg sie aus dem kleinen Innenzelt und wollte den Reißverschluss wieder zuziehen, aber er klemmte.

Sie musste sich bücken, um nachzusehen, woran es lag. Im Lichtkegel der Taschenlampe stellte sie fest, dass sich ein kleiner roter Stofffetzen darin verfangen hatte. Sie zupfte ihn heraus, und weil sie nicht wusste, wohin damit, schob sie ihn ein.

He, das ist Beweismaterial!
Richtig. Und womöglich sogar wichtig.
Der Reißverschluss ging nun problemlos zu.
Jetzt aber nichts wie weg! Und es bleibt dabei: Alles für die Katz gewesen!
Fanni nickte betrübt. Auch Arnos Schlafkoje hatte außer Ungereimtheiten nichts hergegeben. Sie wollte sich gerade der Stelle zuwenden, an der sie ins Zelt gekrochen war, als sie bemerkte, dass dort, wo die Gepäckboxen standen, weniger Stroh angehäuft war. Blanker Boden würde das Hinausrobben einfacher machen.

Sie schob die Boxen ein Stück zur Seite, fegte restliches Stroh weg und ließ sich wieder einmal auf die Knie nieder. Dann griff sie nach dem unteren Rand der Zeltbahn, um sie hochzuraffen, und wäre beinahe vornübergefallen, weil der Stoff nachgab und ihre Hand gut zwanzig Zentimeter hochschnellte, bevor sie wieder Halt fand.

Na, da schau her!
In der Zeltplane klaffte ein Riss. Besser gesagt ein Schnitt, denn die Ränder zeigten sich glatt, waren kein bisschen ausgefranst.

So also hat sich der Täter Zugang verschafft, folgerte Fanni. Er hat die Plane aufgeschlitzt. Erleichtert atmete sie auf, schloss sogar einen Moment lang die Augen. Endlich war klar …

Stopp, stopp, stopp! Erstens: Die von der Spusi sind ja nicht von gestern. Die werden das entdeckt, untersucht und gemeldet haben. Zweitens: So ein Schlitz ist kein Palasttor, durch das man raus- und reinspaziert. Da musst du dich durchwinden wie ein Wurm! Hätte jemand versucht, auf diese Weise ins Zelt zu gelangen, wären Arno und Max mit Sicherheit aufmerksam geworden!
Fanni kroch enttäuscht nach draußen und gab zu, dass Erstens und vor allem Zweitens nicht von der Hand zu weisen waren. Trotzdem hätte sie gern Gewissheit darüber gehabt, ob die Kripobeamten von der aufgeschlitzten Zeltplane wussten oder ob die Spusi sie übersehen hatte. Falls Kommissar Bauer

über den Schnitt in der Plane informiert war, musste er doch zumindest der Frage nachgehen, was es damit auf sich hatte.

Eines war jedenfalls sicher: Die beschädigte Plane erleichterte das Durchschlüpfen immens. Es dauerte keine zehn Sekunden, dann war sie draußen und konnte sich aufrichten. Etwas steifgliedrig kam sie auf die Beine und wollte sich gerade ein paar Halme von der Jacke klopfen, als ihr Handy klingelte.

Hastig angelte sie es aus der Hosentasche.

Sprudel. Sehr ungünstig im Moment.

Mann! Der sitzt auf Kohlen, während du hier im Bikerkessel Miss Marple spielst! Wag bloß nicht, ihn wegzudrücken!

Fanni sah ein, dass sie drangehen musste, aber solange sie sich noch im abgesperrten Bereich befand, konnte sie nicht riskieren, lange Reden zu schwingen.

Hastig nahm sie das Gespräch an, flüsterte heiser: »Gib mir eine Minute, Sprudel, ich ruf dich gleich zurück« und legte, ohne ihn zu Wort kommen zu lassen, wieder auf. Dann warf sie einen prüfenden Blick in die Runde, stellte fest, dass im näheren Umkreis alles ruhig war, und brachte die kurze Strecke zwischen Zelt und Absperrung eiligst hinter sich. Danach bog sie in den nächstbesten Trampelpfad ein und schlenderte ihn betont lässig hinunter.

Die Minute, die du dir von Sprudel erbeten hast, ist längst um!

So war es wohl. Aber Fanni hoffte auf ein Plätzchen, an dem sie unbehelligt telefonieren konnte. Ohne Geräuschkulisse, aber auch ohne Lauscher und einigermaßen sicher vor unliebsamen Überraschungen.

Inzwischen hatte sie erkannt, dass der Pfad in Windungen talwärts verlief. Über dem Kessel lag noch immer eine weißgraue Dunstschicht, die sich verdichtet und leicht gesenkt zu haben schien.

Wenn sie noch weiter runterkommt, steckst du im Whiteout, weißt nicht mehr, wo oben und unten ist, verlierst jede Orientierung!

Fanni verdrehte die Augen. Whiteout im Loher Kessel, das

wäre wie ein Wüstensturm im Sandkasten. Sie gab jedoch zu, dass der Dunst, würde er irgendwann den Boden berühren, die Sicht dramatisch beeinträchtigen könnte. Momentan aber war die Senke noch gut zu überblicken. Einige Lagerfeuer brannten noch hell, andere glommen ersterbend vor sich hin. Hin und wieder wankte ein Schatten auf ein Zelt zu.

Von dort und da waren Stimmen zu hören, mal lauter, mal leiser. Aus größerer Entfernung erklangen Gelächter und Gegröle. Es konnte eigentlich nur aus dem Imbiss kommen. Fanni drehte sich um und blickte in die Richtung, in der sie ihn vermutete, entdeckte zuerst den Giebel des Holzbauwerks und fand dann den Eingang. Dort ging es offenbar noch hoch her; um das ganze Gebäude herum schien es zu brodeln. Lichter hüpften auf und ab; Schatten zuckten; helle Schimmer glänzten auf, erloschen wieder. Im ganzen Umkreis schienen Leuchtkäfer zu schwirren, die hell aufglühten oder vor sich hin schwelten, je nachdem, ob gerade an der Zigarette gezogen wurde oder nicht.

Fanni wandte sich wieder dem talwärts führenden Pfad zu. Sie würde, so sagte sie sich, ihr Telefongespräch mit Sprudel unten in der Arena führen. Dort am tiefsten Punkt des Kessels schien es am ruhigsten zu sein, und das Terrain war weitläufig und übersichtlich, sodass man nicht fürchten musste, hinterrücks überfallen zu werden.

Sie fand ein Plätzchen im Schatten eines kleinen Erdwalls, dessen Umkreis durch einen Lichtkegel von irgendwo oberhalb schwach erhellt wurde, und lehnte sich an einen Pfosten, der dort in den Boden gerammt war.

Als sie in der Anrufliste den Festnetzanschluss des Anwesens in Birkenweiler antippte, ahnte sie bereits, was Sprudel sagen würde.

»Es geht auf Mitternacht zu.« Seine Stimme klang fest. »Ich fahre jetzt los. In einer knappen Stunde treffen wir uns am Kesseleingang.«

»Max –« Weiter kam sie nicht.

»Max liegt im Gästezimmer im Bett. Damit ist meinem Versprechen Genüge getan. Davon, dass ich Babysitter spielen soll, war keine Rede.«

Eine knappe Stunde. Und sie hatte noch überhaupt nichts herausgefunden.

»Bitte, Sprudel. Warte noch ein Stündchen, bevor du losfährst. Im Imbiss ist gerade Hochbetrieb. Da gibt es sicher das eine oder andere aufzuschnappen.«

»Ich komme«, antwortete er in resolutem Ton. »Vier Ohren hören mehr als zwei.«

»Du komplizierst die Sache bloß.«

Am anderen Ende der Telefonverbindung breitete sich Schweigen aus.

Das war unklug! Ein Fahrfehler! So ein Ausrutscher kann einen schnell aus der Kurve tragen!

Fanni seufzte. »Was hältst du von folgendem Kompromiss, Sprudel: Wir treffen uns um halb zwei am Kesseleingang, gehen dann sofort zum Wagen und fahren nach Hause.«

Stille.

»Sprudel?«

»Wenn du es so haben willst.«

6

Sprudel konnte keine Sekunde lang still sitzen. Im Wohnraum des alten Bauernhauses tigerte er auf und ab, überlegte hin und her, ob er nicht doch sofort in den Wagen steigen und losfahren sollte.

Auf dem Rückweg vom Fenster zur Tür kam er jedes Mal am Couchtisch vorbei, auf dem ein Glas Mineralwasser stand, dem er böse Blicke zuwarf.

Was hätte er nicht alles für einen kräftigen Schluck Whiskey oder etwas ähnlich Starkes gegeben, das imstande war, seine Nerven zu beruhigen. Aber Alkohol war im Moment keine Option. Er musste noch fahren.

Mit erbitterter Miene griff er nach dem Glas, prostete sich selbst zu und sagte laut: »Deswegen bleibt es bei Sprudel.«

Sprudel war sein Nachname. Schon von klein an hatten ihn alle so gerufen. Die Nachbarskinder und die Schulkameraden sowieso. Außer seinen Eltern wusste wahrscheinlich niemand seinen Vornamen. Daran hatte sich auch während seines gesamten Berufslebens nichts geändert. Als er Fanni kennenlernte, hatte er sich wie gewohnt mit »Sprudel« vorgestellt. Und dabei war es geblieben.

Sprudel stellte das leere Glas mit einem Knall auf den Tisch zurück.

Wer außer Fanni käme auf die Idee, seinen Partner beim Nachnamen zu nennen? Sogar nach der Hochzeit noch?

Aber so war sie. Querköpfig. Eigensinnig. Anders. Mit Wucht stemmte sie sich gegen alles, was nach Konformismus roch. Sie misstraute sämtlichen Religionen (womit sie recht hatte, fand Sprudel) und jeder Form gesellschaftlicher Gruppierungen, die auch nur ein winziges Stück Individualismus der Gemeinschaft zu opfern verlangten. Das waren natürlich so gut wie alle. Angefangen von sämtlichen Vereinen (der katholische Frauenbund war ein rotes Tuch für Fanni, seit sie die

Vorsitzende des Sprengels Birkdorf-Erlenweiler des Mordes überführt hatten) bis hin zu Familienclans.

Hans Rot, Fannis Ex-Mann, war Fannis Sichtweise immer unverständlich gewesen. Er hatte ihr jedes Mal einen Vogel gezeigt, wenn sie ihr Credo verkündete: »Bevormundung, Gleichschaltung, jede Form von Unterdrückung macht aus Menschen Automaten.«

Fanni hatte Hans für seine Konformität verachtet. Er dagegen hatte ihr Renitenz vorgeworfen.

Bei Sprudel hatte Fanni Verständnis gefunden.

Aber auch sie beide hatten oft über ihren rigiden Standpunkt diskutiert. Sprudels Meinung nach waren gewisse Konventionen nötig, weil sie einer Gesellschaft Halt und Sicherheit gaben. Er argumentierte, dass »Dazugehören« ein Grundbedürfnis des Menschen und durchaus sinnvoll sei. Fanni begriff das natürlich, gestand es sogar ein, verhielt sich aber an ihrem Ende der Messlatte genauso stur wie Hans Rot an seinem.

Warum musste sie nur so dickschädelig sein und immer mit dem Kopf durch die Wand?

Weil sie grundsätzlich und konsequent aus persönlicher Überzeugung handelt, sagte sich Sprudel. Und weil sich ihre Einschätzung so oft als richtig erweist.

Wie auch jetzt wieder.

Es ließ sich einfach nicht abstreiten, dass sich eine einzelne Person unauffälliger bewegen, leichter und schneller irgendwo untertauchen konnte als zwei. Ebenso wenig zu bezweifeln war, dass es Fanni ohne ihn an ihrer Seite gelingen konnte, jemandes Vertrauen zu gewinnen und Dinge zu erfahren, die man normalerweise nicht herumerzählte. Fannis Alleingang war also durchaus zweckmäßig.

»Aber nicht auszuhalten«, stöhnte Sprudel.

Was konnte ihr nicht alles geschehen, nachts in diesem Bikercamp, wo sich wer weiß wer herumtrieb? Mochten die meisten auch noch so anständige Kerle sein, ein paar Halunken gab es immer. Und selbst die anständigen würden es heute Nacht krachen lassen. Etliche würden sich sinnlos besaufen und morgen gar nicht wissen, was sie im Suff alles angestellt hatten.

Sprudel hastete aus dem Zimmer. Nein, er konnte keine Sekunde länger hierbleiben.

Im Flur griff er nach den Autoschlüsseln, steckte Portemonnaie, Taschenlampe und Mobiltelefon ein und wollte das Haus verlassen, kehrte dann aber noch einmal um, schlich zum Gästezimmer, öffnete die Tür einen Spalt und lugte hinein.

Wie zu erwarten, lag Max im Bett. Er hatte sich zur Wand gedreht, sodass nicht zu erkennen war, ob er schlief oder wach lag.

Er schläft nicht, dachte Sprudel. Auch er macht sich Sorgen um Fanni. Und er fragt sich die ganze Zeit, wie er nur in eine solche Lage geraten konnte, zerbricht sich den Kopf darüber, was er falsch gemacht hat.

Was natürlich völlig idiotisch war. Max hatte nichts falsch gemacht. Wie hätte er ahnen können, was passieren würde, als er Arnos Einladung gefolgt war?

Aber mir an seiner Stelle würde es genauso gehen, gestand sich Sprudel ein.

Max und er hatten weder während der Fahrt noch nach ihrer Ankunft in Birkenweiler viel miteinander geredet.

Unterwegs war es Sprudel nicht entgangen, dass Max auf dem Beifahrersitz (er hatte sich, nachdem Fanni ausgestiegen war, nach vorn gesetzt) ab und zu einnickte und plötzlich wieder aufschreckte.

Kein Wunder, dass der Bursche fix und fertig ist, hatte Sprudel gedacht und ihn in Ruhe gelassen.

»Wir reden morgen«, hatte er gesagt, als Max ins Haus wankte, und ihm mitleidig nachgesehen, als er die Treppe hinaufstieg.

Sprudel hoffte, dass Max bald einschlafen und am Morgen einigermaßen erfrischt aufwachen würde. Vielleicht konnten ein paar Stunden Schlaf seiner Erinnerung auf die Sprünge helfen, vielleicht aber auch nicht. Wahrscheinlich spielte es sowieso keine große Rolle, denn die maßgebliche Frage: Wie hatte der

Täter es fertiggebracht, ins Zelt zu gelangen und Arno zu erwürgen, ohne dass Max, der danebensaß, etwas davon merkte, würde sich mit ein paar Nebensächlichkeiten nicht klären lassen. Falls sie sich überhaupt jemals klären ließ.

Sosehr Sprudel sich auch bemüht hatte, bisher war es ihm nicht gelungen, sich ein Szenario vorzustellen, das Max als Hauptverdächtigen aus dem Fokus rückte. Dabei hatte er nicht mit Phantastereien und Spekulationen gespart.

War es denkbar, dass der Täter die Tat von draußen bewerkstelligt hatte, indem er eine Öffnung in die Zeltwand schnitt, Arno die Würgeschlinge um den Hals legte und ihn erdrosselte? Denkbar war das durchaus, aber machbar? Auch das.

Schwer zu glauben war allerdings, dass Arno sich nicht gewehrt und Max nichts mitbekommen haben sollte. Schlichtweg unmöglich war, dass die Kriminaltechniker die Öffnung nicht entdeckt und die richtigen Schlüsse gezogen hätten.

Je mehr Sprudel über die Sache nachdachte, desto unwahrscheinlicher schien ihm, dass ein Fremder der Täter war.

Blieb Bruno.

Dessen Aussage, er habe das Zelt verlassen und Arno nach seiner Rückkehr tot vorgefunden, hatte Max bestätigt. Bruno, der den Schrei ausgestoßen hatte, der alles ins Rollen brachte. Bruno, der die Tat publik gemacht hatte. War das ein Ablenkungsmanöver gewesen? Der durchaus erfolgversprechende Versuch, Max auf die Anklagebank zu bringen?

Wenn ja, dann hatte Bruno unnötig hoch gepokert. Max mit hineinzuziehen war ein Risiko, das er vernünftigerweise nicht hätte eingehen dürfen.

Aber wenn Bruno als Täter ausschied, lief wieder alles auf Max hinaus.

Auf Max, der beteuerte, er habe keine Ahnung, wie Arno zu Tode gekommen war.

Sprudel glaubte ihm. Während seiner Laufbahn als Kriminalkommissar hatte er selbst oft genug erlebt, wie das Bewusstsein eines Beschuldigten sich weigerte zu akzeptieren, was tatsächlich geschehen war.

Aber was für einen Grund hätte Max gehabt haben können, Arno umzubringen? Er kannte ihn ja erst seit ein paar Stunden. Das Mordmotiv müsste sich demnach ganz spontan ergeben haben.

So gesehen kam eigentlich nur ein plötzlich aufgeflammter Streit in Frage, der irgendwie aus dem Ruder gelaufen war. In diesem Fall hätte es allerdings einen Wortwechsel geben müssen, ein Handgemenge und Spuren, die davon zeugten. Vor allem aber wäre die Tatwaffe eine andere gewesen. Ein Messer beispielsweise, ein Holzscheit, einfach etwas, das greifbar war.

Sprudel ging das Gespräch durch den Sinn, das er nach Max' Vernehmung mit Kommissar Bauer geführt hatte. Er hatte sich Bauer vorgestellt und sogar die Dienststelle genannt, an der er vor seiner Pensionierung beschäftigt gewesen war, weil er hoffte, dadurch Vertrauen zu gewinnen. Offensichtlich war dem auch so, denn Bauer hatte nicht nur zugestimmt, Max Sprudels Aufsicht zu überlassen, sondern ihm auch Informationen geliefert, mit denen er einem andern gegenüber wohl kaum herausgerückt wäre.

Daher wusste Sprudel jetzt, dass Arno mit einer geradezu professionellen Würgeschlinge ermordet worden war – »ein Stahlseil«, hatte Kommissar Bauer gesagt, »zwei bis drei Millimeter dick, an jedem Ende eine Schlaufe«. Und das, fand Sprudel, sprach beträchtlich gegen Max als Täter.

Woher hätte Max denn auf die Schnelle so ein raffiniertes Mordwerkzeug nehmen sollen?, fragte er sich, während er endgültig das Haus verließ. Da Max Arno zuvor nicht gekannt hatte, konnte er das Ding nicht mitgebracht haben, um ihn damit zu töten.

Ähnliche Überlegungen schien auch Kommissar Bauer angestellt zu haben, was wohl der Grund dafür war, dass er Max hatte gehen lassen.

Dem Himmel sei Dank.

Aber es war nur ein winziger Schritt auf einem langen, steinigen Weg.

Sorgenschwer eilte Sprudel den Gartenweg hinunter zu seinem Wagen, blieb dann am Zaun aber unvermittelt stehen und blickte zurück.

Das Dach des alten Bauernhauses war mit einer satten Schneeschicht bedeckt, die im Mondlicht silbrig glitzerte. Warmes gelbes Licht sickerte aus den Fenstern des Wohnzimmers, wo er die Stehlampe zwischen den beiden Polsterstühlen vor dem Kaminofen hatte brennen lassen.

Da könnten wir jetzt sitzen, dachte er. Fanni und ich, mit einem guten Rotwein in unseren Gläsern und einem würzigen Käse auf einem kleinen Teller, den wir uns gegenseitig zuschieben ...

Er unterdrückte die Wehmut, die ihm die Tränen in die Augen treiben wollte, konnte aber nicht von seinem Traumbild lassen.

Wie hatte er sich darauf gefreut, mit Fanni durch den verschneiten Wald zu stapfen auf der Suche nach der kleinen Hütte, in die sie sich vor vielen Jahren, so oft es irgend ging, klammheimlich verdrückt hatten. Er hatte das Hüttchen wieder herrichten wollen, und Fanni, die sich endlich wieder an ihren damaligen Unterschlupf erinnerte, war von dem Vorhaben begeistert gewesen.

Sie hatten so viele Pläne für ihren Aufenthalt in Birkenweiler gehabt, waren sich aber nicht in allem so dermaßen einig gewesen wie in puncto Hütterl.

Sprudel flog ein Lächeln an, als er daran dachte, wie Fanni sich aufgeregt hatte, als er vorschlug, eine Langlauftour am Bretterschachten einzuplanen. Er hatte das Langlaufzentrum im Arbergebiet immer sehr geschätzt und sich sogar damit abgefunden, dass es mittlerweile von Langläufern schier überschwemmt wurde. Die herrlich angelegte Loipe, die wunderschöne Ausblicke ins Zellertal bot, fand er, machte das wett. Aber als er erwähnt hatte, an der Loipe gäbe es jetzt sogar eine bewirtschaftete Hütte, wo man gut einkehren könne, war sie auf die Barrikaden gegangen.

»Komm mir bloß nicht mit einer Bude voll von nach Schweiß stinkenden Langläufern, dicken Schwaden von ranzigem Fett und mit einer Horde von ewig Gestrigen am Stammtisch, die bis zum Erbrechen das Arberlied singen.«

Sprudels Lächeln wurde breiter. So war sie, seine Fanni: schonungslos deutlich und gnadenlos störrisch.

Er startete den Wagen, fuhr die holprige Zufahrt hinunter, und sein Lächeln erstarb, als er wieder an den Schlamassel dachte, in dem Max steckte. Kommissar Bauer hatte bis jetzt offenbar keine Hinweise, die Max entlasteten.

Das Birkenweiler-Sträßchen mündete in die Hauptstraße. Sprudel setzte den Blinker und bog ein. Der Asphalt glänzte wie mit Klarlack überzogen.

Nässe oder eine Glasur aus Eis?

Sprudel beschleunigte kurz und trat dann auf die Bremse. Der Wagen kam ohne Schwierigkeit zum Stehen. Stand zu hoffen, dass es auch weiterhin bei Nässe blieb. Dann war die Strecke nach Solla in vierzig Minuten zu schaffen.

Mit einem Blick auf die Uhr am Armaturenbrett stellte er fest, dass sie fünf Minuten nach Mitternacht anzeigte. Er würde also eine gute halbe Stunde zu früh am Kesseleingang sein. Was aber sollte er dann tun? Herumstehen und Maulaffen feilhalten? Dazu war es zu kalt. Die Zeit im Imbiss totschlagen, wo sich eventuell Fanni aufhielt, weil sie sich dort ja umhören wollte? Sie würde sich durch seine Anwesenheit womöglich gestört fühlen.

Blieb nur, sich anzuschleichen, nach Fanni Ausschau zu halten und heimlich ein Auge auf sie haben.

Ja, dachte er, wenn ich sie im Blick hätte, würde ich mich besser fühlen.

Allerdings war es empfehlenswert, sie nichts davon merken zu lassen.

Sprudel schürzte die Lippen. Eine Observierung. Ob er das noch draufhatte?

Während seiner aktiven Zeit als Kriminalkommissar hatte er nur selten einen Überwachungsauftrag ausführen müssen. Wann hatte er eigentlich das letzte Mal jemanden beschattet? Es musste ein halbes Jahrhundert her sein.

War er jemals gut darin gewesen? Wohl kaum, bei so wenig Übung.

Und Fanni war gewitzt.

Seine Chancen, unentdeckt zu bleiben, das musste Sprudel sich eingestehen, standen mies.

* * *

Fanni beabsichtigte, zum Imbiss zurückzukehren, wo es nach wie vor hoch herging. Rufe und Lachsalven waren bis in die Arena zu hören.

Sie schaute sich nach dem Trampelpfad um, auf dem sie gekommen war, glaubte, ihn wiederzuerkennen, und schlug ihn ein. Nach etwa einem Dutzend Schritte stellte sie jedoch fest, dass es nicht der richtige sein konnte, denn rechts von ihr türmte sich auf einmal ein Schneeberg auf, der zuvor nicht da gewesen war. Sie folgte dem Pfad aber trotzdem weiter, weil sie davon ausging, er würde bald bergwärts führen und – wie alle Wege und Steige – irgendwann in die Elefantenstraße münden.

Als sie den Schneehaufen umrundet hatte, sah sie das Zelt. Es stand einsam am Rand der Arena.

Das muss Bambis Behausung sein!

Fanni nickte. Sie erinnerte sich gut, wie Bambi nachmittags am Feuer gesagt hatte: »Mein Lager ist im Feld hinter der Arena«, und Xarre hinzugefügt hatte: »Bambi ist gern ab vom Schuss.«

Spontan ging Fanni auf das Zelt zu. Es stand tatsächlich etwas außerhalb der eiförmigen Arena, in der ab Mai wieder Stockcar-Rennen stattfinden würden, doch das war nicht die einzige Besonderheit. Bambis Zelt unterschied sich auch insofern von allen anderen im Camp, als es auf einer Palette thronte, wie Baugeschäfte sie benutzen, um Ziegel oder Dachpfannen darauf zu stapeln. Auf einen grob gezimmerten Rahmen waren Bretter genagelt und dienten dem Iglu als Unterbau. Die Zeltheringe – offenbar gab es welche mit Gewinde – waren in das Holz geschraubt worden und hielten die Verspannung.

Neben dem Zelt stand ein Motorrad mit Beiwagen. An der Maschine, rechts unterhalb des Lenkers, konnte Fanni die BMW-Plakette sehen, und vorn über dem Reifen ragte etwas heraus, das fraglos wie ein Schnabel aussah.

Fanni dachte wieder an das Gespräch am Feuer und erinnerte sich, wie Bastian gesagt hatte: »Bambi mit ihrem Schnabeltier ...« Und was hatte Xarre in diesem Fall hinzugefügt? »Auffrisiert«, hatte er verkündet. »Die BMW von Bambi ist so tierisch auffrisiert, die bringt's spielend auf dreihundert.«

Mit Beiwagen wohl kaum!

Trotzdem. Alles sprach dafür, dass es sich um Bambis Lagerplatz handelte, was nicht weiter von Bedeutung schien, wäre da nicht ein Klapptisch gewesen, auf dem eine Klarsichtbox mit Lebensmitteln stand, deren Inhalt Fannis Aufmerksamkeit erregte.

»Biokäse aus Südtirol«, murmelte sie, während sie die Box von allen Seiten beäugte. In Ökoaufmachung und mit Gütesiegel. Wo hatte Bambi die Sachen her? Irgendwo gekauft oder von Arno bekommen?

Der Gedanke drängte sich auf.

Bambi hatte am Feuer allerdings gesagt, sie wäre ganz zufällig im Imbiss mit Arno zusammengetroffen und hätte sich nur kurz mit ihm über sein Motorrad unterhalten: »Hubraum, Leistung, Drehmoment ...«

Hatte Bambi gelogen? War es doch nicht bei einer Unterhaltung geblieben?

Fanni dachte an die verknautschte Decke in Arnos Schlafkoje und daran, was sie aufgeschnappt hatte, als sie Arnos Zelt durchsucht hatte und draußen plötzlich Stimmen zu hören gewesen waren: »Das Einzige, auf das du dich bei der Bambi verlassen kannst, ist, dass sie jeden Abend einen anderen Kerl abschleppt. Magst wetten, heut ist der Luigi dran.«

War Bambi für ein Schäferstündchen bei Arno im Zelt gewesen?

Gut möglich, überlegte Fanni. Und durchaus verständlich, dass sie es nicht an die große Glocke hängen will.

Ließ sich daraus ein Motiv stricken? Auch das. Nur die Antwort auf die Frage »Wie war der Täter oder die Täterin vorgegangen?« rückte damit kein bisschen näher.

Vielleicht solltest du ein paar Takte mit Bambi reden!

Unbedingt, dachte Fanni. Aber die Dame scheint ja im Moment nicht zu Hause zu sein.

Sie wollte sich gerade wieder in Bewegung setzen, um endlich zum Imbiss zu gelangen …

Stopp! Wo willst du hin? Bambis Zelt steht schon außerhalb der Arena! Hast du immer noch nicht gemerkt, dass du in die völlig falsche Richtung unterwegs bist? Wenn du da weiterläufst, landest du nicht etwa an der Elefantenstraße, sondern im Haibachmühlenbach. Ja, so heißt das Rinnsal, das hier irgendwo entspringt und in die Ohe fließt!

… da hörte sie aus dem Zelt gedämpfte Stimmen.

Konzentriert horchend blieb sie im Schatten eines kleinen Walles aus Strohballen stehen, der neben dem Zelt aufgeschichtet war.

Noch bevor sie mitbekam, was gesprochen wurde, erkannte sie Bambis heiseres Schnarren und Johanns Messnertonfall.

Nach kurzer Zeit gelang es ihr auch, den Wortlaut der Unterhaltung zu verstehen.

»Ich hab ja schwer gehofft, dass du heuer wieder dabei bist«, sagte Johann.

»Du bist nur wegen Nachschub von Ware scharf auf mich.« Bambi lachte rau.

»Nicht allein deswegen.«

Die darauffolgende Stille wurde bloß von einem Rascheln und Scharren unterbrochen.

Fanni konnte sich denken, was gerade im Gange war, wollte sich abwenden und weggehen, da sprach Johann weiter: »Der Tote soll ein 666-Patch auf der Kutte gehabt haben.«

»Filthy few?« In Bambis rauchiger Stimme schwangen Zweifel mit.

»Muss dir doch aufgefallen sein, als du mit ihm geredet hast«, sage Johann.

»Nope. Wer hat das behauptet?«

»Karl.«

Bambi lachte ihr heiseres Lachen. »Karl kann einen Fat Mexican nicht von einem Smiley unterscheiden.«

In der Stille danach glaubte Fanni, hinter dem Strohwall ein Geräusch zu hören.

Tritte?

Mehr ein leises Stampfen, dachte sie, als würde man im Stehen das Gewicht verlagern.

War ihr jemand gefolgt? Stand derjenige hinter den Strohwürfeln in Deckung und belauerte sie? Was hatte er vor? Über sie herzufallen?

Fanni beschloss, es ihm nicht einfach zu machen.

Mit sparsamen Bewegungen angelte sie das Messer, das sie in Arnos Zelt eingesteckt hatte, aus der Jackentasche, zog es aus der Scheide und ging vorsichtig in die Hocke. Sie wollte die kleinstmögliche Angriffsfläche bieten und tunlichst unbefangen erscheinen, um dann überraschend von unten her zuzustoßen.

Dabei könntest du empfindliche Körperteile treffen!

Das ist der Plan, dachte Fanni.

So hockte sie auf ihrer Seite des Strohwalls, hielt den Messergriff umklammert und wartete.

Auf der anderen Seite rührte sich nichts mehr.

Warum griff der Kerl nicht endlich an?

Die unbequeme Hockstellung bescherte ihr einen Krampf in der rechten Wade. Sie musste ihre angespannte Haltung lockern, versuchte, das Bein ein wenig nach vorn zu strecken, geriet dabei aber aus dem Gleichgewicht und landete auf dem Hintern.

Im selben Moment wurde es hinter dem Strohwall laut.

Schwere Tritte näherten sich von der Arena her. Eine grobe Stimme stieß Schimpfworte aus, brummte dann Unverständliches und fing schließlich wieder an zu fluchen.

Ein Besoffener!

Fanni blieb ganz still sitzen. Was würde geschehen, wenn der Betrunkene auf den Kerl stieß, der da drüben lauerte?

Die Antwort darauf ergab sich aus dem Knirschen sich eilig entfernender Schritte.

Sehr gut! Er hat sich davongemacht!

Fanni wollte das Messer schon zurückstecken, überlegte es sich jedoch anders. Der Betrunkene, der dem anderen in die Quere gekommen war und ihn vertrieben hatte, hatte es zwar bestimmt nicht auf sie abgesehen, konnte ihr aber trotzdem gefährlich werden.

Sie zuckte zusammen, weil es hinter dem Wall auf einmal zu plätschern begann.

Bevor ihr klar wurde, was das zu bedeuten hatte, gab es im Zelt eine Erschütterung, als hätte drinnen jemand eine ruckartige Bewegung gemacht und wäre dabei gegen eine der Zeltstangen gestoßen. Gleich darauf war Johanns aufgebrachte Stimme zu hören.

»He, du Arsch. Das hier ist kein Toilettenhäuschen. Verpiss dich.«

Das »Verpiss dich« löste bei Bambi offenbar einen Lachkrampf aus.

Sogar Fanni musste grinsen, was ihr schnell verging, als sie hörte, wie am Zelteingang der Verschluss geöffnet wurde.

»Ich werd dir Beine machen.«

Eingekeilt! Rechts von dir steht der Pisser, und links erscheint gleich der Mountainrider!

Unvermittelt brach das Plätschern ab, Schritte entfernten sich hastig.

Fanni blieb nichts anderes übrig, als eiligst den Strohwall zu umrunden und dem flüchtenden Betrunkenen hinterherzurennen, wenn sie Johann nicht unter die Augen kommen wollte.

Der Pfad, dem der Kerl folgte, wurde offenbar nicht häufig benutzt, denn es gab nur wenige Trittspuren im hart gefrorenen Schnee, die das Vorwärtskommen aber eher erschwerten als erleichterten.

Fanni sah die Gestalt vor sich immer wieder stolpern, ausrutschen und bedenklich schwanken. Ihr selbst erging es nicht viel besser. Einmal knickte ihr Fuß um, und ein scharfer Schmerz schoss in ihren Knöchel.

Der Schluckspecht weiß womöglich gar nicht, wo er hinwill!

Offenbar doch, denn er steuerte eindeutig auf das Zentrum des Kessels zu. Der Lärmpegel hob sich, es wurde zusehends heller, reihenweise Zelte tauchten auf.

Der Pfad machte plötzlich einen Knick, und Fanni sah sich einem kreisrunden, etwa fünfzig Zentimeter hohen Gebilde mit gut eineinhalb Meter Durchmesser gegenüber. Als sie davor stehen blieb, hörte sie es leise schwappen.

Das musste der Pool der beiden Russen sein. Fanni warf einen Blick auf die dunkel schimmernde Wasserfläche, die sich leicht kräuselte und Lichtflecken tanzen ließ, als wirbelten Glühwürmchen auf dem Grund des Beckens herum. Dann schaute sie sich hastig um und registrierte erleichtert, dass die Besitzer des Pools nirgends zu sehen waren.

Hätte mir noch gefehlt, dachte sie, dass die zwei Russen in Stringtangas herumspringen.

Wie waren ihre Namen noch mal gewesen? Anatol und Dimitri aus Smolensk. Das Zelt neben dem Pool musste einem der beiden gehören.

Hatte Anatol oder Dimitri sie hierhergeführt? Vermutlich, der Kerl war nämlich inzwischen verschwunden, musste in dem Zelt neben dem Pool abgetaucht sein.

Dort klingelte soeben ein Handy.

»Da.«

Fanni duckte sich hinter den wulstigen Rand des Pools. Dimitri und Anatol hatten nachweislich Kontakt mit Arno gehabt. Es konnte also nicht schaden, das Gespräch des Russen zu belauschen. Womöglich gab es ja etwas Aufschlussreiches zu erfahren.

»Niet.«

Ja, nein? Was soll daran aufschlussreich sein?

»Niet Kur-bel-welle original Zündapp. Schalt-arm? Da.«

Fanni hätte nicht sagen können, ob es der Betrunkene von

vorhin war, der da telefonierte. Wenn ja, dann hatte ihn der kleine Ausflug zum Pinkeln ziemlich ernüchtert.

Sie hörte ihm noch eine Weile zu und begriff schließlich, dass es in dem Telefongespräch um Oldtimer-Motorräder ging. Offenbar handelte der Russe mit Ersatzteilen.

Wogegen nichts einzuwenden ist, wenn alles seine Ordnung damit hat!

Das wagte Fanni zu bezweifeln.

Würde der Russe ein normales, heißt offizielles Geschäft mit Ersatzteilen betreiben, sagte sie sich, käme dann mitten in der Nacht eine Kundenanfrage? Eher nicht.

Das heißt, die Sache könnte inoffiziell laufen. Unter der Hand!

Schwarz, dachte Fanni.

So tiefschwarz etwa, dass es sich bei »Kur-bel-welle original Zündapp und Schalt-arm« um Hehlerware handeln könnte?

Der Kommentar der Gedankenstimme brachte Fanni auf die Frage, wie teuer Ersatzteile für Oldtimer-Maschinen wohl waren. Lohnte es sich, sie zu stehlen? Gab es genügend Interessenten, die bereit waren, für einen alten Zündapp-Auspuff tief in die Tasche zu greifen?

»Cash«, sagte die Stimme im Zelt und beendete damit das Gespräch.

Offenbar war das Geschäft erfolgreich abgeschlossen und auch die letzte Frage beantwortet: Ware gab es nur gegen Bargeld.

Langsam ging Fanni weiter auf das Zentrum der Lichter und Geräusche zu, während sie sich die Sache durch den Kopf gehen ließ.

Vermutlich gab es auch im Motorsport Liebhaber, die für ein seltenes Stück – eine Original-Kurbelwelle beispielsweise – eine Menge Geld ausgeben würden. So ein Objekt mochte ganz schön was einbringen. Vielleicht ließen sich Motorradteile sogar fälschen wie Bilder alter Meister.

Sie nahm sich vor, Erkundigungen über den Oldtimer-

Markt einzuziehen. Womöglich war das Geschäft so lukrativ, dass sich ein Mord dafür lohnte.

Als sie aufsah, erkannte sie, dass die Elefantenstraße im rechten Winkel zu dem Weg verlief, den sie gerade heraufkam, und dass sie nach wenigen Schritten dort einbiegen konnte. Der Imbiss lag dann nicht mehr weit entfernt.

Sie steckte das Messer weg.

Mit einem kurzen Blick auf ihre Armbanduhr stellte sie fest, dass ihr bis zur verabredeten Zeit mit Sprudel noch eine halbe Stunde blieb.

Die sie noch so gut wie möglich nutzen wollte. Nach wie vor fehlte es ihr gravierend an Informationen über das Mordopfer. Sie musste ihr Glück noch mal im Imbiss versuchen. Musste wahllos einsammeln, was an Auskünften zu bekommen war. Später konnte sie dann gemeinsam mit Sprudel jedes Detail beleuchten und alles zu einem sinnvollen Ganzen zusammensetzen. Wie oft hatten sie in früheren Fällen schon Theorien aufgestellt, etliche wieder verworfen, andere weiterverfolgt und waren irgendwann auf die richtige Lösung gekommen.

Die momentan noch in weiter Ferne liegt! Da kann man nur zu Vollgas raten!

In Gedanken versunken erreichte Fanni die Elefantenstraße, bog dort – froh, den holprigen Pfad verlassen zu können – in Richtung Imbiss ab und prallte gegen eine Gestalt, die reglos an der Abzweigung gestanden haben musste.

»Nicht so stürmisch«, sagte eine ruhige, tiefe Stimme, die ihr bekannt vorkam.

Sie legte den Kopf in den Nacken, um ihrem Gegenüber ins Gesicht schauen zu können, studierte es, fand aber nichts Vertrautes darin. Diese hellen Augen, das energische Kinn, die Wangen mit dem Drei-Tage-Bart waren ihr mit Sicherheit bis jetzt noch nicht untergekommen.

Aber die Stimme! Die hast du schon gehört!

»Sie sind ja immer noch da«, sagte diese Stimme soeben. »Hoffen Sie tatsächlich, Anhaltspunkte zu finden, die Ihren Enkel entlasten?«

Fanni sah den Mann verdutzt an.

Woher wusste er nur, weshalb sie hier war und wonach sie suchte?

Plötzlich lachte er auf. »Ah, Sie haben mich gar nicht erkannt.« Er streckte ihr die Hand entgegen. »Bastian. Wir haben heute Nachmittag zusammen am Lagerfeuer gesessen. Erinnern Sie sich nicht? Karl, der Alte mit der brüchigen Stimme, hatte Sie zu uns eingeladen. Xarre, der immer eine Mütze mit Elefantenohren trägt, hat Ihnen alle anderen vorgestellt: Bambi und Johann, Luigi, Bert und …«

»Bastian«, ergänzte Fanni.

Er lachte wieder. »Das klingt so erleichtert, als hätten Sie mich zuvor für Godzilla gehalten.« Unvermittelt wurde er ernst. »Wo kommen Sie denn her, mitten in der Nacht?« Er legte eine halbe Sekunde lang den Handrücken an ihre Wange. »Sie sind ja halb erfroren.«

Die kurze Berührung seiner warmen Hand ließ Fanni erst wahrnehmen, wie kalt ihr inzwischen geworden war. Wie auf Kommando begann sie zu zittern.

Bastian legte ihr den Arm um die Schulter, und sie ließ es widerstandslos geschehen. »Sie brauchen was Heißes zu trinken, Fanni. Kommen Sie mit.«

Du kannst dich von dem Typen doch nicht einfach abschleppen lassen!

Fanni zuckte unmerklich die Schultern. Sie war auf einmal so müde, dass sie sich nicht gegen Bastian auflehnen konnte, selbst wenn sie es gewollt hätte.

Er lenkte sie in Richtung Imbissbaracke.

»Sitzplätze gibt es im Imbiss nicht«, sagte Bastian. »Aber ganz hinten an der Wand läuft ein Balken entlang, auf den man sich halbwegs setzen kann. Außerdem«, fügte er hinzu, während er sie die Elefantenstraße entlangführte, »ist es da hinten am wärmsten.«

Als Bastian sie durch den Imbiss steuerte, fiel ihr auf, dass der sich deutlich gelichtet hatte. Es standen zwar immer noch etliche Grüppchen beieinander, und die Theke war dicht belagert, aber verglichen mit der wogenden Menge von kurz nach Mitternacht war das ein recht schwacher Andrang.

»Ich bin gleich wieder zurück.« Bastian klopfte mit der flachen Hand auf den Balken.

Fanni nahm dankbar darauf Platz und lehnte sich mit dem Rücken an die Wand.

Im hellen Licht der Neonröhren sah sie Bastian nun in aller Deutlichkeit und registrierte, was für eine sympathische Erscheinung er war.

Als sie eingetreten waren, hatte er seine Wollmütze abgenommen und in die Tasche seiner dunkelblauen Daunenjacke gesteckt. Grau melierte kurz geschnittene Haare waren zum Vorschein gekommen. Alles an ihm wirkte seriös und kultiviert.

Dabei heißt es in Bikerkreisen: Wir sind die, vor denen uns unsere Eltern immer gewarnt haben!

Fanni achtete nicht auf die Gedankenstimme. Ihr Blick verlor sich in Bastians ebenmäßigem Gesicht mit den hellen Augen, der geraden Nase, dem energischem Kinn.

Ob er immer einen Drei-Tage-Bart trug? Oder waren die Stoppeln ein Zugeständnis ans Leben im Elefantencamp?

Als er sich ihr zuneigte, um ihr noch mal zu versichern, dass er gleich zurückkommen würde, fiel ihr – wie zuvor schon, als sie in ihn hineingelaufen war – wieder auf, wie gut er roch.

Mandelmilchshampoo!

Ja, das war es.

Hattest du selbst nicht auch mal so eins?

Sprudel hatte es irgendwann einmal für sie gekauft, und es war lange Zeit ihr Lieblingsduft gewesen. Wann hatte sich das eigentlich geändert?

Gar nicht, antwortete Fanni sich selbst. Vermutlich haben wir bloß vergessen, Nachschub zu besorgen, und irgendwann ist es uns ganz aus dem Sinn gekommen. Hat sich verloren, wie sich so vieles im Laufe der Jahre verliert.

Müßig sah sie Bastian auf dem Weg zum Verkaufsstand nach und fragte sich, wie er bei den sanitären Bedingungen im Kessel so gut riechen konnte. Sie hatte den Schlauch, aus dem es mehr tröpfelte als troff, und den Bottich mit der Eisschicht ja selbst gesehen und der Übersichtskarte entnommen, dass es sich dabei um den einzigen Waschplatz im Camp handelte. Im Loher Kessel gab es weder beheizte Waschräume noch eine Warmwasserleitung, von Duschen ganz zu schweigen.

Bastian kam mit zwei großen Keramikbechern zurück, reichte ihr einen und prostete ihr mit dem andern zu. »Auf den Erfolg Ihrer Ermittlungen. Ich hoffe sehr, es gelingt Ihnen, Ihren Enkel von dem schrecklichen Verdacht zu befreien.«

»Sie könnten mir dabei helfen«, sagte Fanni spontan.

Bastian lächelte ein derart warmherziges Lächeln, dass sie nachgerade dahinschmolz. »Gern. Ich bin uneingeschränkt für Sie da.«

Das kann er doch nicht ernst meinen! Warum schleimt er sich so bei dir ein?

Anteilnahme, Verständnis, Mitgefühl, Herzlichkeit, Interesse …

Interesse? Der Kerl ist gut zehn Jahre jünger als du!

Fanni nahm einen großen Schluck aus ihrem Becher. Was spielte Bastians Alter bitte schön für eine Rolle?

Das Getränk, das er ihr spendiert hatte, schmeckte geradezu unverschämt gut und verteilte sich wohltuend in ihrem Körper, der gierig nach mehr verlangte. Fanni nahm einen weiteren Schluck und noch einen, trank innerhalb kürzester Zeit den halben Becher leer.

Du solltest vorsichtig sein! Das Zeug ist stark! Zucker, Rum und Obstbrand mit einem Schuss Tee!

Jagatee. Fanni kannte das Gebräu aus Skiurlauben, hatte es aber seit mindestens zwanzig Jahren nicht mehr getrunken. Und ja, die Gedankenstimme hatte wieder einmal recht. Die Mischung war tückischer als ein Bazooka-Cocktail, vor allem wenn wie in diesem Fall der Alkohol überwog.

»Wie kann ich Ihnen …« Bastian unterbrach sich. »Eigentlich duzen wir uns im Kessel ja alle.«

Auf Fannis knappes Nicken hin setzte er neu an: »Wie kann ich dir behilflich sein?«

Fanni trank ihren Jagatee aus, versuchte, auf dem schmalen Balken eine möglichst bequeme Position zu finden, und schloss einen Moment lang die Augen. Sie war viel zu müde, um sich trickreiche Fragen über den toten Arno auszudenken. Womöglich kam ihr ja eine Idee, wenn er vorerst einmal ein bisschen über sich und das Elefantentreffen erzählte.

»Wo kommst du her?«, fragte sie ihn. »Was zieht dich aufs Elefantentreffen, und wie oft warst du schon dabei?«

Mann! Das hört sich ja an, als würdest du dich mehr für diesen Duftgimpel interessieren als für das Mordopfer! Hat dir der Alkohol den Verstand ...?

Fanni blendete die Gedankenstimme aus, weil Bastian bereits antwortete: »Hat Karl heute Nachmittag nicht schon erwähnt, dass ich aus Innsbruck komme?«

»Was man aber an deiner Aussprache gar nicht merkt.« Fanni sah ihn erstaunt an. »Wie kommt denn das?«

Bastian nahm einen Schluck aus seinem Becher, bevor er Fannis Frage beantwortete. »Ich war beruflich viel im Ausland. Da gewöhnt man sich das Österreichische schnell ab. Und damit sind wir auch schon beim Elefantentreffen. Motorsport ist sozusagen mein Beruf. Ich bin Entwicklungsingenieur im Bereich Fahrzeugtechnik und Maschinenbau.« Er trank wieder einen Schluck, schien zu überlegen, was Fanni noch hatte wissen wollen. »Ich weiß nicht, wie gut du mit der Geschichte des Elefantentreffens vertraut bist, vielleicht sollte ich ein wenig ausholen.«

Erst als er nicht weitersprach, merkte Fanni, dass er irgendeine Form von Zustimmung von ihr erwartete.

Sie nickte hastig, und Bastian fuhr fort: »Den Anfang hat ein Motorsportjournalist gemacht, den alle ›Klacks‹ genannt haben. Mit richtigem Namen hieß er Ernst Leverkus. Er hat 1956 eine Zeitungsanzeige aufgegeben und darin ein Treffen von Bikern mit Zundapp KS-601-Gespannen fürs erste Januarwochenende vorgeschlagen. Es sollte an der Solitude-

Rennstrecke bei Stuttgart stattfinden. Zwanzig Gespanne sind aufgekreuzt.«

Bastian unterbrach sich, nahm Fanni den leeren Becher aus der Hand und stellte ihn neben sich am Balken ab. »Im nächsten Jahr kamen schon doppelt so viele Gespanne, und im Jahr darauf haben sich auch Teilnehmer mit anderen Maschinen angeschlossen. Die Idee eines Wintertreffens hatte voll eingeschlagen. Im Laufe der Zeit mussten immer größere Veranstaltungsorte gesucht werden, weil sich die Teilnehmerzahl vervielfachte. Nürburgring, Salzburgring, die Kapazitäten reichten nicht einmal dort aus. Inzwischen hatte der BVDM ...«

Er machte eine Pause und sah Fanni fragend an, die wie eine folgsame Schülerin »Bundesverband der Motorradfahrer« sagte. Bastian zog anerkennend die Brauen hoch. »... die Organisation übernommen. Ich war damals Mitglied im Vorstand. 1988 sind wir mit dem Stock-Car-Club Solla in Verbindung getreten und haben die Genehmigung bekommen, das Treffen hier auszurichten. Im ersten Jahr, 1989 also, hatten wir dreitausendsiebenhundert Teilnehmer. Und alles hat prima geklappt.«

Obwohl Fanni merklich benebelt war (die Zahlen, die Bastian genannt hatte, purzelten wie aus dem Platz geschlagene Tennisbälle in ihrem Kopf herum), war etwas hängen geblieben, das ihr wichtig erschien. »Du gehörst zu den Organisatoren?«

»Gehörte«, verbesserte Bastian. »Aber ausgeschlossen fühle ich mich trotzdem nicht. So eine Verantwortung schüttelt man nicht einfach ab, nur weil man nicht mehr im Verzeichnis steht.«

Fannis Hirn arbeitete zwar schleppend, brachte jedoch eine wichtige Schlussfolgerung zustande: »Wenn du schon so lang bei dem Verein bist, dann musst du ja so gut wie jeden hier kennen.«

Bastian schüttelte nachdrücklich den Kopf. »So gut wie jeden Teilnehmer zu kennen ist unmöglich. Dafür sind es einfach zu viele. Einigen von denen, die jedes Jahr dabei sind, kommt man natürlich im Laufe der Zeit näher, andere kennt man aber nur vom Sehen, weil sie lieber unter sich bleiben. Sehr viele bleiben einem fremd. Vor allem diejenigen, die nicht regelmäßig mitmachen oder ganz neu sind. So wie dieser Arno.«

»Keiner weiß was über ihn«, beklagte sich Fanni. »Bis jetzt habe ich nicht einmal seinen Nachnamen herausgekriegt.«

Bastian schürzte die Lippen. »Zumindest die Polizei dürfte ihn wissen. Arno wird ja einen Ausweis bei sich gehabt haben.«

Fanni fragte sich, ob Kommissar Bauer Arnos persönliche Daten herausrücken würde, wenn Sprudel ihn anrief und danach fragte.

Nachts um zwei jedenfalls nicht!

»Der BVDM muss doch Teilnehmerlisten führen«, sagte sie zu Bastian.

Aber er verneinte. »Das wäre ja ein irrsinniger Aufwand. Wir haben eine bedeutend einfachere Regelung: Wer mit einem Motorrad anreist und im Kessel campieren will, zahlt an der Kasse sein Eintrittsgeld und bekommt dafür – als Legitimation sozusagen – ein Plastikband ums Handgelenk. Damit hat sich die Sache.« Er wirkte auf einmal unschlüssig. »Allerdings …«

Fanni sah ihn so hoffnungsvoll an, dass er schmunzelnd fortfuhr: »Ein alter Freund von mir, der immer noch Mitglied der Vorstandschaft ist, hat vor Jahren damit angefangen, eine Newsletter-Liste zu führen. Sie liegt in der Orgahütte aus. Wer mag, kann sich da eintragen. Freiwillig und unverbindlich, vergleichbar mit einem Gipfelbuch auf einer Bergspitze.«

»Welche Angaben stehen denn außer Vor- und Nachnamen in dieser Liste?«, erkundigte sich Fanni.

»Alter, Anschrift … Jeder schreibt rein, was er möchte.« Bastian zwinkerte ihr zu. »Meinst du, ein Blick darauf würde sich lohnen?«

»Kommst du denn ran?«, fragte Fanni.

Bastian zog einen Schlüsselbund aus der Hosentasche und hielt ihn hoch. »Aber zuvor gibt es noch mal ein heißes Getränk. Zwischen Mitternacht und fünf Uhr früh ist es immer am kältesten, deshalb sollten wir uns gut aufwärmen, bevor wir rausgehen.«

Fanni griff nach ihrem Becher. »Aber nur Tee, ohne Rum oder sonst was Alkoholisches.« Erst als Bastian nickte, ließ sie den Becher los, und er machte sich auf den Weg zur Verkaufstheke.

Stirnrunzelnd sah sie auf ihre Armbanduhr. Zwanzig nach eins. In weniger als zehn Minuten erwartete Sprudel sie am Kesseleingang. Das bisschen Zeit reichte bei Weitem nicht dafür, mit Bastian zu der Hütte an der Zufahrtsstraße zu gehen, die laut Beschilderung den Organisatoren als Stützpunkt diente, und die Newsletterliste durchzusehen. Sie würde Sprudel anrufen und ihn erneut vertrösten müssen.

Er wird schon da sein! Willst du, dass er sich den Hintern abfriert?

Er könnte sich im Imbiss aufhalten, bis ich zurück bin, überlegte Fanni. Einen Jagatee trinken …

Das Klingeln ihres Mobiltelefons ließ sie erschrocken zusammenzucken.

7

Sprudel! Er war also tatsächlich schon da.

Während Fanni abhob und sich meldete, überlegte sie hektisch, wie sie es einfädeln konnte, die Teilnehmerliste doch noch zu Gesicht zu bekommen.

Ob Bastian damit einverstanden wäre, wenn Sprudel mitkäme? Er würde wahrscheinlich nicht ablehnen, dazu war er zu höflich. Aber war es nicht ungehörig, ihn zu bitten, sie alle beide heimlich dort einzuschleusen?

Sie merkte erst, dass Sprudel etwas gesagt hatte, als seine Stimme lauter wurde. »Fanni! Hast du gehört? Der Wagen steckt in einem Feld, und ich komme hier nicht weg.«

***

Sprudel hatte bereits nach wenigen Kilometern feststellen müssen, dass die Nässe schon wieder zu überfrieren begann, sogar auf der Hauptstraße. Das konnte ja heiter werden.

»Schlimm«, murmelte er, »ganz üble Sache.« Er versuchte, vorerst nicht daran zu denken, wie die Nebenstraßen wohl aussehen mochten. Waren sie überhaupt noch befahrbar? Die Streufahrzeuge hatten ja offensichtlich mehr zu tun, als sie bewältigen konnten, und mussten sich überwiegend auf die Hauptrouten konzentrieren.

Die Strecke nach Loh gehörte definitiv nicht zu den Hauptrouten. Egal, ob man den Weg über Schöllnach nahm oder den über Auerbach, immer lief es auf schmale Sträßchen hinaus, die über Land führten; durch Waldgebiete, wo dichter Nebel hing; an Feldern entlang, über die eisiger Wind fegte und anscheinend sogar Salzlauge gefrieren ließ.

Nachdem Sprudel nun doch gründlich über den Zustand der Nebenstraßen nachgedacht hatte, kam er zu dem Schluss, dass es am vernünftigsten wäre, für den Streckenabschnitt zwischen Deggendorf und Iggensbach die A 3 zu nehmen. Die Autobahn würde eisfrei und gut präpariert sein, und mit Stau war um diese Zeit wohl kaum zu rechnen. In Iggensbach würde er die Autobahn allerdings verlassen und Richtung Schöllnach fahren müssen. Von da aus ging es über Ebenreuth nach Solla.

Er setzte den Blinker. Spätestens ab Schöllnach würde es haarig werden.

Und so war es auch.

Jede Kurve wurde zum Geschicklichkeitstest, und eine folgte auf die andere.

Jetzt erwies es sich als vorteilhaft, dass er viel zu früh losgefahren war. Er konnte sich Zeit lassen und das Tempo notfalls bis auf Schrittgeschwindigkeit drosseln.

Bis Riggerding ging alles gut. Doch kurz hinter dem Dörfchen unterschätzte Sprudel eine Kurve, die eigentlich völlig harmlos aussah. Der Wagen schlingerte übers Bankett, machte dann einen Satz zur Straßenmitte, wo er sich weigerte, Sprudels Lenkversuchen zu gehorchen, nach links ausbrach, eine kleine Böschung hinunterholperte und in ein mit festgefrorenem Schnee bedecktes Feld fuhr. Als Sprudel dort auf die Bremse stieg, brach das Heck aus. Das Auto machte eine Hundertachtzig-Grad-Wende, woraufhin es wieder auf die Böschung zuhielt, kurz davor aber stehen blieb.

Sprudel legte den Kopf auf die Hände, die noch das Steuer hielten.

Nach einer Weile stieg er aus, begutachtete die Lage und dachte darüber nach, welche Möglichkeiten es gab, zu nachtschlafender Zeit in einer abgelegenen Gegend einen gestrandeten Wagen wieder flottzukriegen.

Er kam nur auf eine einzige: Man hatte es selbst zu schaffen.

Er würde es also versuchen müssen. Und mittlerweile drängte die Zeit. Wenn er pünktlich am Kesseleingang sein wollte, tat Eile not.

Im Licht der Scheinwerfer hastete er, zuerst in der einen, dann in der anderen Richtung etwa zwanzig Schritte an der

Böschung entlang. Von zwei Stellen, die ihm geeignet erschienen, wählte er schließlich diejenige aus, an der sie zwar weniger flach war, dafür aber gleichmäßig auslief.

Sein Plan war, das Auto zurückzusetzen, es dann irgendwie dorthin zu manövrieren, wo er es haben wollte, und frontal auf die Böschung auszurichten. Mit genügend Schwung meinte er, den Abhang überwinden zu können.

Während des Zurücksetzens und Manövrierens im Feld stecken zu bleiben musste er nicht fürchten, denn die Schneedecke war glatt und hart wie eine Keramikschicht. Er bekam es zu spüren, als er auf dem Weg zurück zum Auto ausrutschte und auf allen vieren landete.

Hastig rappelte er sich auf und stieg wieder in den Wagen.

Ihn zurückzusetzen war einfacher als gedacht, und Sprudel wagte bereits zu hoffen, dass sein Plan aufgehen könnte. Aber als er das Steuer einschlug, um ein Stück an der Böschung entlangzufahren, drehte der rechte Vorderreifen durch.

Fluchend sprang er aus dem Wagen, riss die Fußmatte unter dem Fahrersitz heraus, zwängte sie, so gut es ging, unter den Reifen, stieg wieder ein und gab Gas.

Die Matte flutschte unter dem Rad durch und flog in hohem Bogen davon.

Sprudel platzierte sie erneut, stieg wieder ein, wagte aber das Gaspedal kaum zu berühren. Der Wagen kroch ein paar Zentimeter vorwärts, dann blieb der linke Vorderreifen an einer Unebenheit hängen.

Er musste also mehr Gas geben. Als er es tat, drehte der Reifen durch.

Und die Zeit lief.

Schwitzend holte er die Fußmatte unter dem Beifahrersitz hervor, schob sie unter den linken Reifen und setzte sich wieder hinters Steuer.

Nach drei weiteren Fehlversuchen wusste er, dass sein Vorhaben nicht gelingen konnte.

Er saß hier fest.

Sein Handy zeigt keine Verbindung zum Mobilfunknetz.

Und Fanni wartete im Loher Kessel darauf, dass er sie abholen kam.

**

Es dauerte eine Weile, bis Fanni begriff, was Sprudel ihr soeben mitteilte.

Er war mit dem Wagen von der Straße abgekommen, der steckte fest, und deshalb befand Sprudel sich wer weiß wo – am Kesseleingang jedenfalls nicht.

»Wo bist du? Was genau ist passiert? Bist du verletzt?«

»Mir fehlt nichts, nicht einmal der Wagen hat einen Kratzer. Mittlerweile sitze ich sogar im Warmen.«

Sprudel war in der Hoffnung, das Funkloch hinter sich zu lassen, die Straße entlanggerannt, hatte aber auch kurz vor Riggerding immer noch keine Netzverbindung gehabt. Als ihm von dort ein Wagen entgegenkam, hatte er ihn angehalten.

Der junge Mann, der hinterm Steuer saß, kam aus einem Gasthof in Schöllnach, wo an diesem Abend eine Faschingsfeier stattgefunden hatte, und war auf dem Heimweg. Als er hörte, was Sprudel widerfahren war, erbot er sich, ihn zu dem Gasthof zu bringen. Dort könne Sprudel nicht nur telefonieren, sondern auch ein Zimmer bekommen, meinte er.

Womit er richtiglag.

»Ich habe ein schönes Doppelzimmer mit Bad und Balkon«, sagte Sprudel. »Das Problem ist nur, wie wir dich aus dem Kessel weg- und hierherbekommen.«

»Ich …«, begann Fanni, wusste dann aber nicht weiter.

Sprudels Missgeschick, so ärgerlich es auch war, hatte den Vorteil, dass ihr Zeit blieb.

Mehr, als dir lieb ist, fürchte ich!

Fanni wurde die Kehle eng. Ihr lag zwar eine Menge daran, sich die Liste anzusehen, die in der Orgahütte auslag, was aber bestimmt nicht mehr als eine halbe Stunde Zeit kosten würde. Und wo sollte sie dann den Rest der Nacht verbringen?

Würde es tatsächlich so kommen, dass sie nicht wusste, wohin, wenn es still wurde im Kessel und die Temperatur auf den Tiefstpunkt sank? Selbst wenn Sprudel schon früh am Morgen einen Abschleppwagen auftrieb, der sein Auto aus dem Feld ziehen würde – bis alles geregelt war und er weiterfahren konnte, würde vermutlich der halbe Vormittag vergehen.

Unterdessen hatte Sprudel weitergesprochen: »... hat gesagt, die einzige Möglichkeit ist die, bei der Taxizentrale in Passau anzurufen. Dort vermitteln sie Nachtfahrten. Ich werde den Anruf für dich machen und dir einen Wagen nach Loh bestellen. Für ordentlich was obendrauf wird der Fahrer hoffentlich bereit sein, die Absperrung zu ignorieren und dich direkt am Kessel abzuholen.« Sprudel legte eine Pause ein, wartete offenbar auf ihre Zustimmung.

»Ich kümmere mich selbst darum«, widersprach Fanni eilig.

Sprudel schien zu zögern, sagte dann aber: »Gut. Und mach dir nichts aus den Kosten. Egal, wie viel der Mann haben will, Hauptsache, du kommst so schnell wie möglich zu mir.« Seine Stimme klang gepresst, als er hinzufügte: »Ich halte Ausschau nach dir, Fanni, und bete, dass ich dich bald bei mir habe.«

Seit wann betet Sprudel?

Fanni versprach ihm, sich bei ihm zu melden, sobald sie eine Zusage für die Fahrt hatte und halbwegs abschätzen konnte, wann sie in Schöllnach ankommen würde.

»Bärenhof«, schärfte Sprudel ihr ein. »Das Gasthaus heißt Bärenhof, liegt direkt an der Durchgangsstraße.«

Fanni nickte, ohne daran zu denken, dass Sprudel sie nicht sehen konnte. Mit einem leisen Stöhnen beendete sie das Gespräch und wünschte sich einen extrastarken Jagatee, der imstande wäre, sie sämtliches Ungemach vergessen zu lassen. War die Situation, in der sie steckten, nicht kompliziert genug? Reichte es nicht, dass Max unter Mordverdacht stand? Dass sich nach der Unterredung mit Bruno und stundenlangem Herumirren im Kessel außer ein paar vagen Hinweisen keine einzige Spur zum wirklichen Täter zeigte? Dass keines der wirr aufscheinenden Motive konkret mit Arno in Verbindung zu bringen war? Musste sie auch noch in die missliche Lage kommen, nachts in einem Bikercamp in einer der abgelegensten Gegenden Ostbayerns festzusitzen, wo man vielleicht mit einem Rudel Wölfe rechnen konnte, aber kaum mit einem Taxi?

»Schlechte Nachrichten?« Bastian war mit den beiden frisch gefüllten Bechern etwas abseits stehen geblieben, während sie telefoniert hatte, und trat jetzt näher.

Woher konnte er wissen …

Man wird es dir ansehen!

Sie fuhr sich mit den Fingerspitzen über die Stirn, fühlte die Falten und versuchte, sie zu glätten.

Bastian reichte ihr einen Becher und schaute sie fragend an.

»Wollten wir uns nicht die Liste ansehen?«, sagte Fanni.

Bastian nickte, wirkte aber auf einmal verstimmt. »Sobald wir ausgetrunken haben, machen wir uns zur Orgahütte auf.« Seine Miene erhellte sich wieder. »›Quartier für Organisation, Presse und Helfereinsatz‹ im offiziellen Sprachgebrauch. ›Orgahütte‹ für uns Biker, damit wir uns nicht jedes Mal die Zunge brechen müssen.«

Fanni schüttete den Inhalt ihres Bechers – er hatte genau die richtige Temperatur, nicht zu heiß und nicht zu kalt – so schnell es ging hinunter und stellte mit gemischten Gefühlen fest, dass es sich tatsächlich nur um Schwarztee handelte, ohne ein Tröpfchen Alkohol.

Warum so hastig? Wäre es nicht besser, Zeit zu schinden?

Bastian griff bereits nach ihrem leeren Becher, um ihn zusammen mit seinem eigenen zurück an die Theke zu bringen. Auch er hatte eilig ausgetrunken.

Als sie den Imbiss verließen, registrierte Fanni, wie ausgestorben er bereits wirkte. Über die verwaiste Elefantenstraße gelangten sie zum Kesseleingang und von da auf das Zufahrtssträßchen, wo Bastian nach links abbog.

Fanni hatte die Landkarte, die sie am Morgen während der Herfahrt studiert hatte, noch gut genug im Kopf, um zu wissen, dass das Sträßchen von Solla kommend über Loh und Hals nach Gumpenreit führte, wo es in die B 85 mündete. Zwischen

Solla und Hals war es während des Elefantentreffens für den allgemeinen Verkehr gesperrt.

Die Orgahütte stand ein Stück vom Straßenrand zurückgesetzt, sodass sich ein kleiner Vorplatz ergeben hatte. Bastian blieb dort stehen und schaute sich aufmerksam um.

Er will also lieber nicht dabei beobachtet werden, wie er mit dir in dem Hüttchen verschwindet!

Der Rundblick beruhigte ihn offensichtlich, denn schließlich steckte er den Schlüssel ins Schloss, sperrte auf und ließ Fanni eintreten.

Als sie merkte, wie stockdunkel es drinnen war, wollte sie umkehren, aber Bastian drängte sie weiter, tastete an der Wand entlang, fand den Lichtschalter, und plötzlich wurde es hell.

Die Tür fiel hinter ihnen zu.

Bastian schloss sie ab, ließ aber den Schlüssel von innen stecken.

Sie befanden sich in einem winzigen Flur, von dem drei Türen wegführten.

Bastian deutete in rascher Folge von einer zur anderen. »Büro der Veranstaltungsleitung, Helfer-Einsatzzentrale, Headquarter sozusagen, Pressebetreuung und Aufenthaltsraum für Helfer.«

Die zuletzt bezeichnete Tür öffnete er, und wieder ließ er Fanni den Vortritt.

Diesmal flammte das Licht bereits auf, als sie über die Schwelle trat.

In dem knapp fünfzehn Quadratmeter großen Raum standen zwei lange Tische mit Stühlen auf einer Seite und Bänken an der Wand entlang. Neben dem Eingang gab es eine kleine Theke, auf der Thermoskannen aufgereiht waren. Ein breites Fenster gegenüber der Theke gewährte einen guten Blick in den Kessel.

Bastian bat Fanni, irgendwo Platz zu nehmen, und war im nächsten Moment verschwunden. Sie wählte einen Stuhl direkt unter dem Fenster und ließ den Blick über das Elefantencamp schweifen, in dem jetzt nur noch wenige Feuer glommen und kaum mehr eine Lampe brannte.

Vor dem Fenster hüpfte ein einsames Lichtlein auf und ab.

Fanni rieb sich die Augen. Sie war inzwischen so müde, dass sie nicht mehr scharf sehen konnte. Das hüpfende Licht zerfloss, und schließlich war es fort.

Wo bleibt Bastian eigentlich so lang? Warum lässt er dich allein hier sitzen?

Fanni zuckte zusammen. War sie eingenickt? Und richtig, wo war Bastian abgeblieben?

War es möglich, dass er fortgegangen war und sie allein zurückgelassen hatte? Aber weshalb sollte er das tun?

Um dich loszuwerden!

Fanni schüttelte den Kopf. Das ergab absolut keinen Sinn. Warum sollte er sie loswerden wollen? Er hätte sich ja gar nicht erst mit ihr abgeben müssen.

Also gut, dann schau doch einfach nach, wo er ist!

Fanni erhob sich schwerfällig und ging zur Tür.

Bevor sie die Klinke hinunterdrücken konnte, öffnete sie sich und Bastian trat ein. »Ich konnte die Liste nicht gleich finden.« Er breitete etliche Seiten auf einem der beiden Tische aus.

Fanni blickte entgeistert auf die in verschiedenen, oft schwer leserlichen Schriftarten beschriebenen Blätter. »Das alles durchzugehen wird ewig dauern.«

Hast du nicht Zeit im Überfluss? Außerdem schätze ich, dass sich »ewig« auf eine halbe Stunde beschränken könnte!

Fanni warf einen trübseligen Blick auf das Gekritzel. Ihr graute auf einmal davor, mit ihren müden Augen all diese Blätter durchgehen zu müssen. Außerdem begann sie zu frösteln. In der Orgahütte schien es kälter zu sein als draußen.

Sie schrak zusammen, als sie Bastian unvermittelt sagen hörte: »Einen Kopierer haben wir leider nicht. Dazu ist unser Büro zu provisorisch eingerichtet.«

Wozu hat man auch heutzutage ein Handy, mit dem man fotografieren kann?

Wieder einmal hatte die Gedankenstimme recht. Fanni zückte ihr Smartphone, obwohl sie sich mittlerweile fragte, ob sich der Aufwand lohnte. Falls Arno sich nicht in die Liste eingetragen hatte, war die ganze Sache umsonst.

Falls aber schon, dann hast du seinen vollen Namen und möglicherweise noch mehr Informationen über ihn!

Sie begann, die Seiten abzulichten.

»Wir können die Suche eingrenzen«, sagte Bastian und zeigte auf den oberen Rand eines Blattes. »Hier steht immer das Datum, an dem es angelegt worden ist. Soweit wir wissen, ist Arno vorgestern gegen Abend angekommen. Frühere Eintragungen scheiden also aus. Genauso wie diejenigen, die nach seiner Ermordung vorgenommen wurden.«

Fanni war der Meinung, dass selbst dann noch mehr als genug übrig blieben, wollte sich aber nicht beklagen. Gehorsam richtete sie den Sucher auf die Blätter, die Bastian auswählte, und drückte auf den Auslöser.

Als sie fertig waren, sammelte Bastian die Blätter auf, um sie zurück ins Headquarter zu bringen.

Fanni steckte das Smartphone wieder ein, weil es keinen Sinn hatte, sich die Liste jetzt gleich aufs Display zu holen und mit der Durchsicht zu beginnen, denn sobald Bastian zurückkam, würden sie die Orgahütte verlassen.

Träge wanderte ihr Blick durch den Raum, streifte über eine Reihe von Pokalen auf einem Bord unter der Decke, registrierte Aushänge und Fotografien an der Wand und blieb an einem Regalbrett hängen, auf dem sich ein gutes Dutzend Werbeprospekte befand. Von dem, der zuoberst lag, blickte ihr eine sichtlich glückliche Kuh entgegen, aus deren Maul ein herzhaft grüner Grashalm ragte.

Plötzlich wach, trat sie heran und griff nach dem Faltblatt. Ein kurzer Blick auf die übrigen zeigte ihr, dass die meisten in irgendeiner Form mit dem Motorsport zu tun hatten. Es gab Angebote für Funktionskleidung, Patch-Kataloge, Flyer von Kfz-Werkstätten und Hotelprospekte. Sie ließ sie links liegen und konzentrierte sich auf das Faltblatt mit der glücklichen Kuh.

Die Kuh stand auf einer sattgrünen Wiese vor einem Gehöft mit mehreren Nebengebäuden. Das Haupthaus sah aus, als wäre es mindestens ein Jahrhundert alt, schien jedoch gut in Schuss. Die Balkone und die Holzverkleidung glänzten in einem samtigen Braunton, alles wirkte freundlich und einladend. »Broglerhof« stand im Blau des Himmels, aus dem die Sonne strahlte.

Gespannt blätterte sie um. Auf der zweiten Seite warb der Broglerhof für seine Erzeugnisse: Heumilch, Heumilchjoghurt, Heumilchkäse. Bioqualität mit Gütesiegel.

Die Postanschrift des Ökobetriebs war auf der Rückseite abgedruckt: Almweg 10, 39040 Villnöss. Telefon und Faxnummer standen darunter, ebenso E-Mail und Web-Adresse. Als Inhaber waren Arno und Tristan Brogler genannt.

Als sie Bastian zurückkommen hörte, steckte sie den Prospekt ein und wandte sich der Tür zu.

Schweigend verließen sie die Hütte. Bastian schloss sorgsam ab, schritt auf den Vorplatz, blieb dort aber unvermittelt stehen.

»Was war das denn für eine Nachricht, die du vorhin bekommen hast? Ich sehe doch, dass du dir Gedanken machst.«

Dass sie sich Gedanken machte, stimmte. Aber die Frage, ob Arno Brogler der Tote aus dem Tipi war, hatte alle anderen Überlegungen verdrängt.

Was hatte sie mit Sprudel vorhin abgesprochen?

Dass du so bald wie möglich im Bärenhof aufschlägst!

»Ich muss mir dringend ein Taxi besorgen«, sagte sie.

Bastian lachte. »Hier? Um diese Zeit?«

Fanni hatte ihr Mobiltelefon bereits in der Hand. »Ich werde bei der Taxizentrale in Passau anrufen.« Sie schaute nachdenklich auf das Display, dann fügte sie hinzu: »Zuerst muss ich wohl die Nummer googeln.«

Ihr Finger zielte bereits auf die App, als Bastian ihre Hand festhielt. »Es wäre entschieden einfacher, du würdest die Nacht über hierbleiben.«

Fanni sah ihn verdattert an. Musste sie ihm wirklich erklären, dass sie Gefahr lief zu erfrieren, wenn sie hierblieb?

Sie tippte nachdrücklich auf das Zifferblatt ihrer Armbanduhr. »Kurz nach zwei. Wie soll ich die Zeit, bis mich Sprudel abholen kommen kann, denn herumbringen? Im Imbiss? Der schließt um vier Uhr. So steht es jedenfalls auf dem Aushang, den ich irgendwo gesehen habe.« Sie machte eine Pause, konzentrierte sich auf die Berechnung, die sie anstellen wollte. »Das Taxi aus Passau kann in einer halben Stunde da sein. Na ja, sagen wir in einer Dreiviertelstunde. Macht Viertel vor drei. Zwanzig Minuten, höchstens eine halbe Stunde nach Schöllnach, macht Viertel nach. Spätestens um halb vier kann ich im Bärenhof im Bett liegen. Und glaub mir, ein warmes Bett habe ich bitter nötig.«

Bastian legte ihr lachend den Arm um die Schultern. »Das kann ich mir gut vorstellen. Und ich finde, du solltest nicht noch eineinhalb Stunden darauf warten müssen.«

Fanni wusste nicht, was sie sagen sollte.

Bastian wurde plötzlich ernst, sah sie forschend an, ließ den Arm sinken und räusperte sich. »Im Haus meiner Schwester gibt es momentan ein unbenutztes Zimmer. Das könnte ich dir überlassen.«

»Wäre deiner Schwester das denn recht?«, fragte Fanni zaghaft.

»Komm«, antwortete Bastian darauf und setzte sich in Richtung Kesseleingang in Bewegung. »Angelika hat vor gut dreißig Jahren in den Bauernhof dort drüben eingeheiratet.« Er deutete auf die andere Straßenseite, die jedoch im Dunkeln lag. »Wenn die Elefanten kommen, machen sie und ihr Mann sich davon und überlassen mir das Haus. Ich kann dort wohnen und sogar Freunde einladen, während die beiden verreist sind. Ich kann dir also ein Zimmer anbieten.« Er sah sie fast besorgt an, so als fürchte er, sie könne ihn erneut missverstehen.

Fanni fühlte sich hin- und hergerissen.

Bastians Absichten schienen durchaus ehrenhaft, anständig und großmütig. Andererseits kannte sie ihn ja kaum.

Eben! Wer sagt denn, dass er nicht Böses im Schilde führt und dich in eine Falle locken will?

Niemand, dachte Fanni abgekämpft.

Sollte sie sein Angebot trotzdem annehmen?

Bastian sah sie mit ernster Miene an. »Es ist keinesfalls sicher, dass die Sache mit dem Taxi klappt. Nachtfahrten muss man normalerweise anmelden. Und selbst wenn noch ein paar Taxler in Passau unterwegs sind, ob einer von ihnen bei diesen Straßenverhältnissen ins Hinterland fahren will, ist alles andere als gewiss.«

Was Bastian da vorbrachte, war nicht von der Hand zu weisen. Außerdem fühlte sich Fanni mittlerweile so erschöpft, dass sie sich ohnehin nicht mehr zu dem Versuch aufraffen konnte, ein Taxi zu organisieren.

Sie würde diesem Mann, den sie kaum zwei Stunden kannte, einfach vertrauen müssen.

Wenn das mal nicht ins Auge geht!

Bastian umfasste ihren Ellbogen, lenkte sie über die Straße, der er dann noch ein kurzes Stück folgte, und bog schließlich in einen gepflasterten Weg ein, der bergwärts verlief. Nach ein paar Schritten wurde sein Griff fester, und Fanni war dankbar dafür, denn das Pflaster war mit einer dicken Eisschicht überzogen.

»Wir sind gleich da.« Bastians angenehme Stimme tropfte wie Sirup in Fannis Ohr.

Tatsächlich erreichten sie bald einen niedrigen Zaun mit einer kleinen Gartenpforte in der Mitte. Bastian öffnete sie, ließ Fanni durch, schloss sie wieder und ging voran zur Haustür.

Offenbar gab es dort einen Bewegungsmelder, denn plötzlich ging an der Hauswand eine Lampe an. Sie erhellte einen schmalen Weg aus Betonplatten, ein paar niedrige Büsche und den Briefkasten neben der Tür. Das Haus selbst lag nach wie vor im Dunkel.

Bastian öffnete die Tür, und Fanni trat über die Schwelle.

Das Haus war alt, aber gut gepflegt, sauber und soweit sie überblicken konnte, recht geschmackvoll eingerichtet. In der geräumigen Diele stand eine antike Kommode gegenüber einer Garderobenwand mit Spiegel und Sitzbänkchen. Vor dem Bänkchen lag ein handgewebter Kelim.

Bastian nahm Fanni die Jacke ab und hängte sie auf einen Bügel. Das Zimmer im ersten Stock, in das er sie dann führte, erwies sich als ehemaliges Kinderzimmer, an dem wohl nicht viel verändert worden war. Auf dem Sofa saßen Puppen und Stofftiere, wie Fannis jüngste Tochter Vera sie gehabt hatte, in den Regalen standen Bücher, wie Fanni älteste Tochter Leni sie gelesen hatte. Hanni und Nanni, TKKG ... Eine Sekunde lang fragte sich Fanni, warum sich das Kinderzimmer nicht irgendwann in ein Jugendzimmer verwandelt hatte. Bastians Nichte musste doch mittlerweile schon erwachsen sein. Im nächsten Moment entglitt ihr der Gedanke.

Das Bett war frisch bezogen.

Bastian nahm ein Handtuch aus dem Schrank in der Ecke und reichte es ihr. »Das Bad ist gleich gegenüber.«

»Danke.«

»Schlaf gut.« Damit ließ er sie allein.

Fanni begann, sich auszuziehen.

Meinst du nicht, dass Sprudel auf Kohlen sitzt und darauf wartet, dass du endlich anrufst und sagst, wann du kommst?

Ich komme ja gar nicht, dachte Fanni.

Ein Grund mehr, ihn anzurufen!

Das stimmte. Sie wusste nur nicht, wie sie Sprudel die Sache erklären sollte.

Vor Müdigkeit schon fast apathisch, griff sie nach ihrem Handy und ließ es Sprudels Nummer wählen.

»Fanni. Endlich. Wann bist du bei mir?«

»Ich ... Das mit dem Taxi ist schwierig. Nachtfahrten muss man anmelden.«

Sie hörte Sprudel scharf die Luft einziehen. »Das gibt's ja nicht. In einer Stadt wie Passau muss doch auch nachts ein Taxi aufzutreiben sein.«

»Ja schon, aber ...« Sie hatte keine Ahnung, wie sie den Satz beenden sollte, und sagte stattdessen: »Ich habe eine Übernachtungsmöglichkeit gefunden.«

»Im Kessel?« Sprudel klang alarmiert.

»Nein, gegenüber. Die Schwester eines der Organisatoren überlässt mir ein Zimmer in ihrem Haus.«

Das nenne ich geschickt aus der Affäre gezogen! Aber was, wenn Sprudel die Dame morgen – besser gesagt heute – kennenlernen möchte?

»Wahrscheinlich die beste Lösung.« Sprudel hörte sich nicht so an, als meinte er das auch.

»Ruf mich an, wenn der Wagen wieder flott ist«, sagte Fanni.

»Fanni. Bitte. Pass auf dich auf.«

»Ich bin hier in besten Händen.«

»Schließ trotzdem die Zimmertür ab.«

»Mach ich. Bis morgen, Sprudel.«

Seine Antwort bekam sie nicht mehr mit, weil sie schon aufgelegt hatte.

Mit einem Stoßseufzer zog sie sich fertig aus, wickelte sich in das Handtuch, das ihr von unter den Achseln fast bis zu den Knien reichte, und ging ins Badezimmer. Sie machte die Dusche an, drehte den Temperaturregler hoch und stellte sich unter den heißen Wasserstrahl, um die Kälte aus den Knochen zu treiben. Nachdem sie sich abgetrocknet hatte, spülte sie sich noch den Mund aus und wollte dann eiligst in ihr Zimmer zurückkehren, um endlich ins Bett zu kommen.

Als sie den Flur überquerte, hörte sie von unten Stimmen. Unwillkürlich blieb sie stehen und lauschte.

Die Unterhaltung wurde in einem ernsten, gedämpften Ton geführt.

Im Moment sprach Bastian. Seine ruhige, besonnene Stimme war leicht zu erkennen. Es trat eine kurze Pause ein, dann fing der andere an zu reden, und auch seine Stimme kam Fanni bekannt vor.

Auf einmal wieder hellwach, kniff sie die Augen zu und konzentrierte sich. Ja, diese Stimme hatte sie heute Nachmittag am Lagerfeuer gehört, aber zu wem der sechs Biker, die außer Bastian um die Feuerstelle gesessen hatten, gehörte sie? Karl und Xarre schieden aus, denn deren Tonfall war ihr inzwischen geläufig. Auch Luigi, der offenbar kaum Deutsch konnte, und

Johann mit seinem Südtiroler Rachenkatharr kamen nicht in Frage. Bambi natürlich erst recht nicht. Wer blieb dann noch übrig? Darüber musste Fanni eine ganze Weile nachdenken und die Gestalten am Lagerfeuer an sich vorüberziehen lassen, bis es ihr einfiel: Bert aus Hannover.

Und was hat der nachts um halb drei mit Bastian zu bequatschen?

Plötzlich merkte sie, dass die Unterhaltung lauter geworden war. Sie horchte auf und konnte schließlich verstehen, was gesprochen wurde.

»Wenn das so weitergeht, haben wir bald ein riesiges Polizeiaufgebot am Hals.« Berts Stimme.

»Wie willst du es eindämmen?«, erwiderte Bastian beinahe heftig.

Berts Antwort ging in einem Füßescharren unter.

Was Bastian darauf sagte, war wieder deutlich zu hören. »Bei solchen Events ist das halt so. Dagegen hast du keine Chance.«

»Doch«, rief Bert so laut, dass Fanni zusammenzuckte. Dann aber senkte er die Stimme, und Fanni bekam nur noch Bruchstücke mit.

»… auf die Finger sehen … der Sache nachgehen … Platzverweis.«

Bastian klang resigniert. »Wir haben doch keinen blassen Schimmer, wen wir aufs Korn nehmen sollen.«

»Bambi allemal«, sagte Bert darauf.

»Bambi ist sauber.«

»Sie ist ein Miststück.«

»Mag ja sein«, lenkte Bastian ein. »Aber Bambi ist nicht die Stelle, an der wir ansetzen müssen.« Es war einen Augenblick still, dann fügte er hinzu: »Das Problem ist, dass wir immer bloß hinterherhinken. Wenn wir wirklich mal einem auf die Schliche kommen und ihn ausschließen, sind beim nächsten Mal zwei neue als Ersatz für ihn da. Und die Kerle werden immer niederträchtiger und bösartiger, schrecken nicht einmal vor Mord zurück.«

»Kaum zu glauben, dass ein so junger Bursche –«, begann Bert, aber Bastian fiel ihm ins Wort.

»Wir dürfen den Jungen nicht vorverurteilen. Er könnte selbst …« Bastians Stimme wurde leiser, verklang. Offenbar hatte er sich abgewandt und kramte irgendwo herum, denn Fanni hörte ein Rascheln.

Sie hätte Bastian dafür umarmen mögen, dass er ihren Enkel in Schutz genommen hatte. Im nächsten Augenblick dämmerte ihr jedoch, worum es in dem Gespräch der beiden eigentlich ging.

Im Kessel wurde – was nicht wirklich überraschend war – mit Drogen gehandelt, aber anscheinend von Jahr zu Jahr aggressiver. Bastian und Bert gingen offenbar davon aus, dass das Motiv für den Mord an Arno im Drogenmilieu zu suchen war.

Und damit wurde Max nun auch noch als Dealer gebrandmarkt.

8

Fanni konnte lange Zeit nicht einschlafen.

Nachdem die Stimmen von unten nicht mehr zu verstehen gewesen waren, war sie endlich in ihr Zimmer zurückgekehrt und hatte sich ins Bett verkrochen.

Da lag sie nun wach und dachte an Max. An die fürchterliche Lage, in die er geraten war, an die Nutzlosigkeit ihrer Bemühungen, an die schier unüberwindlichen Schwierigkeiten, die sich ihren Ermittlungen entgegenstellten.

Und sie dachte an Sprudel.

Ob er wohl schon schlief?

***

Sprudel schlug die Zudecke auf der linken Seite des Doppelbettes zurück und setzte sich auf die Bettkante. Seit er mit Fanni zusammenlebte, schlief er links, wo auch immer sie übernachteten, und es kam ihm überhaupt nicht in den Sinn, die andere Seite zu benutzen.

Obwohl Fanni heute nicht bei ihm war.

Seufzend legte er den Kopf aufs Kissen. Er würde nicht schlafen können, wenn sie nicht neben ihm lag. Zum einen, weil sie ihm so fehlte, zum andern, weil er sich solche Sorgen um sie machte.

Was unnötig ist, versuchte er sich zu beruhigen. Dort, wo sie untergekommen ist, ist sie erst einmal sicher.

»Die Schwester eines der Organisatoren überlässt mir ein Zimmer in ihrem Haus«, wiederholte Sprudel in Gedanken, was Fanni ihm mitgeteilt hatte. Also bitte. Da musste sie doch ebenso gut aufgehoben sein wie in einem Chorfrauenstift.

Trotzdem hatte er ein ungutes Gefühl.

Und lag wach.

Wälzte schwere Gedanken, machte sich Sorgen über Sorgen. Zwischendurch nickte er ein paarmal ein, aber nie für lange.

Um sechs Uhr morgens hielt er es im Bett nicht mehr aus, stand auf, zog sich an und ging in die Gaststube hinunter.

Daran, dass er schon Frühstück bekommen oder bezüglich seines Wagens etwas ausrichten konnte, glaubte er selbst nicht. Aber was sollte er sonst tun? Bis acht in seinem Zimmer auf und ab tigern?

Die Gaststube war zwar bereits aufgeräumt, aber zu sehen war wie erwartet niemand. Im Saal nebenan, in den Sprudel durch den Glaseinsatz der Tür einen Blick werfen konnte, standen noch Flaschen und Gläser auf den Tischen, Luftschlangen kringelten sich drum herum, benutzte Servietten lagen dazwischen, zerplatzte Luftballons hingen wie welke Blätter von der Decke. Die Putzkraft würde ihre helle Freude haben, wenn sie kam. Aber womöglich war sie an die Auswirkungen solcher Faschingsbälle ja gewöhnt.

Als Sprudel sich von der Saaltür abwandte, fiel sein Blick auf ein Plakat an der Wand daneben. »Schöllonia präsentiert ihr Prinzenpaar.«

»Ah, Schöllonia«, sagte er halblaut und betrachtete die Abbildungen auf dem Plakat genauer, denn er hatte schon hin und wieder von den Veranstaltungen des Faschingsvereins gehört, der anscheinend weit über den Landkreis hinaus bekannt war. Die Gardemädchen, durchwegs hübsch und anmutig, zeigten geradezu professionelle Darbietungen.

»Willst a Frühstück?«

Sprudel fuhr herum.

Der Mann, der auf einmal neben ihm stand, war gut in den Fünfzigern, klein und hager, trug eine ausgebeulte graue Stoffhose, einen alten Wollpullover und Filzpantoffeln.

»Nur wenn es keine Umstände macht«, antwortete Sprudel zurückhaltend. Der Mann war seiner ganzen Erscheinung nach wohl kaum für die Küche oder den Service zuständig. »Ich muss sowieso warten, bis –«

Der Mann ließ ihn nicht ausreden. »Ich kann dir was herrichten. Ich bin der Sepp, der Hausl. Die Wirtsleut liegen noch. Sind ja erst in der Früh ins Bett kommen. Ham da herin noch aufgräumt. Kaffee?«

Sprudel nickte, setzte sich an den Tisch, der dem Tresen, an dem Sepp zu werkeln begonnen hatte, am nächsten stand, und dachte, dass er zugunsten eines Abschleppwagens, der sein Auto aus dem Feld ziehen würde, gern auf das Frühstück verzichten würde.

Aber vielleicht konnte ihm Sepp, der »Hausl« – womit, wie Sprudel wusste, eine Hilfskraft für einfache Arbeiten gemeint war –, ja einen Tipp geben, wie baldmöglichst einer aufzutreiben sei.

Sprudel fragte ihn danach.

»Oiso«, antwortete Sepp. »Da hätten mir bei uns in Scheyna amoi den Hoinhower. Aber der geht beim Prinznboi ned vor viere hoam. Den kriegst jetz ned ausm Bett. Frühestens um die Mittagszeit. Des wird dir nacha z' spät sei.«

Allerdings, dachte Sprudel. Viel zu spät. Hatte der Abschleppdienst in Schöllnach keine verbindlichen Betriebszeiten, so wie andere Unternehmen auch?

»Dann war da no der …« Der Name hörte sich wie ein Zwischending aus Gurgeln und Schmerzlaut an. »Ober der is wegen seiner kranken Frau so was von überlast. Der kann a net so glei kumma, wenn überhaupt.«

So wird das nichts, entschied Sprudel und dachte, dass es wohl am besten sei, die beiden Stichwörter »Schöllnach« und »Abschleppdienst« zusammengenommen bei Google einzugeben. Innerhalb weniger Sekunden müssten dann ja alle einschlägigen Betriebe am Ort sowie in einem bestimmten Umkreis angezeigt werden.

Er nahm gerade sein Smartphone zur Hand, da sagte der Hausl vom Bärenhof: »Oba i hätt an Buldogg.«

Sprudel brauchte einen Moment, bis er begriff. »Und Sie würden meinen Wagen mit Ihrem Traktor aus dem Feld ziehen?«

»Ja scho. Ja freili. Oba i muss den Bulldog zerst …« Statt

weiterzusprechen, winkte er ab. Offenbar sah er keinen Sinn darin, Sprudel zu erklären, was zuvor noch zu tun war.

Während ihrer Unterhaltung hatte Sepp die Kaffeemaschine zum Gurgeln gebracht und Brot aufgeschnitten. Soeben stellte er Tasse und Teller, Butterdose und Marmeladenglas auf ein Tablett und brachte es an Sprudels Tisch. »Bis umara neine kannt i so weit sei.«

»Das wäre prima.« Sprudel warf ihm einen dankbaren Blick zu. Neun Uhr. Darauf zu hoffen, dass ein Abschleppdienst – sofern überhaupt verfügbar – früher hier sein würde, war vermutlich aussichtslos.

»Ja nacha«, sagte Sepp, brachte noch den Kaffee und das Brot und schlurfte dann hinaus. Eine halbe Minute später kam er mit der Tageszeitung zurück. »Kannst derweil Zeitung lesen. Hat an Toten geben im Loaher Kessl. Arno hoaßt er … Wie noch, steht da net. A Südtiroler is er gwesn.«

Sepp stand vor Sprudels Tisch und studierte den hervorgehobenen Text unter der Schlagzeile wie ein Erstklässler, der vorlesen soll. »Erwürgt mit ana Stahlschling. Ja do wennst man da ned gehst. So weit san mir jetzt scho.«

Sprudel verstand nicht, was Sepp damit meinte. Wer war wie weit?

Bevor er nachfragen konnte, sagte der Hausl: »Stunk hat's ja die ganzen Jahr geben. Gstohlen is worn und grauft. Nutten hams herbracht und a Haschisch. Oba umbracht hams bisher noch koan.« Er schnaufte vernehmlich, ob aus Atemnot oder vor Abscheu hätte Sprudel nicht sagen können. »Obwohl's amoi beinah so weit kommen wär. Wie der Xarre und die Bambi …« Erneut winkte er ab. »Is ja jetzt eh wurscht.« Sepp verzog sich wieder nach draußen.

Sprudel nahm sich eine Scheibe Brot, bestrich sie mit Butter und Marmelade und ließ sie dann gedankenverloren auf dem Teller liegen.

Übertrieb der Hausl vom Bärenhof, oder herrschten während des Elefantentreffens tatsächlich Zustände wie in den verrufensten Vierteln deutscher Großstädte?

Sprudel hatte, als er tags zuvor mit Fanni im Loher Kessel herumspaziert war, eigentlich nicht diesen Eindruck gehabt. Aber wer konnte als Außenstehender schon beurteilen, was im Hintergrund so alles lief?

So oder so, dachte Sprudel. Ich muss Fanni da rausholen. Schnellstens.

Aber er saß ja hier fest, bis Sepp seinen Traktor in Gang gebracht haben würde.

Minutenlang starrte er trübsinnig auf das unberührte Brot auf seinem Teller. Schließlich griff er danach, biss hinein, kaute, und während er es langsam aufaß, las er den Zeitungsartikel, der von dem Mord an dem achtundzwanzigjährigen Arno B. berichtete.

Es ging schon auf halb neun zu, als der Wirt in der Gaststube auftauchte, Sprudel einen Guten Morgen wünschte und fragte, ob Sepp sich gut genug um ihn gekümmert habe.

Sprudel bedankte sich geradezu überschwänglich. »Der Sepp ist großartig. Und ohne Ihre Gastfreundlichkeit hätte ich gestern ganz schön in der Patsche gesessen.«

Der Wirt schmunzelte. »Zimmer vermieten ist ja unser Geschäft.«

Sprudel nutzte die Vorgabe und bat um seine Rechnung, die er auch gleich beglich.

»Im Radio haben sie es auch schon gebracht«, sagte der Wirt mit einem Blick auf die Zeitung. »Keine gute Reklame fürs Elefantentreffen.«

»Das Bikertreffen scheint in der Gegend sowieso nicht recht beliebt zu sein«, meinte Sprudel dazu.

Der Wirt sah ihn überrascht an. »Wie kommen S' denn auf so was?«

»Der Sepp, Ihr Hausl …«, begann Sprudel, unterbrach sich aber, als er den Wirt auflachen hörte.

»Ah, der Sepp. Dem passt es bloß nicht, dass sich sein Bub die ganze Zeit im Kessel rumtreibt. Der Bengel kommt nicht mal zum Essen heim und zum Schlafen erst recht nicht. Drückt sich die ganze Nacht an den Lagerfeuern rum. Schluckt und pafft, was er kriegen kann.« Der Wirt fing an, das benutzte Frühstücksgeschirr auf dem Tablett zusammenzustellen. »Aber daran ist nicht das Elefantentreffen schuld. Der ist halt missraten, aus dem wird nie was.« Er nahm das Tablett auf, zögerte, runzelte die Stirn und stellte es wieder zurück. »Eines können Sie mir glauben: Für unsere Gegend ist die Veranstaltung mehr wert als eine Finanzspritze von der EU. Das Elefantentreffen hat uns bekannt gemacht. ›In ganz Europa und darüber hinaus‹, hat der Thurmanbanger Bürgermeister in seinem Grußwort gesagt. Und recht hat er. Sie glauben gar nicht, wie viele Urlauber nur wegen der Biker im Kessel herkommen.«

»Es scheint dort aber heiß herzugehen«, sagte Sprudel trocken.

Der Wirt bedachte ihn mit einem scharfen Blick, dann zog er sich einen Stuhl heran und setzte sich zu ihm an den Tisch. »Machen wir uns nichts vor, Motorsportler sind keine Heiligen. Und wenn sie aus der Rockerszene kommen, dann erst recht nicht. Schwarze Schafe gibt's halt überall. Und eine Zeit lang gab's tatsächlich massig Probleme mit den Randalierern. Es ist sogar so weit gekommen, dass immer mehr von der alten Garde, denen es ums Motorradfahren bei Eis und Schnee, ums Biwakieren im Kessel und ums Fachsimpeln und Zurückerinnern ging, weggeblieben sind. Bis der BVDM einen Kurswechsel angeordnet und einen Sieben-Punkte-Plan aufgestellt hat. Seither ist es wieder besser.«

»Aber gesoffen, geschlägert, geklaut und gekifft wird wohl immer noch«, hielt Sprudel eingedenk Sepps Aufzählung dagegen. Die Sache mit den Prostituierten ließ er allerdings weg.

Der Wirt lachte erneut laut. »Ja, was glauben Sie denn, wie es anderswo zugeht? Bei ›Rock im Park‹ und solchen Festivals. Gegen die Typen, die da das Feld aufmischen, sind unsere Biker Waisenknaben.«

Das wagte Sprudel zu bezweifeln, aber ihm lag nichts daran, eine Gruppierung gegen die andere abzuwägen.

Nicht zu vernachlässigen war allerdings, dass im Kessel ein Mord geschehen war.

»Kannten Sie den Toten?«, fragte er den Wirt.

Der zuckte die Schultern. »Ich könnt's nicht sagen. Außer dem Vornamen ist ja nichts verlautet über ihn.«

»Er ist Südtiroler«, sagte Sprudel.

Der Wirt nickte. »Von der andern Brennerseite kommen viele. Scheint denen Spaß zu machen im Hochwinter auf den Alpenstraßen.« Nach einer kurzen Pause fügte er hinzu: »Ich kenne einige von den Südtirolern recht gut, weil sie jedes Jahr da sind.«

Sprudel fragte sich, wie es kam, dass ein Schöllnacher Gastwirt mit Bikern aus dem Kessel so gut bekannt war. Schöllnach lag immerhin fünfzehn Kilometer von Solla entfernt. Dazu kamen noch die zwei Kilometer Fußweg zum Kessel. Eine Strecke, die man nicht mehrmals täglich in Kauf nahm, um ein paar Worte zu wechseln wie mit dem Kumpel von nebenan. Auch hatte der Wirt vom Bärenhof wohl kaum genügend Zeit, sich einen ganzen Tag oder auch nur einen halben im Elefantencamp um die Ohren zu schlagen.

Sprudel wollte die Frage soeben stellen, da sagte der Wirt bereits: »Die Elefanten hocken ja nicht das ganze Wochenende im Kessel herum. Die erkunden die Umgebung, führen ihre Maschinen vor, zeigen, was sie draufhaben, drehen gern mal eine Runde. Natürlich fahren sie nicht weit, die Heimreise ist ja wieder lang genug. Aber ein Stück dann doch, das Helmaufsetzen soll sich schließlich rentieren.« Er zwinkerte. »Und da kommt der Bärenhof ins Spiel. Schöllnach liegt wie bestellt, genau in der richtigen Entfernung. Und wir bieten mittags ein Elefantenmenü an.«

So also hatte der Wirt die Bekanntschaft mit den Bikern gemacht.

»Es sind anständige Burschen«, sagte der. »Ein bisschen wild, wahnsinnig risikofreudig, aber anständig. Mit Drogen haben die, die ich kenne, bestimmt nichts am Hut.«

Was nicht heißen muss, dass dieser Arno nicht wegen einer Drogengeschichte umgebracht wurde, dachte Sprudel.

Der Wirt hatte unterdessen auf die Zeitung gestarrt und sagte nun nachdenklich: »Mit einer Stahlschlinge erwürgt. Das schaut nach Vorsatz aus. Nach Planung. Nach Hinterlist.« Er suchte Sprudels Blick. »Schaut es nicht sogar so aus, als ob sich der Mörder die Veranstaltung extra dafür ausgesucht hätte, weil er damit gerechnet hat, dass man vor lauter möglichen Motiven und möglichen Tätern auf ihn als Allerletztes kommt?«

Mit unverhohlener Bewunderung erkannte Sprudel, wie scharf der Wirt die Sache umrissen hatte, wie plausibel seine Schlussfolgerung klang.

»Kann gut sein, dass sich der Mistkerl bloß ganz kurze Zeit im Kessel aufgehalten hat«, setzte der noch hinzu. »Dass er längst wieder daheim ist und den Biedermann spielt. Wenn ich recht damit habe, dann kommt ihm die Polizei nie auf die Spur.«

Sprudels Magen krampfte sich zusammen. Keine Spur, kein sichtbares Motiv. Der Täter über alle Berge. Keine Verbindung zwischen ihm und dem Opfer.

Die es aber definitiv gab. »Der Täter muss gewusst haben, dass dieser Arno zum Treffen kommt.«

Der Wirt nickte beifällig.

»Und er muss eine Rechnung mit ihm offen gehabt haben.«

Der Wirt nickte erneut. »Von der aber keiner zu wissen braucht.«

Sprudel unterdrückte ein Stöhnen. Die Schlinge um Max' Hals zog sich immer enger.

Was für eine unangebrachte Metapher, blitzte es in seinem Kopf auf, bevor er den Gedanken, der ihm gerade gekommen war, weiterverfolgte.

Sollte der Wirt mit seiner Vermutung tatsächlich recht haben, dann war es schier aussichtslos, den Täter dingfest zu machen. Einzig und allein der Beweis, dass Max das Mordopfer vor dem zufälligen Zusammentreffen im Imbiss nicht kannte; dass er absolut nichts über Arno wusste, vor allem nicht, dass der zum Elefantentreffen kommen würde, konnte ihn entlasten. Aber wie sollte man beweisen, dass man etwas nicht gewusst hatte? Allenfalls mit Hilfe eines Lügendetektors.

»Ich wär dann so weit. Der Bulldog lafft. Pack mer's.«
Sprudel schreckte aus seinen Gedanken auf, schnappte sich seine Jacke und folgte Sepp hinaus auf die Straße.

***

Es war schon neun Uhr durch, als Fanni aufwachte. Hastig warf sie einen Blick auf ihr Handy, stellte aber erleichtert fest, dass Sprudel sich noch nicht gemeldet hatte. Sie ging kurz ins Badezimmer und schlüpfte dann rasch in ihre Kleidung. Während sie die Treppe hinunterstieg, überlegte sie, wie sie sich am besten bemerkbar machen sollte.

An eine Tür klopfen, Fanni! So macht man das in fremden Häusern!

Die Empfehlung der Gedankenstimme erwies sich als überflüssig, denn kaum war sie unten, tauchte Bastians Kopf in einer offenen Tür auf. »Frühstück ist fertig.«

Fanni schluckte. Was würde Sprudel denken, wenn er sie in trauter Eintracht mit Bastian am Frühstückstisch sitzen sehen könnte, ohne dass sich auch nur eine Spur jener »Schwester eines der Organisatoren« zeigte, auf die sie sich hinausgeredet hatte.

Nichts Schlechtes, dachte sie mit Überzeugung. Sprudel und ich vertrauen uns gegenseitig vollkommen. Sprudel würde sich erst anhören, was ich dazu zu sagen habe.

Sie betrat das Zimmer, aus dem Bastian gerufen hatte, sah den gedeckten Tisch und sagte sich, dass sie sowieso keine Wahl hatte. Wäre es nicht schreiend unhöflich, sein Angebot, mit ihm zusammen zu frühstücken, ohne guten Grund zurückzuweisen?

Außerdem roch es verführerisch nach frischem Kaffee und geröstetem Brot.

Sie setzte sich auf den Stuhl, den Bastian ihr zurechtrückte.

Was Sprudel nicht weiß, macht ihn nicht heiß!

Ich werde es ihm erzählen. Irgendwann.

9

»Seid ihr eigentlich gestern, als Brunos Schrei zu hören war, alle schon ums Lagerfeuer gesessen?«, platzte Fanni mit der Frage heraus, die sie vor dem Einschlafen noch lange beschäftigt hatte.

Bastian stellte die beiden leeren Müslischalen ineinander und reichte ihr den Brotkorb. »Nein. Wir sind alle irgendwann vor Arnos Zelt zusammengetroffen, und erst als die Polizei kam, zur Feuerstelle gegangen.«

»Und wo warst du vorher?«

Täuschte sie sich, oder war in Bastians Augen ein kurzes Aufflackern zu sehen?

»Ich habe mir in der Arena eine Moto Guzzi Falcone Sahara von 1975 mit einem 500er Einzylinder-Motor und sechsundzwanzig PS angesehen und mit dem Besitzer gefachsimpelt, bis uns aufgefallen ist, dass alle in eine bestimmte Richtung rennen.«

Das lässt sich ja nachprüfen!

»Hast du auf dem Weg zu Arnos Zelt jemanden von den anderen getroffen?«

Bastian strich Erdnussbutter auf sein Brot und dachte nach. »Karl. Der kam aus einem Toilettenhäuschen. Und dann Bert. Der kam vom Imbiss, wo er ein paar Rowdys zurechtgestutzt hat.«

Fanni musste kurz nachdenken, bis ihr einfiel, was daran interessant war. »Bert ist im Imbiss gewesen? Da müsste er ja Bruno gesehen haben.«

Bastian wollte gerade sein Brot zum Mund führen, ließ es dann aber auf halber Höhe schweben. »Ja, Bert hat irgendwann später erwähnt, dass Bruno dort aufgekreuzt ist. Hat was eingekauft und ist dann wieder gegangen. Keine zehn Minuten später war das mit dem Schrei, der allerdings im Imbiss nicht zu hören gewesen ist. Aber es hat sich natürlich blitzschnell herumgesprochen, dass etwas passiert sein muss.«

In diesem Punkt hatte Bruno also nicht gelogen.

»Und wo sind die anderen hergekommen?«

Bastian zuckte die Schultern. »Die waren einfach irgendwann da.« Er schraubte ein Glas auf und hielt es Fanni hin. »Gemüseaufstrich. Macht Geli selbst. Wirklich gut. Musst du unbedingt probieren.«

Fanni nahm sich davon und bestätigte Bastian, dass der Aufstrich hervorragend schmeckte.

Bastian begann ihr aufzuzählen, woraus seine Schwester ihn herstellte.

Fannis Gedanken schweiften ab.

Wie sollte sie weiter vorgehen? Wer konnte ihr Informationen liefern?

Sie hätte beinahe überhört, dass Bastian sagte: »Nach dem Frühstück sollten wir die Liste durchgehen, die wir uns heute Nacht besorgt haben.«

Heißt im Klartext: Du musst noch bleiben, Fanni! Will er dich etwa beständig unter Kontrolle haben?

Fanni ersparte es sich, darüber nachzudenken. Bastians Vorschlag war vernünftig, ganz egal, welche Absicht dahintersteckte. Nachdem sie sich die Liste extra besorgt hatten, wäre es widersinnig, sie nicht auch durchzusehen.

Sie half ihm, den Tisch abzuräumen, setzte sich dann wieder auf ihren Platz, legte das Smartphone auf den Tisch und holte das erste Foto aufs Display.

Bastian rückte seinen Stuhl ganz nah an den ihren heran, und gemeinsam beugten sie sich über die Liste. Dabei streifte seine Stirn flüchtig ihre Schläfe, was sie als durchaus angenehme Berührung wahrnahm. Es war wie ein sanftes Streicheln.

Willst du Sprudel auch das erzählen?

Wieder verströmte Bastian diesen aromatischen Geruch nach Mandelmilchshampoo, und Fanni fragte sich, wie sie wohl riechen mochte. Ihre Kleidung dünstete wahrscheinlich Bratfettmief vom Imbiss aus, Rauch von den Lagerfeuern und den allgegenwärtigen Motorölgestank aus dem Kessel.

»Vorgestern gegen Abend hat sich tatsächlich ein Arno

eingetragen«, sagte Bastian, nachdem sie eine Weile über den Listen gebrütet hatten. »Hier. Arno Brogler, Almweg 10, 39040 Villnöss.«

»Arno Brogler.« Fanni sprang auf, holte ihre Jacke aus dem Flur, kramte das Faltblatt aus der Tasche, das sie nachts aus der Orgahütte mitgenommen hatte, und legte es neben das Smartphone.

Name und Anschrift stimmten überein.

»Tristan«, sagte Bastian, der sich das Faltblatt nun genauer ansah. »Ein Tristan steht hier nicht auf der Liste. Und offenbar ist Arno ja auch allein gekommen. Andererseits …«

Fanni sah ihn abwartend an.

»Der Name Tristan ist nicht gerade landläufig. Erstaunlicherweise kenne ich einen, der so heißt, der auch aus Südtirol kommt und ziemlich regelmäßig beim Elefantentreffen dabei ist. Auch heuer ist er da. Ich bin ihm irgendwo über den Weg gelaufen. Soviel ich mich erinnere, campt er immer in der Nordkurve, gleich unterhalb der Windbruchzone. Er fährt eine Transi – eine Honda Transalp –, dürfte so Mitte dreißig sein, hat auffällig helle Haare und ist fast eins neunzig groß.«

Tristan aus Südtirol! Wie hoch war die Wahrscheinlichkeit, dass es sich um Arnos Bruder handelte?

Fanni wusste nicht recht, was sie von der Sache halten sollte. Falls Tristan Brogler und der Biker aus der Nordkurve ein und derselbe Person waren, dann müssten die Brüder getrennt angereist sein und sich weit voneinander entfernt liegende Zeltplätze gesucht haben.

War das anzunehmen? Wohl eher nicht.

Und es gab noch etwas, das dafür sprach, dass die Namensgleichheit auf Zufall beruhte.

»Der Tristan, den du kennst«, sagte sie zu Bastian, »kann unmöglich Arnos Bruder sein. Wenn er es wäre, hätte er sich doch bei der Polizei gemeldet.«

»Wenn er es ist, dann hat er das sicher auch getan, sobald er erfahren hat, dass Arno tot ist«, antwortete Bastian.

Da hat Mandelmilchdufti absolut recht! Und das bedeutet,

dieser Tristan kann durchaus Arnos Bruder sein, was die Polizei auch längst weiß!

»Wir reden mit ihm«, entschied Fanni, griff nach dem Smartphone und steckte es ein.

Als Bastian und sie wenig später von dem gepflasterten Weg, der vom Haus seiner Schwester hinunterführte, in die Zufahrtsstraße zum Kessel einbogen, sah Fanni aus Richtung Solla einen Mann kommen, dessen Anblick sie ebenso erschrocken wie erfreut stehen bleiben ließ.

Sprudel kam zu Fuß an, wie alle, die kein Motorrad zur Verfügung hatten.

Fanni winkte ihm, weil sie nicht sicher war, ob er sie schon gesehen hatte.

Glaub bloß nicht, Sprudel hätte nicht längst registriert, mit wem du da aus dem Seitensträßchen gestiefelt bist und wo der Kerl seine Hand hatte!

Erst nachdem sie eingebogen waren, hatte Bastian sie freigegeben. Das Pflaster war noch immer vereist, weshalb sie über seinen festen Griff um ihren Arm recht froh gewesen war.

Auch Bastian schien Sprudel erkannt zu haben, denn er sagte rasch und mit gedämpfter Stimme: »Ihr beide habt sicherlich einiges zu besprechen. Ich will dabei nicht stören. Soll ich in der Zwischenzeit versuchen, Tristan ausfindig zu machen?«

Fanni nickte dankbar.

Er lächelte ihr zu und schickte sich an, wegzugehen, sagte aber dann noch: »Falls ihr in Bewegung bleiben wollt, empfehle ich einen Spaziergang zum Wackelstein. Er ist wirklich sehenswert und liegt gar nicht weit von hier. Ihr müsst ein kleines Stück geradeaus weiter in Richtung Hals laufen, bis nach etwa zweihundert Metern rechts ein Waldweg abzweigt. Dem folgt ihr, und zwanzig Minuten später seid ihr schon da. Das Naturdenkmal ist nicht zu übersehen.«

Er wartete ab, bis sie erneut genickt hatte, dann fügte er fragend und ein bisschen schüchtern hinzu: »In einer Stunde am Kassenhäuschen?«

Fanni nickte ein drittes Mal, und im nächsten Moment war Bastian weg.

Was die Gedankenstimme dazu zu bemerken hatte, ging in Sprudels Umarmung unter, der Fanni nachgerade stürmisch an sich drückte.

Sie hatte den Mund geöffnet, um zu sagen: Warum hast du nicht angerufen?, aber es kam nur ein Luftschwall heraus.

Gleichzeitig bekam sie eine Antwort auf die nicht gestellte Frage. »Ich wollte dich gerade anrufen und dir sagen, dass ich in zwei Minuten am Kesseleingang bin, da habe ich dich den Weg herunterkommen sehen.«

Über Bastian verlor Sprudel kein Wort.

Er würde dich keinem Verhör unterziehen! Niemals! Aber er wartet darauf, dass du ihn aufklärst!

Wofür jetzt keine Zeit ist, dachte Fanni.

Sprudel schien das einzusehen, denn er schob sie ein Stück von sich weg und sagte: »Ich habe vorhin mit Max telefoniert. Kommissar Bauer hat sich bei ihm gemeldet. Er will ihn um vierzehn Uhr zu einer weiteren Vernehmung auf seiner Dienststelle in Passau haben.« Er warf einen Blick auf seine Armbanduhr. »Zum Glück bleibt uns genügend Zeit. Wenn wir gleich losfahren, können wir in Birkenweiler sogar noch duschen, uns umziehen und einen Happen essen.«

»Wir laufen ein Stück«, sagte Fanni.

Falls Sprudel überrascht oder gar verstimmt war, zeigte er es nicht.

Fanni hakte sich bei ihm unter und zog ihn die Straße hinunter Richtung Hals.

Sie konnten sich erlauben, mitten auf dem Sträßchen dahinzuspazieren, weil außer ihnen noch niemand unterwegs war. Der Kessel links unterhalb, in den sie einen recht guten Blick hatten, erwachte erst langsam zum Leben. Dort und da war eine vermummte Gestalt auf dem Weg zu den Toilettenhäuschen oder beim Entfachen eines Feuers zu sehen.

Fannis Blick suchte nach Arnos Tipi, konnte es aber nicht finden.

Wieso nicht? Es musste doch da sein. Etwa hundert Meter die Elefantenstraße hinunter, dann scharf rechts und später halb links, hinter einer geraden Reihe Iglus musste es stehen. Aber da war es nicht. Dort, wo es hätte sein sollen, zeigte sich ein freier Fleck. Der Boden darauf war zertrampelt und dunkel verfärbt.

»Es ist weg.« Fanni verhielt den Schritt und deutete auf Arnos Zeltplatz, der wie eine verlassene Insel wirkte.

Sprudels Blick richtete sich auf Fannis ausgestreckten Finger. »Sie werden es in aller Früh abgebaut und zur KTU gebracht haben.«

»Es hat einen Riss«, sagte Fanni.

Sprudel wandte sich wieder der Straße zu, die sie entlanggingen. »Vielleicht deshalb. Sie wollen ihn sich genauer ansehen.«

»Der Tote heißt Arno Brogler und hat vielleicht einen Bruder im Camp«, sagte Fanni.

Von Sprudel kam ein Laut zwischen Lachen und Räuspern. »Warum erzählst du nicht der Reihe nach, was du alles herausgefunden hast?«

Fanni atmete langsam aus. »Ich bin unter der Plane durch ins Zelt gekrochen, weil ich das Polizeisiegel nicht verletzen wollte.«

Das nennst du der Reihe nach?

»Aber zuvor …« Sie besann sich auf die Ereignisse des vergangenen Abends und schaffte es endlich, einen chronologischen, detailgenauen Bericht zu liefern, bei dem sie Bastian allerdings eher beiläufig erwähnte.

Sprudel hörte schweigend zu.

Auch nachdem sie geendet hatte, blieb er noch eine Weile stumm. Schließlich sagte er: »Sieht ganz so aus, als hätten einige Leute im Kessel bemerkenswerte Geschäfte am Laufen.«

»Unbedingt«, erwiderte Fanni. »Und ich hätte wirklich gern eine Antwort auf die Frage, ob die was mit dem Mord an Arno zu tun haben, und wenn ja, inwieweit …« Sie unterbrach sich und schaute sich um. Musste die Abzweigung zum Wackelstein nicht bald kommen?

»Der Inhaber vom Bärenhof glaubt nicht an einen derartigen Zusammenhang.« Sprudel begann, von seiner Unterhaltung mit dem Wirt zu berichten. »Er meint, dass im Kessel nicht mehr gedealt wird als auf einem x-beliebigen Schulhof.«

»Was noch lang nicht heißt, dass wir Drogengeschäfte als Motiv ausschließen dürfen«, entgegnete Fanni. »Womöglich ist das Drogenproblem im Kessel größer, als darüber nach außen dringt.« Dabei beließ sie es. Was spielte es denn für eine Rolle, wie sie zu dieser Annahme kam? Stattdessen fuhr sie fort: »Der Handel mit Ersatzteilen, den die zwei Russen betreiben, könnte bedeutend gesetzwidriger sein, als es auf den ersten Blick aussieht.«

Sprudel zog sie näher an sich, weil sie einer Reihe von Schlaglöchern ausweichen mussten, die mit Eis gefüllt waren.

Es herrschte wieder ein paar Minuten Schweigen, dann sagte er: »Ich kann mir beim besten Willen nicht vorstellen, wie dieser Handel laufen soll.«

Als Fanni etwas einwenden wollte, kam er ihr zuvor. »Ich behaupte ja nicht, dass er nicht einträglich wäre. Ob gestohlen, gefälscht oder tatsächlich wertvoll, weil original, mit Oldtimer-Ersatzteilen ist vermutlich eine Menge Geld zu machen. Aber wie sollen die Kerle die Sachen hierherschaffen? Schließlich sind sie nur mit Motorrädern da. Wo das Zeug lagern? Und an wen verkaufen? Die Kundschaft ist ja auch mit dem Motorrad da, kann nichts nach Hause transportieren, das größer ist als ein Zylinderkopf.«

Was Sprudel da vortrug, hörte sich zwar einleuchtend an, änderte jedoch nichts an den Schlussfolgerungen, die sich aus dem Telefongespräch ergaben, das sie in der Nacht belauscht hatte.

Fanni überlegte gerade, ob es denkbar war, dass die beiden Russen eine Art Versandhandel betrieben, als Sprudel sie an den Straßenrand drängte, weil quasi aus dem Nichts ein Kleinlaster aufgetaucht war, der in die Straße einbiegen und offenbar in Richtung Hals weiterfahren wollte. Anscheinend war die Strecke ab hier schon wieder für den allgemeinen Verkehr frei.

Der Wagen holperte davon, und Fanni sah ihm verblüfft nach. Wo war er auf einmal hergekommen?

Sie blickte zu der Stelle zurück, an der er eingebogen war, und fand tiefe Reifenspuren. Sie bildeten eine gut sichtbare Schneise, die sich aber schon nach wenigen Metern in den Büschen verlor.

Vielleicht war es ja völlig belanglos, wohin die Schneise führte, aber Fanni sagte sich, dass sie der Sache nachgehen müsse, und sei es nur, um sicher zu sein, dass nichts übersehen wurde.

Sprudel machte keine Einwendungen, als sie auf die Reifenspuren zustrebte.

Sie waren ihnen erst wenige Minuten gefolgt, als sich plötzlich eine freie geschotterte Fläche auftat, die mit allem möglichen Schrott, hauptsächlich ausgeschlachteten Motorrädern, Rollern und Mopeds, vollgestellt war. Dahinter ragte ein Schuppen aus Wellblech auf. An der Tür des Schuppens hing ein Schild, dessen Aufschrift Fanni aus der Entfernung jedoch nicht entziffern konnte.

Sie steuerte darauf zu.

»Eine Indian Military«, rief Sprudel plötzlich. Er hatte durch eine dreckverkrustete Scheibe in den Schuppen gespäht und schien völlig fasziniert von dem, was er dahinter erblickte.

Fanni trat an das Schild. »Motor-Marketplace«, las sie halblaut. »Anatol und Dimitri Kasov.« Darunter war eine Handynummer angegeben.

»So läuft es also.« Sprudel war hinter sie getreten und hatte die Aufschrift ebenfalls gelesen. »Du hast mit deiner Vermutung recht gehabt. Die beiden betreiben tatsächlich einen Handel mit Ersatzteilen. Und hier ist der Hauptumschlagplatz.« Er deutete auf die Radspuren, die sogar im Schotter sichtbar waren. Er verstummte und starrte versonnen auf das Schild.

Fanni hatte sich mittlerweile einmal um die eigene Achse gedreht und sich einen Überblick über die Lagerstätte verschafft. »Sieht nicht so aus, als würde sich mit dem Ramsch viel Geld machen lassen.«

Sprudel lachte und nahm sie in die Arme.

Erst jetzt fiel ihr auf, dass er sie, seit er hier war, noch kaum eine Sekunde losgelassen und bei jeder sich bietenden Gelegenheit an sich gedrückt hatte.

Er gab ihr einen Kuss. »Für eine alte Indian blätterst du zwischen zwanzig- und fünfzigtausend Mäuse hin.«

Fanni sah ihn erstaunt an. »Seit wann kennst du dich mit Oldtimer-Motorrädern aus?«

Sprudel zog sie fest an sich. »Auch ich war mal jung.«

»Und hattest ein Motorrad?«

»Eine Indian Chief Roadmaster von 1951, ein zweihundertsechzig Kilo schwerer Cruiser mit fünfzig PS und einem 1310-Kubik-V-2-Motor.«

Fanni fiel es schwer, sich Sprudel auf einem Motorrad vorzustellen.

»Ich bin nie ein sportlicher Fahrer gewesen«, gestand er, während sie zur Straße zurückkehrten. »Und bei Eis und Schnee hätten mich keine zehn Pferde auf die Maschine gebracht, aber ...« Er unterbrach sich und deutete auf ein Holztäfelchen, das an eine hohe Tanne genagelt war. »›Zum Wackelstein‹.«

»Genau den sehen wir uns an«, sagte Fanni. »Er soll einen Abstecher wert sein.«

Sprudel wirkte ein wenig ratlos. »Wissen wir denn, wonach wir Ausschau halten müssen?«

»Ein Naturdenkmal, angeblich nicht zu verfehlen.«

Ein gut sichtbarer Weg führte in den Wald, wand sich leicht bergauf und lief schließlich auf einen riesigen, fast kugelförmigen Steinbrocken zu, der auf einem Felsplateau ruhte wie eine Kartoffel auf einer Handfläche. Eine einzementierte Aluminiumtafel gab darüber Auskunft, dass die Felsformation im Jahr 1915 von Arthur Semmler aus New York entdeckt worden war; dass es sich dabei um eine »Wollsackverwitterung« handelte; dass der Block trotz seiner geringen Auflagefläche zwar sicher auf seiner Unterlage ruhe, aber schon mit geringem Kraftaufwand in Pendelbewegungen versetzt werden könne.

Fanni und Sprudel bewunderten die Naturbesonderheit einige Augenblicke lang, dann traten sie, ohne den Stein auch nur zu berühren, den Rückweg an.

Für Spielereien hatten sie keine Zeit.

»Wir haben zweierlei, woraus sich ein Motiv ableiten ließe«, sagte Sprudel irgendwann. »Drogengeschäfte und einen möglicherweise nicht ganz astreinen Handel mit Ersatzteilen für Oldtimer-Maschinen.«

»Dreierlei«, verbesserte ihn Fanni.

Sprudel zog fragend die Brauen hoch.

Fanni rückte ungern damit heraus, weil Sprudel nicht unbedingt daran erinnert werden sollte, wie sie und Bastian heute Morgen zusammen aus der Nebenstraße gekommen waren, aber sie wollte kein denkbares Motiv außer Acht lassen. Schon gar nicht das älteste der Welt, das es sogar zu einem geflügelten Wort gebracht hatte. »›Cherchez la femme‹, wie es so schön heißt.«

»Bambi?« Sprudels Stimme klang zweifelnd.

»Wir sollten uns nicht auf Bambi versteifen«, erwiderte Fanni. »Sie ist ja nicht die einzige Frau im Camp. Obwohl ich zugeben muss, dass sie in jeder Beziehung ins Auge sticht. Wenn stimmt, was ich aufgeschnappt habe, wechselt sie die Männer öfter als ich mein Handtuch. Bambi könnte Arno nähergekommen sein, als sie eingesteht. Aber wie gesagt, es muss nicht so sein. Es gibt ja noch genügend andere Frauen im Kessel.«

»Und außerhalb noch viel mehr«, sagte Sprudel. »Womit wir wieder da landen, wo der Wirt vom Bärenhof schon war. Das Mordmotiv hat womöglich mit dem Elefantentreffen überhaupt nichts zu tun. Der Täter ist vielleicht weder Biker noch aus der Gegend und sowieso längst über alle Berge.«

»Wenn der Mord mit dem Bikertreffen nichts zu tun hat, dann müssen wir eben woanders suchen«, erwiderte Fanni entschieden. »In Arnos Freundeskreis, unter seinen Geschäftspartnern, in seiner Verwandtschaft.«

»Wir reisen nach Südtirol?« Sprudel schien wenig überrascht und schon gar nicht abgeneigt.

Fanni musste schmunzeln. »Vorerst noch nicht. Wenn wir Glück haben, befindet sich ja Tristan Brogler im Elefantencamp. Zumindest soll es da einen Biker geben, der Tristan heißt. Falls es sich bei ihm um Arnos Bruder handelt, könnte er uns sicher eine ganze Menge über Arno und dessen Umfeld erzählen. Wir sollten dringend mit ihm reden.« Sie verschwieg, dass Bastian bereits dabei war, den Kontakt herzustellen; ebenso wie sie verschwieg, dass sie mit Bastian im Kassenhäuschen verabredet war – und zwar in … Sie warf einen Blick auf ihre Armbanduhr.

Dir bleiben noch knapp zwanzig Minuten, um Sprudel beizubringen, dass er ohne dich nach Birkenweiler zurückfahren und Max nach Passau zur Vernehmung bringen muss!

Fanni blockte die Gedankenstimme ab. »Parallel dazu sollten wir die drei anderen Spuren verfolgen, die sich aufgetan haben. Das heißt, wir fragen unsere Bikerfreunde vom Lagerfeuer nach der Drogensache, nach dem Marketplace der Kasovs und nach Hahnenkämpfen.«

»Hahnenkämpfen?«

»Rivalen – na, du weißt schon.«

Mittlerweile waren sie wieder bei der hohen Tanne angelangt, an der sie zuvor zum Wackelstein abgebogen waren.

Fanni trat auf die Straße und schritt eilig aus. »Aber als Erstes rede ich mit diesem Tristan.«

Sprudel legte ihr einen Arm um die Schultern, zwang sie, stehen zu bleiben, und drehte sie zu sich herum. »Dazu ist keine Zeit mehr. Wenn wir pünktlich in Passau sein wollen, müssen wir jetzt losfahren und Max abholen.«

Fanni schloss einen Moment lang die Augen und versuchte sich für das zu wappnen, was sie nun tun musste. »Ich werde hierbleiben, Sprudel. Wir können es uns nicht leisten, Zeit zu verschenken. Falls Tristan wirklich Arnos Bruder ist, komme ich durch ihn womöglich an andere Biker heran, die Arno gekannt haben. Jeder von ihnen könnte uns Informationen liefern, die zusammengenommen eine handfeste Spur ergeben.« Sie legte ihre Wange an seine, spürte die tiefen Falten, die sie durchzogen. Von allem Anfang an hatte sie diese Falten geliebt, liebte sie noch immer.

Sprudel sagte kein Wort. Er umfasste ihren Hinterkopf mit seiner Rechten, presste sie an sich.

So standen sie eine ganze Weile, und Fanni wäre am liebsten auf ewig so mit ihm stehen geblieben.

Deine Zehen könnten das eventuell zehn Minuten mitmachen, bevor sie anfangen, Frostbeulen zu werfen!

Wohl wahr. Und sich an Sprudel zu klammern würde den Mordfall nicht aufklären.

Aber sich speziell darum zu kümmern, hatte Vorrang.

Widerwillig löste sich Fanni von ihm, nahm seine Hand und setzte sich langsam wieder in Bewegung. »Du musst unbedingt noch mal mit dem Kommissar reden. Bring den Riss im Zelt irgendwie zur Sprache. Vor allem aber musst du Bauer klarmachen, dass Max als Täter ganz und gar nicht in Frage kommt. Leg ihm die Gründe dafür noch mal dar. Impf ihm ein, dass die Kripo mit ihren Ermittlungen anders ansetzen muss. Dafür kannst du ihm ja ein paar Tipps geben. Es wird sich schon herausstellen, wie und wann der Täter unbemerkt in das Zelt gelangt ist – wenn er erst gefasst ist.«

Fanni hatte sich so in Rage geredet, dass sie ganz außer Atem geraten war. Da sie ohnehin nur noch ein paar Schritte vom Kesseleingang entfernt waren, machte sie halt.

Zeit, sich von Sprudel zu verabschieden. »Rufst du mich an, wenn ihr in Passau fertig seid?«

Sprudel nickte fügsam, wirkte allerdings so bedrückt, dass Fanni meinte, seine Niedergeschlagenheit müsse noch andere Gründe haben als die bevorstehende Trennung. Aber jetzt war es zu spät, ihn danach zu fragen. Er musste Max zum Verhör bringen, und sie musste mit diesem Tristan sprechen, der hoffentlich mit Nachnamen Brogler hieß und den Bastian hoffentlich inzwischen ausfindig gemacht hatte.

Bastian stand bereits am Kesseleingang und unterhielt sich dort mit einem Mann in roter Daunenjacke und dicker grauer Überhose, der jedoch davonging, bevor Fanni ihn genauer ins

Auge fassen konnte. In ihrem Kopf blitzte kurz die Erinnerung an einen roten Stofffetzen auf, den sie in Arnos Zelt gefunden hatte. Als ihr Blick zu Bastian zurückglitt, registrierte sie, dass er einen schwarzen Funktionsanorak mit passender Hose anhatte, und dabei wurde ihr bewusst, dass die wenigsten Biker im Kessel gekleidet waren wie Motorradfahrer. Hin und wieder sah man einen Thermoanzug. Lederkombis, wie man sie Bikern gemeinhin zuschrieb, sah man überhaupt nicht.

Keine gute Idee bei Minusgraden! Da wird ja Leder hart wie Elefantenzahn!

✻✻✻

Sprudel sah Fanni und dem gut aussehenden Kerl melancholisch nach, als sie zusammen über die Elefantenstraße davongingen. Dann seufzte er schwer und schlug den Weg zum Besucherparkplatz ein.

Bastian hatte ihn aus dem Feld geschlagen.

Seit Fanni vor Jahren nach einem perfiden Anschlag auf ihr Leben mit einer Amnesie aus dem Koma erwacht war, hatte sich ihre Beziehung schwierig gestaltet. Sie war einfach nicht darüber hinweggekommen, dass der Verlauf der Liebesgeschichte zwischen ihnen beiden in ihrem Kopf praktisch ausgelöscht worden war. In letzter Zeit hatten sich zwar mehr und mehr Erinnerungen zurückgemeldet, sodass Sprudel hoffte, der frühere Gleichklang, die enge Verbundenheit zwischen Fanni und ihm würde sich wieder einstellen, aber hatte er sich damit womöglich bloßem Wunschdenken hingegeben?

Fakt war (leider), dass Bastian imstande war, Fanni das zu bieten, was sie im Augenblick am dringendsten brauchte: die richtigen Verbindungen – Connections sagte man heutzutage –, Orts- und Sachkenntnis, sogar ein Quartier. Sprudel zweifelte nicht daran, dass beide in dem Haus am Hang übernachtet hatten, von dem sie heruntergekommen waren. Er verbot sich zwar, darüber nachzudenken, wie sie die Nacht und den Morgen verbracht hatten, konnte aber nicht verdrängen, wie gut Bastian aussah: männlich, sportlich, sympathisch. Attraktiv mit einem Wort. Und wie wirkte er selbst gegen diesen Mann? Alt, verwittert, verbraucht.

Zudem war offensichtlich, wie Bastian sich um Fanni bemühte. Was auch gar nicht anders sein konnte. Jeder musste Fanni mögen. Sie war so liebenswert, so bezaubernd. Und sie sah noch immer umwerfend aus. Schlank, zierlich, gazellenhaft. Mochte Bastian auch ein schönes Stück jünger sein als sie, was machte das schon? Außerdem fiel es überhaupt nicht auf. Die beiden gaben fraglos ein stilvolles Paar ab.

Und Fanni fühlte sich fraglos zu Bastian hingezogen, vertraute ihm – sehr sogar.

Ja, dachte Sprudel trübsinnig, sie würde einen guten Tausch machen.

Und was, wenn es tatsächlich so weit kam? Sprudels Schritte wurden schwer und schleppend. Was würde er, Sprudel – der abgehalfterte Ex-Kommissar, dessen Ruhestandsjahre Fanni erhellt hatte wie ein Sonnenstrahl, der in sein Herz gefallen war –, dann tun?

Nichts, sagte er sich.

Er würde sie gehen lassen. Ihr ehrlichen Herzens alle guten Wünsche mitgeben und sich zurückziehen. Er würde den Rest seines Lebens von Erinnerungen zehren und auf den Tod warten. Seltsamerweise tröstete ihn dieser Gedanke, sodass er ihn vertiefte.

Er würde sich verkriechen und all die Jahre, Monate, Tage, Stunden an sich vorüberziehen lassen, die er mit Fanni verleben durfte. Den Tod würde er willkommen heißen, wann immer der bei ihm anklopfte.

Plötzlich aber straffte Sprudel sich und schritt flotter aus. Verkriechen konnte er sich später. Im Moment hatte er seinen Teil dazu beizutragen, dass die Ermittlungen in diesem Mordfall erfolgreich abgeschlossen werden konnten, indem er sich um Max kümmerte und mit Kommissar Bauer ein eindringliches Gespräch führte.

Fanni zählte darauf, dass es ihm gelang, für Max eine Lanze zu brechen.

Nicht nur für Max.

Sprudels Schultern sackten wieder nach unten. Ein zentnerschweres Gewicht lastete auf ihnen, seit er wusste, dass Fanni in Arnos Zelt eingedrungen war, dort so gut wie alles angefasst hatte und dass dieses Zelt wenige Stunden später abtransportiert worden war – wohin, stand außer Zweifel.

Wie, fragte er sich, kann ich Fanni vor einer Anklage wegen unbefugtem Dies und unbefugtem Das bewahren?

∗∗∗

»Bruno hat einen Unfall gehabt«, berichtete Bastian. »Er liegt schwer verletzt im Krankenhaus.«

Fanni atmete hörbar aus. »Das muss gestern Abend passiert sein. Auf der Rückfahrt von Passau zusammen mit Luigi. Ich habe Bruno noch vor der Glätte gewarnt und ihm gesagt, wir würden ihn im Auto mitnehmen.«

»Nein«, sagte Bastian und machte eine abwehrende Handbewegung. »Nein, gestern ist alles gut gegangen. Die beiden sind heil im Kessel angekommen, obwohl die Straßenverhältnisse tatsächlich übel waren. Luigi hat mir gerade davon erzählt.«

Mit Luigi hatte er sich also unterhalten.

»Brunos Unfall muss heute Vormittag passiert sein«, fuhr Bastian fort. »Auf der B 85, und er kann mit Glätte nichts zu tun gehabt haben. Bert sagt, die 85er war heute Vormittag nicht einmal mehr nass, geschweige denn vereist.«

Fanni runzelte die Stirn. »Was war dann der Grund? Ein Zusammenstoß mit einem anderen Fahrzeug? Zu hohe Geschwindigkeit?«

Bastian zuckte die Achseln. »Anscheinend nichts dergleichen. Jedenfalls war bis jetzt keine Rede davon.«

»An seiner Maschine könnte etwas defekt gewesen sein«, gab Fanni zum Besten.

»Das ist möglich«, stimmte ihr Bastian zu. »Radmuttern lockern sich ...«

Fanni hörte nicht mehr, was Bastian noch alles aufzählte. Radmuttern können auch absichtlich gelockert werden, dachte sie.

Bastian bog in einen der Trampelpfade ein, der so schmal war, dass sie hintereinandergehen mussten, was zwangsläufig eine Gesprächspause verursachte und Fanni Zeit für ein paar Überlegungen gab.

Vorausgesetzt, der Mord an Arno und Brunos Unfall hingen zusammen und jemand hatte sich an Brunos Motorrad zu schaffen gemacht, in der Absicht, ihn aus dem Weg zu räumen, dann bedeutete das ...

»Es gibt mehrere Möglichkeiten«, sagte Fanni leise zu sich selbst und begann, sie durchzugehen:

a) Bruno hat den Mord an Arno in jemandes Auftrag begangen. Deshalb musste er beseitigt werden.

b) Bruno hat den Mörder gekannt und erpresst.

Wenn a) oder b) zutrifft, dachte sie, dann erklärt das, warum Bruno daran gelegen war, Max zu belasten. Es gibt aber noch eine dritte Möglichkeit.

c) Bruno war ebenso unschuldig wie unbeteiligt, hatte aber irgendetwas gesehen, das ihm – sobald es ihm bewusst werden würde – die Identität des Täters verraten konnte.

Einen roten Stoff ...

Unsinn, fuhr Fanni der Gedankenstimme über den Mund, am wahrscheinlichsten ist doch, dass das Stoffstück von Arnos eigener Kleidung stammt.

Wir sollten uns auf alle Fälle umhören, ob jemand dabei beobachtet wurde, wie er an Brunos Maschine herumgefummelt hat, sagte sie sich. Aber zuerst rede ich mit Tristan. »Hast du diesen Tristan aufgetrieben?«, fragte sie Bastian. »Ist er tatsächlich Arnos Bruder?«

»Ja, Tristan ist Arnos älterer Bruder. Aber er ist weg.«

Die Antwort überrumpelte Fanni derart, dass sie stolperte und sich wahrscheinlich verletzt hätte, wenn Bastian sich nicht reflexartig umgedreht, zugegriffen und sie davor bewahrt hätte, in einen kleinen Eisgraben zu rutschen, der sich an einer der Feuerstellen gebildet hatte.

Nachdem sie das Gleichgewicht wiedergefunden hatte, legte er einen Arm um ihre Taille und blieb neben ihr. So gingen sie eng umschlungen weiter, und Fanni war froh darüber. Umfasst von Bastians kräftigem Arm, fühlte sie sich sicher. Sicher vor Stürzen und sicher vor – ja, wovor eigentlich?

Vor dem schlechten Gewissen, das dir zu Recht verargt, wie du Sprudel leiden lässt! Am Morgen sieht er dich mit Bastian kommen, am Mittag mit ihm gehen! Was soll er denn denken?

Fanni musste sich zusammenreißen, um nicht wütend zu schnauben. Sprudel weiß, dass es mir nur darum geht, Max aus diesem Schlamassel herauszuholen. Und er weiß, dass ich dafür sogar mit dem Teufel paktieren würde.

Täuschte sie sich, oder lachte sich die Gedankenstimme gerade schlapp? Das hatte die noch nie getan.

Mit dem Teufel paktieren! Was für ein Glück aber auch, dass dieser Teufel so ein smarter, wie für dich geschaffener Typ ist!

Ach, scher dich …

Zum Teufel? Ist das nicht dein Part?

»Wie weg?«, fragte Fanni, weil ihr unvermittelt wieder einfiel, was Bastian zuvor gesagt hatte. »Was heißt ›weg‹?«

»Abgereist.«

Der Trampelpfad mündete in eine ebene Fläche, in deren Mitte ein Schild mit der Aufschrift »Leo Platz« stand. Fanni musterte es verwirrt.

Bastian zuckte schmunzelnd die Schultern. »Manche fühlen sich im Kessel einfach zu Hause.«

Dann deutete er auf ein Steiglein, das einen weiten Bogen beschrieb und wahrscheinlich irgendwann in die Arena mündete. »Gleich hier rechts hatte Tristan sein Zelt aufgeschlagen. Neben dem roten Iglu. Das gehört einem alten Freund von ihm. Dahinter campen noch andere Freunde von Tristan.«

Die Stelle, an der Tristans Zelt gestanden haben musste, war nicht zu übersehen. Eine Fläche von etwa zwei Metern Durchmesser war platt gewalzt, verstreutes Stroh aus den gepressten Ballen lag darauf herum.

Tristan musste recht überstürzt aufgebrochen sein, denn er hatte eine Menge zurückgelassen: verbogene Zeltheringe, zwei volle Konservendosen, ein paar Holzscheite, ein zerrissenes Hemd und einen Müllsack mit nicht identifizierbarem Abfall.

Fast verborgen unter einem Strohbüschel steckte etwas Orangefarbenes.

Fanni bückte sich danach.

»Das ist mit den Grundstückseigentümern so abgesprochen.«

Fanni richtete sich erschrocken auf und sah Bastian schuldbewusst an.

»Die Elefanten dürfen ihre Müllsäcke und was sie sonst nicht mehr brauchen einfach zurücklassen«, erklärte er ihr. »Nächste Woche, wenn der Kessel geräumt ist, kümmern sich die Besitzer um den ganzen Abfall. Sie sortieren aus, was noch verwertbar ist, und transportieren den Rest ab.« Eine Bewegung drüben bei den Zelten veranlasste ihn, sich von ihr abzuwenden und hinüberzuschauen.

Fanni nutzte die Gelegenheit, um einen Blick auf ihren Fund zu werfen. Es handelte sich um eine kleine Dokumententasche, orangefarben mit Sichtfenster, so groß nur wie ein Briefkuvert. Sie ließ sie verstohlen in ihre Jackentasche gleiten. Besser, niemand bekam mit, was sie gefunden und eingesteckt hatte.

Soll auch Bastian nichts davon wissen?

Das konnte sie später entscheiden.

»Tristans Freund ist gerade aufgetaucht«, sagte Bastian.

Fanni schaute auf und sah einen Mann mittleren Alters, der in einen bodenlangen Fellmantel gehüllt war. Auf dem Kopf trug er eine Fellmütze mit Stierhörnern; darunter stiegen kleine Rauchwölken auf.

Bastian ging auf ihn zu, und Fanni folgte ihm. Erst als sie den Stierhörnern gegenüberstand, konnte sie das Gesicht des Kerls erkennen, sah die Kippe in seinem Mund und bekam im nächsten Moment eins der Rauchwölkchen in die Nase. Sie roch eine Mischung aus verkohltem Laub, verbranntem Heu sowie etwas Undefinierbarem und rang nach Luft.

Bastian drückte kurz ihren Arm. »Schwarzer Krauser. Verschnitt. Spezialmischung.«

Tristans Freund schien überhaupt sehr speziell zu sein. Fanni argwöhnte, dass die Unterhaltung mit ihm nicht einfach werden würde.

»So nennen ihn auch alle.«

»Spezialmischung?«

»Krauser.«

»Auf Dauer hilft nur Zweitaktpower«, sagte der Krauser.

Bastian schlug ihm auf die Schulter. »Ich weiß, Zweitaktfahrer haben den längeren Kolben.«

He, Bikersprüche sind mein Text!

Fanni hätte ihrer Gedankenstimme gern mit einem »Ätsch« die Zunge herausgestreckt.

Bastian machte Krauser mit ihr bekannt und sagte dann: »Fanni wollte mit Tristan reden.«

Weil das offensichtlich nicht möglich war, fand es Krauser anscheinend auch nicht erforderlich, darauf zu antworten.

Dann eben Verhörmethoden, dachte Fanni und legte los: »Seit wann ist Tristan fort? Warum ist er so überstürzt abgereist? Wie und wann hat er vom Tod seines Bruders erfahren? Warum stand Arnos Zelt auf der anderen Seite des Kessels?«

Erstaunlicherweise gab Tristans Freund bereitwillig und umfassend Auskunft, wobei er regelmäßig kleine Wölkchen verbranntes Heu entließ.

Tristan hatte erst am Morgen, als die Kripoleute anrückten, um Arnos Zelt abzubauen und weitere Befragungen durchzuführen, erfahren, dass es sich bei dem Mordopfer um seinen Bruder handelte.

Wie kann das sein?, fragte sich Fanni. Nach Brunos Entsetzensschrei ist doch der Name »Arno« von Mund zu Mund gegangen. Da hätte Tristan hellhörig werden müssen.

Aber als Krauser weiterberichtete, begriff sie.

Tristan hatte keine Ahnung davon gehabt, dass sein Bruder

zum Elefantentreffen angereist war. Er selbst war am Mittwoch in aller Früh vom Broglerhof abgefahren. Arno hatte ihm sogar noch nachgewunken. Dann aber musste auch er aufgebrochen sein, ohne vorher ein Sterbenswörtchen über sein Vorhaben verlauten zu lassen.

Und als er im Kessel angekommen war, schien Arno seinem Bruder eher aus dem Weg gegangen zu sein, als den Kontakt zu ihm zu suchen.

»Ist das nicht merkwürdig?«, sagte Fanni mehr zu sich selbst, weshalb sie wohl auch keine Antwort darauf erhielt.

»Hat Tristan mit Ihnen über die Sache geredet?«, fragte sie Krauser schließlich. »Hat er sich Gedanken über Arnos …«, sie zögerte, sprach es aber dann doch aus, »… Undercoveraktion gemacht?«

Krauser schüttelte den Kopf. »Er hat ja erst mal gar nicht wahrhaben wollen, dass der Tote sein Bruder ist. Jedenfalls so lange nicht, bis ihm die Bullen Fotos von der Leiche und Arnos Ausweispapiere gezeigt haben. Erst da ist es bei ihm eingesickert, und sie haben ihn gleich zum Verhör mitgenommen.«

»Anscheinend aber auch wieder zurückgebracht«, sagte Fanni.

Krauser nickte. »Tristan hat dann sofort mit dem Zeltabbauen angefangen und hatte keine Zeit mehr zum Reden.«

»Er hat überhaupt nichts gesagt?«, vergewisserte sich Fanni.

»Doch, natürlich hat er was gesagt. Die Bullen haben ihm ja keinen Knebel verpasst.« Krauser wirkte auf einmal gereizt. Die Rauchwolken, die er ausstieß, wuchsen auf doppelte Größe an. »Ich hab ihm geholfen. Heringe rausziehen und so. Dabei hat er mir erzählt, was er vorhat.«

Tristan wollte offenbar auf schnellstem Weg ins Gerichtsmedizinische Institut in München, wo er Arno identifizieren sollte. Womöglich nährte er auch noch einen winzigen Hoffnungsfunken, dass es sich doch um einen Irrtum handeln könne. Nach dem Termin in der Rechtsmedizin wollte er zurück nach Hause.

»Nachschauen, was auf dem Broglerhof los ist«, hatte er zu

Krauser gesagt. »Rauskriegen, was Arno geritten hat, als er auf seine Maschine gestiegen und hierhergefahren ist.«

Tristan schien tatsächlich keine Ahnung gehabt zu haben, dass sein Bruder hier war und weshalb. Das, fand Fanni, machte ihn irgendwie verdächtig. Denn sah es nicht ganz so aus, als wäre Arno gekommen, um seinen Bruder zu ...

Bespitzeln? Auszuspionieren? Zu bewachen?

Etwas in der Art, dachte Fanni. Welchen Grund sollte er sonst gehabt haben, seine Anwesenheit hier vor Tristan geheim zu halten?

»Sie stehen doch sicher in Verbindung mit ihm«, sagte sie zu Krauser, der den so gut wie nicht mehr erkennbaren Rest seiner qualmenden Kippe in den Schnee warf, wo er zischend verendete. »Könnten Sie ihn eventuell anrufen? Später, wenn er zu Hause angekommen ist, meine ich.« Nach einer kurzen Pause fügte sie noch hinzu: »Vielleicht hat er ja inzwischen herausgefunden, was Arno so unerwartet in den Kessel getrieben hat.«

Krauser kramte in den Tiefen seines Fellmantels und förderte einen weiteren Glimmstängel zutage, den er umständlich in Brand setzte. »Telefoniert haben wir eigentlich nie. Wir treffen uns halt einmal im Jahr im Kessel, seit ... ja, seit die Elefanten hier den fünfzigsten Geburtstag gefeiert haben.«

»Das ist zwölf Jahre her«, warf Bastian ein.

Eine Freundschaft, die sich auf drei oder vier Tage im Jahr beschränkte? War das nicht seltsam?

Warum denn? Wie oft hast du denn Kontakt zu alten Freunden? Einmal in fünf Jahren oder in zehn!

Weniger, gab Fanni zu.

Krauser würde sich also nicht mit Tristan in Verbindung setzen. Womöglich hatte er nicht einmal dessen Telefonnummer. Die Kontaktdaten waren aber zum Glück auf dem Faltblatt des Broglerhofs zu finden. Aber ein paar Fragen sollte ihr Krauser noch beantworten.

»Kommen Sie aus der gleichen Gegend wie die Brogler-Brüder?«

Krauser verneinte. Und auch Arno hatte er nicht gekannt. Woher denn? Tristans Bruder war ja nie zuvor auf einem Elefantentreffen gewesen. Selbst über Tristan wusste Krauser kaum etwas. Die Informationen, die er Fanni geben konnte, beschränkten sich auf Ökobauer, Motorradfreak und Single. Ansonsten sei über Privatangelegenheiten kaum geredet worden.

Bastian, der die ganze Zeit schweigend zugehört hatte, wandte sich plötzlich an Krauser. »Wo ist eigentlich der Rest der Roadgliders?«

Offenbar gehörten Tristan und Krauser einer Clique an, deren Mitglieder –

Members heißt das im Bikerjargon!

– sich alljährlich im Kessel zusammenfanden. Ihr Zusammenhalt schien recht locker zu sein, bestand womöglich einzig und allein in dem Grundsatz, unter keinen Umständen ein Elefantentreffen zu verpassen.

Krauser zuckte die Schultern. »Imbiss, Aldi, Rundtour ...« Er schaute sich suchend um, aber offenbar war keiner seiner Kumpels in Sichtweite.

Schließlich gab er wieder einen Zweitakterspruch zum Besten, aber Fanni hörte nicht hin.

Sie dachte über Tristan nach und kam erneut zu dem Schluss, dass ihn die Tatsache, dass Arno sein Kommen vor ihm geheim gehalten hatte, verdächtig machte. Selbst wenn Arnos Entscheidung hierherzufahren spontan getroffen worden war, blieb es merkwürdig, dass er sich auch nach seiner Ankunft nicht bei Tristan gemeldet hatte.

Tristan war völlig ahnungslos, resümierte sie. Nur eine zufällige Begegnung mit seinem Bruder hätte ihm die Augen öffnen können. Erzählen konnte es ihm niemand, weil Arno im Kessel ja ein Unbekannter war.

Während ihrer Überlegungen fingerte sie geistesabwesend an der kleinen Dokumentenmappe herum, die sie gefunden und in ihre Jackentasche gesteckt hatte.

Warum war Arno plötzlich aufgetaucht? Hatte er die lange

Fahrt vom Villnösstal nach Loh tatsächlich nur in Kauf genommen, um auszukundschaften, was Tristan trieb? Wenn ja, dann musste die Sache schwerwiegend sein. Und sie musste auch Arno selbst betreffen.

Vielleicht wollte Tristan seinen Anteil am Broglerhof verkaufen! Vielleicht hatte er sich hier mit einem Interessenten verabredet!

Kein schlechter Einfall, erkannte Fanni an.

Was auch immer Tristan am Laufen hatte, Arno war vermutlich gekommen, um dagegen einzuschreiten.

Aber worum ging es?

Sie wünschte Sprudel herbei, mit dem sie Hypothesen basteln, weiterentwickeln oder verwerfen konnte. Mit Sprudel zusammen würde sie ein Puzzleteil nach dem anderen an den richtigen Platz schieben.

Hast du ihn nicht gerade weggeschickt?

Sie ignorierte den Einwurf der Gedankenstimme und konzentrierte sich darauf, eine plausible Theorie zu entwerfen: Tristan hatte – entgegen seinen Beteuerungen – mitgekriegt, dass sein Bruder eingetroffen war, und ihm war klar gewesen, weshalb. Um das, was er vorhatte, trotzdem ausführen zu können, hatte er Arno beseitigen müssen.

Logisch, dachte Fanni. Derart logisch, dass man recht schnell dahinterkommt. Das müsste auch Tristan klar geworden sein. Und er hätte ganz leicht verhindern können, dass ein Verdacht gegen ihn entsteht, wenn er nicht offen zugegeben hätte, wie überraschend Arnos Ankunft für ihn gewesen war.

Er hatte es aber zugegeben. Und das, fand Fanni, entlastete ihn.

Na toll! Platzpatronen für Max' Verteidigung! Die schöne Theorie liegt damit in Scherben!

So ist das eben mit Theorien, teilte Fanni ihrer Gedankenstimme mit. Man stellt sie auf, testet sie, und wenn sie nicht halten, verwirft man sie und macht mit etwas anderem weiter.

Mit Mittagspause?

Nein, mit der Durchsicht von Tristans Dokumentenmappe.

Fanni schrak zusammen, als ihr Bastian die Hand auf den Arm legte. »Ich muss gehen. Der Korso soll sich in ein paar Minuten formieren.« Als er ihren verwirrten Blick sah, erklärte er: »Die Biker, die am Gedenkgottesdienst für Arno teilnehmen wollen, fahren mit ihren Motorrädern im Verband über Solla zur Schartenkirche, wo die Andacht stattfindet.« Er sah sie abwägend an. »Wenn du mitkommen willst, könnte ich dir den Soziussitz auf meiner Maschine anbieten.« Als er Fannis erschrockenes Gesicht sah, lachte er auf. »Du kannst natürlich auch zu Fuß gehen. Durch den Wald gibt es einen Pfad vom Kessel direkt zur Kirche, über den du in weniger als einer Viertelstunde hinkommst.« Er wartete kurz ab, dann drückte er ihren Arm und eilte davon. Krauser war bereits verschwunden.

Als der Waldweg in freies Gelände mündete, sah Fanni die Schartenkirche vor sich liegen, ein schlichtes Kirchlein aus groben Ziegeln mit Schindeldach. Der Bikerkorso war offensichtlich noch nicht eingetroffen, aber das Motorengeräusch konnte man bereits hören. Auf dem Parkplatz befand sich ein Pulk Leute. Fanni näherte sich zögernd und ging hastig hinter der Einfriedung in Deckung, als sie erkannte, dass Kommissar Bauer dort stand und offenbar von Reportern bedrängt wurde. Nach einer Weile löste er sich aus der Gruppe, stieg in einen Wagen und fuhr davon.

Fanni wunderte sich darüber, dass er nicht blieb, um die Gesichter der Biker, die Arno die letzte Ehre gaben, zu studieren, als ihr einfiel, dass er in Passau eine Verabredung mit Max und Sprudel hatte.

Sie wagte sich erst näher an die Kirche heran, als der Korso eintraf und sich der Parkplatz zu füllen begann. Beeindruckt stellte sie fest, dass der Auftritt der Biker ablief, als hätte jemand eine Choreografie dafür geschrieben. Die Maschinen reihten sich nacheinander am Parkplatz auf wie Perlen auf eine Schnur. Das Motorengeräusch erstarb, und es wurde still. Die Biker nahmen ihre Helme ab, klemmten sie sich unter den Arm und marschierten in einem geschlossenen Zug zum Kirchenportal.

Fanni reckte den Hals, um bekannte Gesichter auszumachen, konnte aber keines finden.

In einigem Abstand folgte sie dem Bikerzug zum Kirchenportal, wo sie feststellen musste, dass das Kirchlein bereits überquoll. Spontan kehrte sie um. Was hatte es für einen Sinn, sich auch noch hineinquetschen zu wollen? Sie konnte Arno ebenso gut hier draußen den ewigen Frieden wünschen.

Fanni hätte selbst nicht sagen können, was sie bewog, sich an der Einzäunung umzudrehen und zurückzuschauen. Ein Geräusch? Oder einfach ein komisches Gefühl?

Jedenfalls tat sie es und sah einen Mann, der die Kirche anscheinend wieder verlassen hatte. Er ging zielstrebig auf eines der Motorräder zu, klinkte die Gepäckbox aus und verschwand damit um einen Pfeiler an der Längsseite der Kirche.

Fannis Atem beschleunigte sich. Sie hatte den Mann sofort erkannt. Heute Morgen hatte sie mit ihm gefrühstückt.

10

Sprudel saß seit gut einer Stunde vor Kommissar Bauers Bürotür, hinter der Max verschwunden war, und wartete darauf, selbst mit Bauer sprechen zu können.

Als es so weit war, platzte er sofort mit der Frage heraus, die so schmerzhaft in seinem Kopf dröhnte. »Steht der Verdacht gegen Max noch immer im Raum?«

»Mehr denn je.« Bauer sah ihn ernst an. »Dass derjenige, dessen Aussage den Enkel Ihrer Frau schwer belastet, heute Morgen bei einem Unfall lebensgefährlich verletzt wurde, kann man nicht als Zufall abtun.«

Sprudel brauchte mehrere Sekunden, bis er die Mitteilung voll erfasst hatte. »Bruno ist verunglückt? Mit dem Motorrad?«

Bauer nickte. »Die Maschine wird bereits kriminaltechnisch untersucht.«

»Und Max soll dabei seine Hände im Spiel gehabt haben?« Sprudel konnte es nicht glauben. »Max ist gestern, nachdem Sie ihn entlassen haben, mit mir nach Birkenweiler gefahren, hat dort in unserem Haus übernachtet, und heute Mittag haben wir uns zusammen auf den Weg hierher gemacht.«

»Sie können beschwören, dass Max Birkenweiler in der Zwischenzeit nicht verlassen hat?«, fragte Bauer.

Sprudel schluckte. »So gut wie.«

»So gut wie?«

Aus den Zeiten, als er selbst hinter einem Schreibtisch im Kommissariat gesessen und Beschuldigte, Zeugen, manchmal auch bloß Wichtigtuer verhört hatte, wusste Sprudel, dass nichts schlimmer war, als sich in ein Gespinst von Lügen zu verwickeln.

Deshalb holte er Luft und erzählte Bauer bis ins letzte Detail, wie die Nacht, der Morgen und der Vormittag verlaufen waren, gab also zu, dass er Max gegen Mitternacht in Birkenweiler zurückgelassen und ihn erst gegen ein Uhr mittags dort wieder abgeholt hatte. Und weil er schon mal dabei war, gestand er gleich noch ein, womit Fanni in der Zwischenzeit beschäftigt gewesen war, denn wie würde er dastehen, falls es Bauers Kollegen über kurz oder lang herausfanden, was durchaus zu befürchten war.

Daraufhin kam er wieder auf Max zu sprechen. »Max hätte Birkenweiler heute Nacht unmöglich verlassen und nach Loh fahren können, um Brunos Motorrad zu manipulieren. Definitiv nicht. Wie denn? Mit einem Taxi?«

»Einem Freund?«, schlug Bauer vor.

Sprudel schüttelte nachdrücklich den Kopf. »Seine Freunde leben dort, wo Max aufgewachsen ist, das Dorf heißt Klein Rohrheim und liegt am Rhein. Wenn er einen von denen nach Birkenweiler bestellt hätte, dann hätte der eine fünfstündige Fahrt vor sich gehabt.«

»Jemand aus dem Kessel?«

»Da kannte er doch keinen außer Bruno.« Sprudel besann sich einen Moment. »Und er hatte auch keine Gelegenheit, jemanden kennenzulernen.«

»Außer Arno.«

Sprudel seufzte. »Außer Arno.«

»Gut«, sagte Bauer schließlich. »Aber selbst wenn wir davon ausgehen, dass Max keinen nächtlichen Ausflug gemacht hat, dann ist er, was Brunos Unfall betrifft, trotzdem nicht aus dem Schneider. Er hätte die Manipulation auch schon gestern vornehmen können, als er sich im Kessel aufgehalten hat.«

Sprudel unterdrückte ein Stöhnen und versuchte sich zu konzentrieren. Was ließ sich dagegen vorbringen?

Schließlich sagte er bedächtig: »Das hätte Max aber tun müssen, bevor Arno getötet wurde. Danach war er ja ständig unter Bewachung.«

Bauer nickte. »Richtig.«

Sprudel bemühte sich, Bauer den Fehler in seiner Argumentation begreiflich zu machen. »Wenn Brunos Maschine in der Absicht manipuliert wurde, einen Unfall herbeizuführen, um ihn daran zu hindern, eine Aussage zu machen, dann hätte Max Hellseher sein müssen, um zu wissen, dass es so eine Aussage geben würde.«

»Er hätte alles genau so planen können, wie es dann abgelaufen ist«, sagte Bauer.

Sprudel sah ihn entgeistert an. »Das ist doch verrückt. Max müsste geisteskrank sein, wenn er so einen Mordplan entwickelt hätte.«

»Sie haben ja recht.« Bauer winkte müde ab. »Trotz allem bleibt die Tatsache, dass niemand ins Zelt gelangt wäre, ohne von Max und Arno oder wenigstens einem von ihnen bemerkt zu werden.«

Sprudel wollte etwas sagen, aber Bauer ließ ihn nicht zu Wort kommen. »Auch nicht durch den Riss in der Zeltplane, den die KT gefunden hat. Erstens ist er alt, und zweitens wäre ein möglicher Täter durch den Zelteingang mindestens dreimal so schnell drin gewesen und weniger auffällig.« Er verstummte für kurze Zeit, dann fuhr er fort: »Ich plaudere wohl keine Ermittlungsergebnisse aus, wenn ich Ihnen sage, dass am Riss und am Rand der Plane darunter – und eigenartigerweise auch auf dem Feldbett in der Schlafnische – Stofffasern, Federn und Haare gefunden worden sind, die nicht zu Arno und zu seiner Kleidung, aber auch nicht zu der von Bruno und Max passen.« Er schaute Sprudel grimmig an. »Wir beide wissen ja jetzt, von wem sie sind.«

»Meine Frau ist davon ausgegangen, dass die Spurensicherung mit ihrer Arbeit bereits fertig war.« Sprudel suchte verzweifelt nach Rechtfertigungen für Fannis Vorgehen. »Sie hat ja nicht ahnen können, dass noch eine gründlichere Untersuchung vorgenommen werden sollte. Sie –«

Erneut ließ ihn Bauer nicht ausreden. »Es gab eine Absperrung und ein Polizeisiegel. Das kann man nicht wegdiskutieren.«

Sprudel stützte die Ellbogen auf die Knie, den Kopf auf die Hände und presste die Fingerkuppen auf die Stirn. Was konnte er noch vorbringen? Nichts. Ende der Verhandlungen.

Als hätte er unvermittelt eine Entscheidung getroffen, die irgendwie bekräftigt werden musste, schlug Bauer mit der flachen Hand auf einen Aktenstapel. »Wir lassen die Sache vorerst auf sich beruhen. Vorerst. Ich behalte mir aber vor ...« Er ließ offen, was genau er sich vorbehielt.

Sprudel konnte es sich ohnehin denken. Aber wenigstens für den Augenblick war Fanni aus dem Fokus.

Er wollte den Bogen zwar nicht überspannen, aber er musste noch wissen, wie Bauer mit Fannis Enkel zu verfahren gedachte. »Kann ich Max mit nach Hause nehmen?«

Bauers Blick wurde noch grimmiger als zuvor. »Nur unter der Auflage, dass Sie ihn diesmal wirklich keine Sekunde aus den Augen lassen. Sie müssen später beeiden können, dass er ständig unter Aufsicht war. Wenn nötig, besorgen Sie sich einen Babysitter. Und selbstverständlich muss er uns rund um die Uhr zur Verfügung stehen.«

Sprudel atmete erleichtert auf. Bauer vertraute ihm.

Was nicht genügen würde, sagte er sich nüchtern, Max von der U-Haft zu verschonen, wenn Bauer nicht selbst große Zweifel an Max' Schuld hätte.

Der scheute ja sogar davor zurück, Max dem Haftrichter vorzuführen.

Wie der Richter entscheiden würde, war schwer einzuschätzen. Trotz aller vermeintlichen Offensichtlichkeit fehlte es an konkreten Beweisen.

Sprudel versprach Bauer mit Handschlag (waren sie nicht beide noch von der alten Schule?), Max keine Minute allein zu lassen.

Doch kaum hatte er dieses Versprechen gegeben, schlug seine Erleichterung darüber, Max mit nach Hause nehmen zu können, in Schrecken um.

Max in Birkenweiler bewachen zu müssen bedeutete, dass Fanni wieder allein im Kessel zurückbleiben würde.

***

Als Fanni in den Kessel zurückkehrte, fiel ihr auf, dass sich diejenigen, die nicht am Gottesdienst teilnahmen, außergewöhnlich still verhielten. Nicht einmal aus dem Imbiss drang der übliche Lärm. Dort und da hatten sich ein paar Biker zusammengefunden, die sich fast flüsternd unterhielten. Inmitten einer solchen Gruppe entdeckte Fanni den dicken Reporter, mit dem sie in der Nacht zusammengestoßen war.

Was tat er hier? Warum war er nicht in der Andacht?

Aus demselben Grund wie Miss Marple! Er verspricht sich von den Unterhaltungen der Biker wohl mehr als von der Predigt des Pfarrers!

Fanni machte, dass sie unbemerkt an ihm vorbeikam.

Wo willst du eigentlich hin?

Darauf musste Fanni die Antwort schuldig bleiben, bis ihr Tristans Dokumentenmappe einfiel, die in ihrer Jackentasche steckte.

Sie hatte sie sich irgendwo ansehen wollen, wo niemand sie dabei beobachten konnte. Der Waldpfad zum Schartenkirchlein wäre ideal gewesen. Aber auf dem Hinweg hatte sie es eilig gehabt, und auf dem Rückweg war sie wegen Bastians Aktion auf dem Parkplatz so konfus gewesen, dass sie nicht mehr daran gedacht hatte.

Als sie merkte, dass sie automatisch die Richtung zur Arena eingeschlagen hatte, ging sie entschlossen weiter, überzeugt, dort irgendwo ein ruhiges Plätzchen zu finden.

Sie eierte einen rutschigen Hang hinunter, passierte eine Reihe von Zelten, und schließlich lag der ovale Platz offen vor ihr. Eine dick vermummte Gestalt mit Wehrmachtshelm zog mit einem altertümlichen Motorradgespann gerade eine Schleife durch die Nordkurve und hielt dann neben einem Kerl in Jeans und Lederjacke an.

Der hüpfte wie Rumpelstilzchen hin und her und auf und ab. »Original Zündapp-KS-601. Alles, alles original, da, da, da. Von Felge bis Lenker. Original.«

Das kann nur einer der Russen sein!

Die vermummte Gestalt stieg von dem Motorrad, stellte die

Zündung aus, nahm den Wehrmachtshelm ab und setzte eine Fellmütze mit Schlappohren auf.

Xarre?

Keine Frage.

»Red keinen Scheiß, Dimitri«, sagte Xarre. »›Alles original‹. Die Bremsschläuche auch? Wenn die so alt sind, wie du das von der Maschine behauptest, dann gute Nacht.«

»Gummiteile, Bremsbacke ... alle Verschleißteile ist nachgebaut von renommierte Firma für Oldtimer-Ersatzteil. Hundert Prozent echt.«

Xarre bückte sich und schien in den Auspuff kriechen zu wollen.

Dimitri trat an seine Oldtimer-Maschine und tätschelte ihren Lenker. »Echter Elefant muss haben Zündapp-KS-601. Ist Urahn von Motorsport.«

»Aber nicht für den Preis. Den ist kein Urahn wert. Und wo die Ersatzteile alle herkommen, aus denen du die Maschine zusammengesetzt hast, möcht ich lieber nicht wissen.«

»Komm zu Imbiss in halbe Stunde. Trinken Gläschen. Verhandeln«, schlug Dimitri vor.

»Von mir aus.« Xarre zuckte die Schultern und ging davon.

Fanni schaute Dimitri eine Weile zu, wie er an der Zündapp herumhantierte, und überlegte, wie vertrauenswürdig die Kasovs sein mochten. Konnte man arglos Geschäfte mit ihnen machen, oder hauten sie jeden, der es zuließ, übers Ohr? Dimitri würde ihr diese Frage wohl kaum wahrheitsgemäß beantworten, eine andere aber vielleicht schon: Hatte Arno eventuell ein Geschäft mit ihm gemacht?

Bevor sie auf Dimitri zutrat, um ihn danach zu fragen, ließ sie sich die Sache eine Weile durch den Kopf gehen und entwarf eine Theorie, über die – wie sie fand – sich irgendwann gründlicher nachzudenken lohnte.

Arno könnte schon seit einiger Zeit auf der Suche nach einem Oldtimer-Motorrad gewesen sein, spekulierte sie. Er hat im Internet herumgestöbert und ist auf Dimitris Website gestoßen. So hat er erfahren, dass Dimitri regelmäßig am Elefantentreffen in Loh teilnimmt und dort einen Motorradmarkt betreibt. Womöglich hat Arno unter Dimitris Angeboten im Netz genau die Maschine entdeckt, auf die er schon lange scharf war, und ist ohne lang zu überlegen hergekommen. Er ist mit Dimitri in Kontakt getreten, aber irgendetwas ist zwischen den beiden schiefgelaufen.

Unvermittelt kam ihr eine Sache in den Sinn, die zu ihrer Theorie zu passen schien: Bruno hatte erzählt, dass Arno mit den Russen zusammen im Imbiss gewesen war und dass er ihn und Max nur deshalb in sein Zelt eingeladen hatte, um den beiden zu entkommen.

Sie sprach Dimitri auf das Zusammentreffen mit Arno an.

Er stritt ab, Arno zu kennen.

»Sie haben sich gestern im Imbiss mit ihm unterhalten.«

»Spreche jeden Tag mit Unmenge Leute. Viele nicht kenne. Arno nicht kenne.«

»Mit wem haben Sie denn gerade eben gesprochen?« Fanni deutete mit dem Kinn auf das Motorrad.

»Xarre«, antwortete Dimitri, ohne zu überlegen. »Xarre alte Freund. Towarischtsch.«

Fanni versuchte es andersherum. »Haben Sie gestern mit einem jungen Mann, an dessen Namen Sie sich nicht erinnern, über ein Geschäft gesprochen?« Erneut schwenkte ihr Kinn in Richtung der alten Zündapp.

Dimitri dachte tatsächlich darüber nach. Dann begann er, an den Fingern etwas abzuzählen, wobei er leise vor sich hin murmelte. »Kenne alle Namen von Leute, die fragen nach was.«

Fanni seufzte innerlich. Dimitri klang glaubwürdig.

Plötzlich erschien ein breites Grinsen auf seinem Gesicht. »Du kommen Imbiss, trinken Gläschen mit Dimitri, dann vielleicht kommen viel Erinnerung.« Er tippte sich an die Stirn.

Fanni gelang ein Lächeln. »Später. Im Moment geht es leider nicht.«

Dimitri griff nach ihrer Hand und küsste ihre Fingerspitzen. »Bis später, Kiska.«

Während Fanni sich fragte, was »Kiska« wohl bedeutete, stieg Dimitri auf die Zündapp und knatterte davon.

Als sie ihm nachsah, entdeckte sie ein paar Schritte weiter, am Rand der Arena, einen kleinen Unterstand aus alten, verwitterten Brettern. Auf drei Seiten Sichtschutz, was wollte sie mehr?

Sie schritt darauf zu und wollte schon hineinschlüpfen, zögerte aber, weil ihr ein eng umschlungenes Paar entgegenkam. Der Mann hatte eine dicke Daunenjacke an, die Frau war angesichts der schneidenden Kälte auffällig leicht bekleidet. Unter der Bikerkutte trug sie nur einen Wollpullover, dessen Ärmel sie auch noch zurückgeschoben hatte. Als die beiden näher heran waren, erkannte Fanni die Tätowierungen auf den Unterarmen. Sie hob den Blick und fand die Piercings. Sie steckten in Nase und Unterlippe, zogen sich an beiden Ohren vom Ohrläppchen den ganzen Rand entlang nach oben.

Bambi.

Waren sie und Johann zu einem weiteren Schäferstündchen in Bambis Zelt unterwegs?

Fanni kam der Gedanke, die beiden aufzuhalten, um mit Johann über die Brogler-Brüder zu sprechen. Sie überlegte noch, was sie tun sollte, als sie merkte, dass sie sich geirrt hatte. In dem aufgestellten Kragen der roten Daunenjacke, aus dem der Zipfel eines neongelben Halstuchs ragte, verbargen sich nicht etwa Johanns bärtiges Kinn und seine breite Nase, sondern ein glatt rasiertes Gesicht und eine sehr spitze Nase.

Luigi. Der Typ, der mit Bambi auf ihr Zelt zusteuerte, war Luigi.

Also tatsächlich. Bambi schleppte einen Kerl nach dem anderen ab.

Nur kein Neid!

Fanni fragte sich, ob Bambi wirklich jeden Einzelnen aus der gestrigen Runde vernaschen wollte. Nein, Karl schied wohl aus. Aber Bastian keineswegs.

Bambi und Luigi befanden sich mittlerweile auf gleicher Höhe mit ihr. Fanni hob grüßend die Hand und sagte: »Hallo.«

Luigi grüßte nur mit einem Nicken zurück. Bambi überhaupt nicht.

Fanni hatte Bambis Blick gesucht und festgestellt, dass er durch sie hindurchgegangen war wie durch eine Glasscheibe. Und nun erkannte sie auch, dass Bambi zusammengesackt wäre, hätte Luigi sie nicht mit vollem Krafteinsatz gestützt.

Zugedröhnt bis in die Haarspitzen!

Fanni warf Bambi einen letzten, sehr besorgten Blick zu, dann waren die beiden an ihr vorüber. Sie widerstand dem Impuls, sich nach ihnen umzudrehen, aber als sie sich daran erinnerte, dass Luigi eine rote Daunenjacke trug, tat sie es doch. Falls sie allerdings gehofft hatte, auf deren Rückseite ein großes Loch zu sehen, wurde sie enttäuscht.

Bevor sie in den Unterstand trat, sah sie sich hastig um, ob jemand sie beobachtete, konnte aber niemanden entdecken, obwohl sie gemeint hatte, ganz in der Nähe Schritte gehört zu haben.

In der windschiefen Bretterbude roch es penetrant nach Pisse und so auffällig nach kaltem Rauch, als hätte irgendwann jemand glimmende Kohlestücke verstreut, die dann tagelang vor sich hin gekokelt hatten.

Fanni, froh um das Versteck, ließ sich von dem Gestank nicht abschrecken, lehnte sich an die Rückwand und zog Tristans Dokumentenmappe aus der Jackentasche.

Das einzige Innenfach enthielt einen Packen amtlicher Siegel und Schriftstücke, die offenbar alle mit der Einstufung des Broglerhofes als Ökobetrieb zu tun hatten: einschlägige Zertifikate; eine Broschüre mit Richtlinien, die Fanni sich nicht näher ansah; eine goldfarbene Plakette mit Prägung; eine Handvoll Aufkleber mit dem EU-Bio-Logo; ein paar Fotos vom Broglerhof: Abbildungen, die Fanni von dem Faltblatt aus der Orgahütte kannte.

Tristan hatte also gleichfalls Werbematerial für die Produkte seines Ökohofes mitgebracht. Vielleicht sogar Kostproben von dem Heumilchkäse, den auch Arno dabeigehabt hatte.

Damit schien sich nun doch zu bestätigen, dass Arno und eben auch Tristan ihren Aufenthalt in Niederbayern dazu nutzen wollten, Geschäftsverbindungen zu knüpfen. Aber warum hatten sie sich nicht abgesprochen?

Unvermittelt wurde Fanni bewusst, wie viele Lebensmittelketten in der hiesigen Region Produkte aus Südtirol führten. Bioprodukte spielten dabei die Hauptrolle: Rohschinken, Salami, Wein, Honig und eben Käse. Auf Wochenmärkten gab es fast immer Stände mit Spezialitäten aus Südtirol in Bioqualität.

Dass den Brogler-Brüdern daran gelegen sein musste, Kontakte herzustellen und Abnehmer für ihre Waren zu finden – am liebsten Großabnehmer –, stand außer Zweifel.

Das ist ja alles ganz interessant, gibt aber beim besten Willen kein Motiv für Arnos Ermordung her!

Tut es tatsächlich nicht, pflichtete Fanni der Gedankenstimme bei.

Sie wollte die Unterlagen gerade wieder in die Dokumentenmappe zurückstecken, wobei sie sich vornahm, sie in der Orgahütte als Fundstück abzugeben, als ihr Blick auf eines der Fotos vom Broglerhof fiel. Auf dem gepflasterten Platz vor dem Haus standen zwei Motorräder nebeneinander. Dahinter posierten zwei junge Männer in Ledermontur. Sie hatten die Helme abgenommen und lachten in die Kamera.

Tristan und Arno, dachte Fanni und sah sie sich näher an, um sich ein Bild der beiden Brüder zu verschaffen, die ihre Gedanken so sehr beschäftigten.

Der Ältere musste Tristan sein. Er überragte den anderen um eine Kopflänge, war sehr schlank, hatte helle, fast weizenblonde Haare und fröhliche Augen. Der andere, Arno – halt, das konnte nicht Arno sein, denn sie hatte Arno nie kennengelernt. Den Mann auf dem Bild aber hatte sie schon gesehen. Oder doch nicht? Irgendetwas schien ihr nicht ganz stimmig. Sie starrte minutenlang auf das Foto, bis ihr aufging, was es war.

Der Bart fehlte. Aber die breite Nase war markant.

Der junge Mann neben Tristan Brogler war Johann aus Vill-nöss.

Fanni atmete hörbar aus. Kein Zweifel, er war es.

Als sie sich von der Überraschung erholt hatte, wurde ihr klar, dass es eigentlich gar nicht so verwunderlich war, Johann am Broglerhof zu sehen. Wusste sie nicht längst, dass er aus derselben Gegend kam wie die Brüder? Da sie alle drei das gleiche Hobby hatten, mussten sie sich ja fast zwangsläufig kennen.

Aber warum hatte Johann das nicht zugegeben?

Die Antwort auf diese Frage schien einfach: weil er genauso wenig wie Tristan damit gerechnet hatte, der tote Arno könne Arno Brogler sein.

Inzwischen dürfte er es allerdings erfahren haben, dachte Fanni.

Unentschlossen drehte und wendete sie das Foto in den Händen, während sie überlegte, ob sie es behalten sollte. Womöglich mochte es sogar noch besser sein, die komplette Mappe vorerst nicht aus der Hand zu geben.

Sie war so intensiv damit beschäftigt, zu einer Entscheidung zu kommen, dass das leise Knirschen sich nähernder Schritte nicht in ihr Bewusstsein drang. Als in ihrem Kopf Gefahrensignale aufblitzten, war es bereits zu spät. Sie hatte nicht einmal mehr Zeit, sich umzudrehen, bevor sie ein scharfer Schlag in den Nacken traf.

Fast gleichzeitig wurde ihr schwarz vor Augen.

Als ihre Wahrnehmung zurückkehrte, fand sie sich in dem allgegenwärtigen Stroh liegend, das auch den Boden des Unterstands stellenweise bedeckte.

Vorsichtig richtete sie sich auf, betastete die schmerzende Stelle in ihrem Nacken, die sich mit einem fiesen Stechen für die Berührung rächte.

Beunruhigt fragte sie sich, wie lange sie wohl ohne Besinnung gewesen war, und hoffte, dass es sich nur um wenige Minuten gehandelt hatte.

Höchstens drei! Sonst wäre dir inzwischen kalt wie einem Fisch in der Kühltheke! Und jetzt auf die Beine mit dir!

Was sich nicht so einfach bewerkstelligen ließ.

Offenbar hatten sich ihre Füße in irgendetwas verheddert.

Fanni musste sich auf den Rücken drehen und die Beine anziehen, damit sie sehen konnte, was es war.

Ein altes, fast zerschlissenes Hanfseil (sie hatte es zuvor in einer Ecke das Unterstandes liegen sehen) hatte sich um ihre Knöchel gewickelt.

Doch nicht etwa von selbst?

Nein, dachte Fanni, da wollte wohl jemand verhindern, dass ich hinter ihm herlaufe.

Es dauerte einige Zeit – sie musste sogar Arnos Messer zu Hilfe nehmen –, bis sie sich von dem verknäuelten, in sich verschlungenen Strick befreit hatte. Schließlich konnte sie aufstehen, bückte sich aber gleich wieder, weil sie nach Tristans Dokumentenmappe Ausschau halten wollte, die hier irgendwo liegen musste.

Sie war nicht mehr da.

Und auch wenn du noch so lange in die Streu glotzt, wird sie nicht auftauchen, weil dir einer eins übergebraten hat, um sie mitnehmen zu können!

Fanni krallte die Finger in einen Schlitz der Bretterwand, richtete sich auf und streckte den Rücken durch. Benommen fragte sie sich, wer sich die Mühe gemacht hatte, sie zu überfallen, um an Tristans Dokumentenmappe zu kommen. Wer wusste überhaupt, dass sie das Ding hatte?

Bastian. Sonst niemand. Er hatte neben ihr gestanden und konnte ihren Fund durchaus mitbekommen haben. Und Krauser? War er nicht auch dabei gewesen? War er nicht, sagte sich Fanni. Krauser stand ein gutes Stück entfernt bei seinem Zelt.

Also Bastian. Aber warum?

Warum auch immer. Sie musste ab sofort sehr vorsichtig sein. Durfte ihm auf keinen Fall über den Weg trauen, ihn aber auch nicht merken lassen, dass sie ihn verdächtigte.

Mit schleppenden Schritten verließ sie den Unterstand. Am

Rand der Arena drehte sie sich noch einmal um und schaute zurück. Der ovale Platz wirkte einsam und verlassen. Auf den Bahnen lag schmutzig grauer Schnee, vermischt mit Sand und Lehm. Ganz hinten stand Bambis Zelt auf seinem Sockel. Auch dort rührte sich nichts.

11

Irgendjemand hatte an der Stelle, wo Tristans Zelt gewesen war, ein Lagerfeuer errichtet. Zwei Biker waren gerade dabei, Sitzgelegenheiten aus Strohballen anzuordnen, zwei andere brachten Anglerstühle herbei.

Krauser sprach mit einem jungen Mann, der sich Notizen machte.

Presse schon wieder, dachte Fanni.

Auch den Zeitungsreportern war also längst zu Ohren gekommen, dass sich der Bruder des Mordopfers im Kessel aufgehalten hatte.

Bastian kam ihr mit schnellen Schritten entgegen. »Da bist du ja. Ich habe bei der Kirche vergeblich nach dir Ausschau gehalten. Warst du nicht dort?«

Fanni biss sich auf die Lippe. Sollte sie lügen? Besser nicht. »Schon, aber nur kurz.«

Sie glaubte einen Anflug von Wachsamkeit in seinem Blick zu erkennen. »Du hast es dir anders überlegt, weil sie so voll war?«

Fanni brachte ein mechanisches Nicken zustande.

Und du, dachte sie, warum hast du dich noch vor Beginn des Gottesdienstes davongemacht? Wo bist du denn hin mit der Gepäckbox unter dem Arm, die du von einem der Motorräder genommen hast?

In Bastians Augen erschien ein Lächeln. »Und was steht jetzt auf dem Programm? Wie soll es mit deinen Ermittlungen weitergehen? Du kannst auf alle Fälle auf mich zählen.«

Weshalb wohl?, fragte sich Fanni.

Überwachte er jeden ihrer Schritte, weil er sie – das hatte sie sich bisher zumindest eingebildet – gernhatte und ihr helfen wollte, herauszufinden, was hinter dem Mord an Arno steckte? Oder wollte er auskundschaften, wie sie vorging, was sie alles aufdeckte und welche Schlüsse sie daraus zog?

Mit Beklemmung erinnerte sie sich an das Gespräch, das

Bastian letzte Nacht mit Bert geführt hatte. Als sie es belauschte, hatte sie angenommen, es ginge den beiden darum, das Drogenproblem im Camp einzudämmen. Das dachte sie auch jetzt noch, stellte sich allerdings die Frage, was die beiden dazu bewog. Wollten sie der Polizei die Arbeit abnehmen – oder womöglich die Konkurrenz ausschalten? Wollten Bastian und Bert hinter der Fassade von Ehrbarkeit und Ritterlichkeit die Drogenszene beherrschen?

Ja, man kann sich nämlich durchaus fragen, ob Bastian nichts Besseres zu tun hat, als Oma Fanni zu betüteln!

Bastians lächelnde Augen ruhten noch immer auf ihr. »Schon nach zwei. Sollten wir nicht einen Happen essen gehen, bevor wir uns in weitere Aktionen stürzen?«

Fanni nickte zerstreut. Sie hatte keinen Hunger. Sie brauchte Ergebnisse. Die Zeit lief ihr davon. Freitagmittag. Am Sonntagmittag würden alle Biker das Lager verlassen haben, fort sein, wie Tristan fort war, und sie würde niemandem mehr Fragen stellen können.

»Ich muss mit Johann aus Villnöss sprechen«, sagte sie deshalb.

Bastian schaute sich um, als hoffe er, Johann des Wegs kommen zu sehen. »Der kann überall sein. Am besten, wir gehen zum Imbiss, da hat man immer gute Chancen, jemanden zu treffen. Sollte er dort nicht sein, dann erfahren wir sicher, wo er sich aufhält. Im Imbiss erfährt man alles, und da können wir dann auch gleich was essen.« Er griff nach Fannis Arm.

Schweigend gingen sie über die Elefantenstraße zurück. Fanni fühlte die Ruhe und Ausgeglichenheit, die Bastian ausstrahlte, und ließ sich davon einhüllen. Einmal mehr spürte sie, wie gut ihr seine Nähe und seine Fürsorge taten. Aber sie durfte ihm nicht vertrauen. Ganz und gar nicht.

Trotzdem konnte sie etwas mit ihm besprechen, das ihr seit einiger Zeit im Kopf herumging.

»Wieso hat Arno sich in diese Liste eingetragen, als er hier ankam? Damit hat er sich doch mehr exponiert, als ihm lieb sein konnte.«

»Stimmt«, gab Bastian zu. »Irgendwie unverständlich.«
Offenbar dachte er gründlich über die Sache nach, denn nach
einer Weile sagte er nachdenklich: »Arno wollte sich womöglich gar nicht eintragen. Er wollte sich die Liste nur ansehen.
Vielleicht hat er nach einem ganz bestimmten Eintrag gesucht.
Aber dann«, Bastian hob den Zeigfinger, wie um darauf hin-
zuweisen, dass nun der Kernpunkt kam, »stand auf einmal
jemand hinter ihm, der sich tatsächlich eintragen wollte, und
hat ihm über die Schulter geschaut. Da ist Arno nichts anderes
übrig geblieben, als auch seinen Eintrag zu machen.«

Der Imbiss zeigte sich wie immer gut besucht, war aber
nicht so gedrängt voll wie am gestrigen Abend.

Johann stand mit Xarre und ein paar anderen am Ver-
kaufstresen. Schon am Eingang erkannte Fanni seine Stimme
an dem H, das so tief aus dem Rachen kam. »Wenn ein Bulle
zu mir sagt: ›Papiere‹, und ich sag: ›Schere‹, hab ich dann gewonnen?«

Eine Lachsalve antwortete ihm.

Bastian führte Fanni zu dem Balken an der Wand, wo sie
letzte Nacht Tee getrunken hatten. »Ich lotse Johann her, damit
du in Ruhe mit ihm reden kannst.«

Fanni beobachtete ihn, wie er entspannt zur Theke ging,
etwas bestellte, eine Flasche Bier entgegennahm, sie Johann
zuschob und eine knappe Kopfbewegung in Richtung Fanni
machte.

Johann warf ihr einen überraschten Blick zu, runzelte die
Stirn.

Sie fürchtete schon, er würde nicht mit ihr reden wollen, da
schnappte er sich die Bierflasche und kam herüber.

Noch bevor sie wusste, wie sie beginnen sollte, lehnte er
schon neben ihr. Bastian stand noch an der Theke, wurde anscheinend mit Fragen bombardiert.

»Du hast Arno ja doch gekannt«, platzte Fanni heraus.

Offenbar wusste Johann sofort, was sie damit meinte. »Als
du mich gestern danach gefragt hast, hatte ich echt keine Ahnung, dass der Tote der Arno Brogler aus Villnöss ist.«

»Hättest du anhand dessen, was dir bereits über ihn bekannt war, nicht draufkommen müssen?« Fanni zählte an den Fingern auf: »Vorname, Herkunftsland, Motorradmarke.«

»Nicht einmal Tristan ist auf die Idee kommen, der Tote könnte sein Bruder sein«, verteidigte sich Johann. »Arno hat sich ja immer über das Elefantentreffen lustig gemacht. Wer hätte da gedacht, dass er auf einmal herkommt? Ohne Ankündigung und ohne Tristan zu informieren.«

»Hast du mit Tristan gesprochen?«

Johann nickte. »Aber nur kurz. Die Bullen hatten ihm gesagt, dass der Tote sein Bruder ist, und ihn gleich zur Vernehmung mitgenommen. Dadurch hat sich die Sache ja erst herumgesprochen. Als Tristan zurückkam, wollte ich mit ihm reden, aber er hatte es furchtbar eilig, aus dem Kessel wegzukommen.« Johann machte eine kleine Pause, dann sagte er halb zu sich selbst: »Er war so was von durcheinander. Als würde er es nicht für möglich halten, dass es sich bei dem Toten um Arno handelt.«

»Du kanntest die Brüder wohl gut?«

Johann zuckte die Schultern. »Geht so. Hin und wieder haben wir eine Tour zusammen gemacht.«

»Mit dem Motorrad?«

Johann nickte, schien sich zu fragen, womit sonst man Touren machen könne. »Und wenn man im gleichen Gebirgstal wohnt und dort einen Ökohof hat, dann läuft man sich natürlich regelmäßig über den Weg – auf einem Wochenmarkt, bei der Bürgerversammlung, bei einem Lieferanten oder Großkunden.«

Das machte Fanni hellhörig. »Du stellst auch Käse aus Heumilch her?«

Johann schüttelte den Kopf. »Schinken und Salami. Aber ich beliefere den Broglerhof mit Heumilch und ein paar Metzgereien mit Biofleisch.«

Konkurrenz scheinen sich die beiden Ökohöfe also nicht zu machen, dachte Fanni. Ganz im Gegenteil.

Was nicht heißt, dass beide im Geld schwimmen!

»Wie läuft das Geschäft denn so?«, fragte Fanni. »Bei dir und bei den Broglers?«

Johann seufzte. »Der Markt ist voll mit Bioprodukten aus Südtirol. Und das Gütesiegel gibt's nicht am Parkscheinautomaten.«

Fanni dachte an die Unterlagen in Tristans Dokumentenmappe. »Die Vorschriften sind wohl streng?«

»Saustreng.«

Johann hatte seine Flasche ausgetrunken und stieß sich von der Wand ab. Aber Fanni war noch nicht fertig mit ihm. »Verkauft Bambi guten Stoff?«

»Stoff? Bambi?«

»Drogen, Speed, Betäubungsmittel, Stoff, wie du es eben nennen willst. Bambi dealt doch mit Drogen, oder?«

Johann ließ die leere Flasche in einen Blecheimer scheppern. »Das wüsst ich aber.«

Fanni blieb nichts anderes übrig, als ihn mit dem zu konfrontieren, was sie am Abend zuvor gehört hatte, obwohl sie damit einräumte, vor Bambis Zelt gelauscht zu haben.

Bastian hatte Bert gegenüber zwar behauptet, Bambi sei »sauber«, aber der schied ja mittlerweile als verlässliche Quelle aus. Folglich musste sie auf das zurückgreifen, was sie selbst mitbekommen hatte.

Sie versuchte, so zu tun, als habe sie ganz zufällig aufgeschnappt, wie Bambi gesagt hatte: »Du bist nur wegen Nachschub von Ware scharf auf mich.«

Johann nahm von Bastian, der unbemerkt herangetreten war, eine zweite Flasche Bier in Empfang, trank einen Schluck, setzte sie ab und starrte die Flasche dann an, als würde er stumme Zwiesprache mit ihr halten. »Also gut. Eigentlich weiß es ja eh jeder. Aber die Bullen dürfen nichts davon erfahren.« Er sah Fanni und Bastian misstrauisch an, bis sie mit ernster Miene nickten. »Wer bei Bambi gute Karten hat, kann sich Zigaretten und Tabak von ihr besorgen. Zollfrei.«

Fanni schluckte trocken. So war das also. Bambi schmuggelte Zigaretten aus Osteuropa ein und verhökerte sie im Kessel. Das war definitiv ein Straftatbestand. Aber wie groß konnte der Schaden schon sein, den Bambi damit anrichtete? Mit einem Motorrad ließen sich ja keine riesigen Mengen transportieren, Beiwagen hin oder her.

Fanni sah Bastian die Lippen aufeinanderpressen und glaubte zu sehen, was er dachte: Bambi dealt nicht, das war mir klar. Wer aber ist der Dealer?

Offenbar hatte Bastian keinen Schimmer, und Fanni fragte sich erneut, warum er es unbedingt herausfinden wollte.

Auch Johann schien keine Ahnung zu haben, wer im Kessel Drogen in Umlauf brachte, denn als Bastian ihn darauf ansprach, zuckte er bloß die Schultern und nahm dann einen langen Zug aus der Bierflasche.

Als von einem der als Tische umfunktionierten Fässer Gelächter herüberklang, glitt Fannis Blick zu den Männern hinüber, die dort standen. Xarre erkannte sie sofort an der Fellmütze mit den Schlappohren, die er immer auf dem Kopf hatte. Über einer roten Daunenjacke trug er seine Kutte. Ihr Blick blieb auf einem der Patches – es zeigte ein Bikergirl – hängen, und ein Gedanke, der dringend gehört werden wollte, klopfte an, ließ sich jedoch nicht erhaschen.

Fanni kniff die Augen zu, um sich besser konzentrieren zu können. Wann und in welchem Zusammenhang war von Patches die Rede gewesen? Am Lagerfeuer hatte sie zum ersten Mal von diesen Dingern gehört, als Xarre zu Bambi gesagt hatte: »Du hast ja ein neues Patch auf deiner Kutte. Wo hast du denn das her?«

Bambi.

Johanns Stimme in Bambis Zelt.

Er hatte von einem bestimmten Patch gesprochen, aber Fanni wollte der Name nicht mehr einfallen.

An Bambis erstaunte Reaktion darauf erinnerte sie sich jedoch sehr genau: »Filthy few?«

Fanni wandte den Blick von Xarre ab und fasste wieder Johann ins Auge. »Was versteht man unter ›Filthy few‹?«

Es fehlte nicht viel, und Johann wäre zusammengezuckt. Er und Bastian sahen sich erschrocken an.

»Wörtlich ins Deutsche übersetzt heißt das ›dreckige wenige‹, so viel ist mir klar«, teilte Fanni ihnen mit.

»Das Filthy-few-Patch mit den drei Sechsen hat durch die Hells Angels traurige Berühmtheit erlangt«, sagte Bastian schließlich. »Wer jemanden umgebracht oder schwer verletzt hat, trägt ihn und ist auch noch stolz drauf.« Nach einem Blickwechsel mit Johann fügte er hinzu: »Wenn im Kessel einer damit auftauchen würde, würden wir ihn …« Er verstummte. Offenbar wusste er nicht, welche Maßnahmen dann ergriffen werden sollten.

»Arno soll eins auf der Kutte gehabt haben«, sagte Fanni.

Bastian sah sie entsetzt an, aber Johann lachte auf. »Was du nicht alles mitkriegst. Hatte er aber nicht. Außerdem wird ein Patch mit den drei Sechsen erst dann zum Filthy-few-Patch, wenn der Schriftzug druntersteht. Die drei Sechsen für sich bedeuten nicht viel. Weisen nur irgendwie auf den Teufel hin.«

Fanni wartete darauf, dass er weitersprach, doch Bastian übernahm das Wort. »Aber selbst ein 666-Patch wäre aufgefallen und hätte sich herumgesprochen. Wo hast du die Information her?«

Fanni suchte noch nach einer salonfähigen Umschreibung des Wortes »Lauschen«, da sagte Johann: »Karl hat den Unsinn in die Welt gesetzt. Hat vermutlich Gespenster gesehen. Arno Brogler hatte nie und nimmer so ein Patch. Arno und eine kriminelle Rockerbande, also wirklich.«

Selbstverständlich konnte Karl sich getäuscht haben. Aber Fanni wollte die Sache nicht einfach als Irrtum abtun. Dafür barg sie ein viel zu plausibles Motiv.

Ein Bandenmitglied killt das andere? Dann müsste jetzt ein Mörder mit einem 666-Patch auf der Kutte im Kessel herumspazieren!

So einfach war es wohl nicht. Und Johann stritt ja vehement ab, dass Arno etwas mit kriminellen Rockern zu tun gehabt hatte. Aber was wusste er schon über ihn? Seit wann kannten sie sich überhaupt?

Sie schätzte Johann auf Anfang, höchstens Mitte dreißig,

denn auf dem Foto sah er etwas jünger aus als Tristan. Arno war erst achtundzwanzig gewesen, das hatte Sprudel der Zeitung entnommen. Arno mochte früher Freunde gehabt haben, die Johann gar nicht kannte. Arno konnte sogar Mitglied einer Rockerbande gewesen sein. Warum nicht? Und von damals konnten durchaus noch ein paar Rechnungen offen sein.

»Gab es in eurem Tal mal eine Rockerbande?«, fragte sie Johann. »Oder irgendwo in der Umgebung?«

Er zuckte die Schultern. »Kann sein.«

»Aber ihr, du, Tristan und Arno, habt nie Kontakt zu solchen Leuten gehabt?«

Johann schüttelte in einer Weise den Kopf, die erkennen ließ, dass er mit etwas zurückhielt.

Sein Verhalten ließ Fanni eine Theorie konstruieren, die sie im Zeitraffer durchging:

In jungen Jahren hatten sich Johann und die Brogler-Brüder – vielleicht auch bloß Arno – in eine Gruppierung der Hells Angels, Bandidos oder wie sie alle hießen hineinziehen lassen. Sie hatten eine Zeit lang dieses Teufelspatch getragen, sich aber irgendwann – abrupt oder allmählich – von der Rockergruppe abgeseilt.

Doch so eine Verbindung lässt sich nicht so einfach kappen, dachte Fanni. Offene Rechnungen müssen irgendwann beglichen werden. Denkbar war demnach, dass einer der früheren Gefährten Arno unter einem Vorwand aufs Elefantentreffen bestellt hatte, um kurzen Prozess zu machen.

Das, überlegte sie, würde auch erklären, dass Karl – wenn auch wohl nicht bei Arno – ein 666-Patch gesehen hat.

Dass Bambi mit der Behauptung, Karl könne ein Patch nicht vom anderen unterscheiden, richtigliegen könnte, zog Fanni nicht einmal in Erwägung. Karl war ein alter Hase, mischte seit Urzeiten in der Bikerszene mit. So einer erkannte ein 666-Patch auf den ersten Blick.

Aber zwei etwa gleichaltrige Burschen mit ähnlicher Statur und in ähnlicher Montur konnte er durchaus miteinander verwechseln.

Blieb die Frage, wer im Kessel ein 666-Patch auf der Kutte trug.

Dummerweise musste die Antwort darauf lauten: Niemand. Denn laut Bastian würde man damit auffallen wie ein Leuchtgeschoss.

Und das müsste der Kerl eigentlich wissen!

Ja, dachte Fanni, er weiß es. Deswegen hat er seine Kutte weggepackt.

Xarres Stimme riss Fanni aus ihren Gedanken. »Was ist denn jetzt, Johansel, bist du dabei?«

»Komme«, rief Johann zu ihm hinüber. An Fanni gewandt sagte er: »War's das?«

Sie nickte, hatte aber dann doch noch eine Frage und erwartete ein »Ja«, als sie sagte: »Ich nehme an, du und Tristan seid gemeinsam zum Elefantentreffen gefahren?«

Johann verneinte im Gehen.

Fanni sah ihm so verblüfft nach, dass Bastian auflachte und ihr die Sache erklärte: »Tristan kommt schon ein paar Jahre länger her als Johann. Er gehört zu den Roadglidern wie Krauser, den du vorhin kennengelernt hast. Manche von ihnen verabreden sich schon für die Anfahrtstrecke – oder einen Teil davon, je nachdem, wo sie wohnen. Johann dagegen ist bei den Mountain Riders.«

Das klang so, als wären alle Mountain Riders Einzelkämpfer wie Ninjas.

»In diesem Jahr ist er zusammen mit Bambi angekommen. Sie müssen sich aber zufällig getroffen haben.«

»Stimmt es, dass Bambi ...?« Fanni wusste nicht, wie sie sich ausdrücken sollte.

»Die Männer wechselt wie Socken?«

Womöglich öfter, erwog Fanni und dachte an Luigi, der vor höchstens einer halben Stunde eng umschlungen mit Bambi an ihr vorbeigegangen war.

»Ich sollte uns endlich was zu essen besorgen.« Bastian war bereits auf dem Weg zur Verkaufstheke, die gerade einmal nicht belagert war, und kam nach wenigen Minuten mit zwei überdimensionalen Hamburgern zurück. »Elefantenburger. Bekommst du nur bei uns im Kessel, sonst nirgends.«

Er reichte ihr einen, und Fanni biss hinein. Eine ganze Weile aßen sie schweigend.

Irgendwann sagte Bastian: »Noch mal zu Bambi. Sie ist alles andere als eine Heilige. Schmuggelt Zigaretten, wie du gerade gehört hast. Macht grundsätzlich, was sie will, schert sich um gar nichts. Aber wer ihr Männerverschleiß unterstellt, tut ihr Unrecht. Dass dieses Gerede über sie aufgekommen ist, ist einzig und allein Xarres Schuld.« Er steckte sich den letzten Bissen seines Elefantenburgers in den Mund, kaute und schluckte. »Die zwei waren früher mal zusammen. Aber irgendwann war es halt vorbei. Bambi hat Schluss gemacht. Daran gibt es für mich keinen Zweifel, weil Xarre bald darauf angefangen hat, sie schlechtzumachen.«

Fanni erinnerte sich, dass Bambi erst mit Johann und nur zwölf Stunden später mit Luigi zusammen gewesen war.

Seltsam, dachte sie. Ständig stoße ich auf Widersprüche. Nicht einmal meine eigenen Beobachtungen wollen sich mit diesen und jenen Aussagen decken.

Ketchup war auf ihr Kinn getropft. Sie wischte ihn weg und fragte sich, wie sie mit dem Riesenburger jemals fertig werden sollte. Ihr war ein wenig übel, und die Stelle im Nacken, die die Hauptlast des Schlages abbekommen hatte, schmerzte höllisch. Sie hob die Hand und rieb darüber, was es aber nur noch schlimmer machte.

Plötzlich registrierte sie, dass Bastian sie die ganze Zeit mit prüfenden Blicken beobachtet hatte.

Um ihn von sich abzulenken, fragte sie schnell: »Was haben Johann und Xarre eigentlich vor?«

»In der Arena findet irgendein Event statt«, antwortete er. »Holzsägen, glaube ich. Oder sind heute Schneeskulpturen dran? Sollen wir mal nachsehen?«

Fanni wollte schon verneinen, als ihr einfiel, dass sie ihn für das, was sie vorhatte, eine Weile loswerden musste.

12

Sprudel umklammerte das Steuerrad seines Wagens und presste die Kiefer zusammen. Warum musste es eigentlich immer noch schlimmer kommen?

Nachdem er Kommissar Bauer das Versprechen gegeben hatte, mit Max umgehend nach Birkenweiler zurückzukehren und ihn dort nicht aus den Augen zu lassen, hatte er sich eine Zeit lang vorgegaukelt, Fanni würde ihn bitten, über Loh zu fahren und sie mit nach Hause zu nehmen.

Der Wunschtraum platzte, als er sie anrief, um ihr zu berichten, wie das Gespräch mit Kommissar Bauer verlaufen war.

»Wir müssen tun, was er verlangt«, hatte Fanni gesagt. »Wenn wir uns nicht haarklein an seine Auflagen halten, läuft Max Gefahr, weggesperrt zu werden.« Mit einem geradezu qualvollen Seufzer hatte sie hinzugefügt: »Was wahrscheinlich sowieso passiert, weil ich außer einem Haufen loser Enden noch immer nichts in der Hand habe.«

Sprudel hatte die vermeintliche Chance genutzt und sofort eingehakt. »Zusammen hätten wir bessere Aussichten –«

Aber sie hatte ihn unterbrochen. »Ich weiß, Sprudel. Und du fehlst mir ungeheuer. Du ahnst gar nicht, wie sehr ich mir wünsche, du wärst hier bei mir. Ich vermisse dich so. Deine Klugheit, dein Urteilsvermögen, deinen Scharfblick …«

Unwillkürlich war in Sprudels Gesicht ein Lächeln erschienen, das aber schnell wieder erlosch, als Fanni ihm mitteilte, wie es nun weitergehen würde. Er, Sprudel, sollte wie vorgesehen mit Max nach Birkenweiler fahren. Sie selbst wollte im Kessel bleiben. Den ganzen Tag noch und wenn nötig eine weitere Nacht.

Sprudels Hände verkrampften sich um das Steuer, bis die Finger weiß wie bei einem Skelett waren, als ihm erneut in den Sinn kam, wo sie die Nacht verbringen würde und mit wem. Seit Max und er nach diesem Telefongespräch mit Fanni in

Passau losgefahren waren, zerbrach er sich den Kopf darüber, wie er es zuwege bringen könnte, Max in Birkenweiler unter Aufsicht zu haben und gleichzeitig bei Fanni im Loher Kessel zu sein.

Und entwickelte schließlich einen Plan, der ihm durchführbar erschien.

Max stöhnte auf, als er ihm mitteilte, was er vorhatte. »Das kannst du mir nicht antun, Sprudel. Opa zerlegt mich.«

»Was soll das heißen? Dass er dich für eine Schweinehälfte hält?«

»Du redest schon wie Oma«, beschwerte sich Max.

»Das kommt von der Anspannung«, verteidigte sich Sprudel. »Also, was meinst du mit ›er zerlegt mich‹?«

»Erst muss ich ihm alles, was passiert ist, ganz genau berichten. Vorkauen besser gesagt«, antwortete Max. »Dann stellt er eine Menge Fragen dazu, die völlig überflüssig sind, weil er die Antworten durch meinen Bericht ja schon kennt. Dann gibt er eine noch größere Menge Kommentare dazu ab, und dann kommt der Hit: Er ruft Mama an. Damit fängt alles wieder von vorn an, und wenn es dumm läuft, brüten sie was aus, das uns so richtig in die Scheiße reitet. Echt, Sprudel, wir sollten Opa da raushalten und die Sache Oma überlassen. Die kriegt das hin. Vertrau ihr, Oma ist eine coole Socke.«

»Das ist sie«, stimmte ihm Sprudel mit dem Anflug eines Lächelns zu. »Trotzdem werden wir sie die Kastanien nicht allein aus dem Feuer holen lassen. Wir werden mithelfen, so gut wir können. Du, indem du dich mit deinem Opa arrangierst, und ich, indem ich an ihrer Seite bin. Einverstanden?«

»Klaro«, antwortete Max einsichtig, wenn auch merklich geknickt.

»Deine Mutter müssen wir sowieso bald informieren«, sagte Sprudel. »Erwartet sie dich nicht schon morgen Mittag?«

Max nickte deprimiert.

»Mit deinem Großvater rede ich ein Wörtchen«, versprach Sprudel ihm. »Ich kann mich zwar nicht dafür verbürgen, dass er dich in Ruhe lässt, aber ich hoffe, ihn so weit zur Vernunft zu bringen, dass er nichts Übereiltes oder gar Kontraproduktives tut.«

Sprudel sah aus dem Augenwinkel, wie Max die Augen verdrehte. Offenbar glaubte er nicht recht daran, dass Sprudel oder sonst jemand Hans Rot dazu veranlassen konnte, klug und besonnen zu handeln.

Aber Max schwieg, woraus Sprudel schloss, dass er nicht nach seinem Großvater kam.

Sprudel wusste genau, dass er sich auf einen harten Wortwechsel mit Hans einstellen musste, war aber fest entschlossen, sich durchzusetzen. Er nahm sich vor, Hans so lange zu bearbeiten, bis er sicher sein konnte, dass der getreulich ausführen würde, was er ihm auftrug. Im Grunde war Hans Rots Aufgabe ja geradezu kindisch einfach: Augen auf Max, Ohren ans Telefon. Ohne Unterbrechung.

Als sie in Birkenweiler ankamen und Sprudel bald darauf Hans Rots Nummer wählte, überfiel ihn kurz die Furcht, Fannis Ex-Mann könne nicht zu Hause sein. Doch seine Angst erwies sich als unbegründet, denn Hans hob nach dem zweiten Klingeln ab.

Eine Viertelstunde später stand er vor der Haustür.

Sprudel bat ihn herein, nötigte ihn in den bequemsten Sessel im Wohnzimmer und begann zu berichten.

Kaum hatte er geendet, regte sich Hans, wie zu erwarten gewesen war, erst einmal gehörig über die ganze Sache auf.

»Max braucht einen gescheiten Anwalt!«, schrie er dann aufgebracht. »Einen, der den Bullen zeigt, wo es langgeht, und dem Zirkus ein Ende macht.«

Sprudel fasste sich in Geduld, sosehr es ihm auch auf den Nägeln brannte, in seinen Wagen zu springen und zum Loher Kessel zu fahren. Er schenkte Hans ein Bier ein und beantwortete dessen Fragen, die – wie Max prophezeit hatte – kein Ende nehmen wollten und sich mit erbosten Kommentaren abwechselten.

Als Hans langsam ruhiger wurde, ging Sprudel daran, ihn auf ungefährliches Terrain zu dirigieren. »Du könntest Mittagessen für dich und Max kochen. Im Kühlschrank haben wir Brokkoli, Käse und Schinken. Max kann dir zur Hand gehen.«

Hans Rots Blick sprach Bände. »Brokkoli.« Dann studierte er die Zeitanzeige auf seiner Multifunktionsuhr. »Mittagessen, jetzt, um Viertel nach vier.«

Sprudel hatte nicht vor, darüber eine Diskussion anzufangen. »Nenn es, wie du willst, aber Max wird Hunger haben. Frühstück ist schon eine Weile her.«

Hans brummte etwas, das Sprudel nicht richtig verstand. Es hörte sich an wie »Solche Marotten kann er nur von Fanni haben«.

* * *

Karl hatte in der Arena einen Elefanten aus Schnee gebaut. Es gab auch Schneehäuser, Schneemotorräder und Schneefrauen.

Um sechzehn Uhr sollte die Prämierung erfolgen.

Karl bat Bastian, ein Foto von ihm und dem Elefanten zu machen, was einige Vorbereitungszeit in Anspruch nahm. Karls Position musste ausgewählt werden, der richtige Blickwinkel, der beste Lichteinfall.

Fanni nutzte die Gelegenheit, um sich zu verdrücken.

Sie hatte es auf Johanns Zelt abgesehen. Er und Xarre hatten in der Kürze der Zeit ein überwältigend abstraktes Motorradgespann im Miniformat kreiert und hofften offensichtlich auf einen Preis.

Dimitri und Anatol hatten eine Schneefrau entworfen (sie schienen ein Faible für breite Hüften zu haben) und prosteten ihrer Skulptur soeben mit Wodkaflaschen zu. Offenbar nicht zum ersten Mal. Die Flaschen waren fast leer, die Kasovs mussten schon einiges intus haben. Fanni fragte sich, ob sie sich nach der Preisverleihung ein kühles Bad in ihrem Pool genehmigen würden.

Sie machte, dass sie schnell an den beiden Russen vorbeikam.

Was willst du in Johanns Zelt? Du weißt ja nicht einmal, wo es steht!

Doch, dachte Fanni, das weiß ich.

Als Sprudel und sie mit Karl und den anderen gestern am Feuer gesessen hatten, war Johann kurz aufgestanden und hatte sich aus einem gelben Igluzelt einen Wollschal geholt.

Den hat er wohl kaum aus dem nächstbesten geklaut, teilte Fanni ihrer Gedankenstimme mit.

Gut, dann weißt du eben, wo Johanns Zelt steht! Und was willst du drin finden?

Das wiederum wusste Fanni nicht. Aber noch weniger wusste sie, wo sonst sie nach Hinweisen suchen sollte. Sie glaubte sich sicher sein zu können, dass Johann ihr vorhin etwas verschwiegen hatte, und wollte herausfinden, was es war.

Eilig durchquerte sie die Arena und hastete einen relativ breiten Weg hinauf, der in die Elefantenstraße mündete, bog dann nach links ab und lief auf die Stelle zu, wo tags zuvor das eindrucksvolle Lagerfeuer gewesen war. Dort hatte jemand inzwischen frische Scheiter in den Metallring gesteckt, aber noch nicht angezündet. Fanni nahm an, dass das gleich nach der Preisverleihung geschehen würde. Dann würden sich diejenigen, deren Zelte in unmittelbarer Nähe standen, wohl langsam wieder hier einfinden.

Viel Zeit blieb ihr also nicht.

Sie postierte sich dort, wo ihr Platz am Feuer gewesen war, und versuchte sich zu erinnern, wo Johann gesessen hatte. Daran, dass er nach rechts weggegangen war, erinnerte sie sich noch.

Es erwies sich jedoch als schwierig, sich die Sitzordnung vor Augen zu führen.

Karl hatte neben ihr gesessen, daran gab es keinen Zweifel; Xarre neben Sprudel, das war ebenfalls gewiss; Bambi neben Xarre, keine Frage. Aber Johann?

Sie begann wieder von vorn, kam ebenso wenig zu einem Ergebnis und begann schließlich, sich suchend umzusehen.

Dabei stellte sie fest, dass es im näheren Umkreis nur ein einziges gelbes Igluzelt gab. Alle anderen waren olivgrün.

Ohne sich darum zu kümmern, ob sie beobachtet wurde,

eilte sie darauf zu, zog den Reißverschluss am Eingang auf und kroch hinein.

Als sie ihn von innen wieder schließen wollte, klemmte er, also ließ sie ihn einfach offen.

Im Zelt war es so dämmrig, dass sie ihre Taschenlampe einschalten musste. Nachdem der Lichtstrahl einmal die Runde gemacht hatte, realisierte sie, dass die Durchsuchung des Zeltes schnell erledigt sein würde.

Eine Isomatte, ein Schlafsack, ein paar Kleidungsstücke und zwei Gepäckboxen mit geschlossenem Deckel, mehr war da nicht.

Wenn die Boxen abgesperrt sind, ist jetzt schon Schluss! Break off!

A bikers work is never done, konterte Fanni, was die Gedankenstimme für den Moment sprachlos machte.

Als Erstes griff sie unter die Isomatte, um festzustellen, ob dort etwas verborgen war, befühlte dann den Schlafsack und die Kleidung aus demselben Grund und wandte sich schließlich den Boxen zu. Beide ließen sich öffnen.

Die eine enthielt Wäsche und Waschzeug, so wie sie das bei Arno vorgefunden hatte, nur weniger ordentlich verstaut. Die andere enthielt Proviant, eine Broschüre mit dem Titel »Motorradtouren durch die romantische, hügelige Landschaft des Fichtelgebirges, bikerfreundliche Hotels, kurvenreiche Strecken und eine Menge guter Kneipen«, Kartenmaterial und eine kleine Dokumentenmappe, wie Tristan sie – fraglos versehentlich – zurückgelassen hatte.

Fanni öffnete sie und schüttete den Inhalt auf die Isomatte. So wie die beiden Mappen ähnelte sich auch das, was sie enthielten: Da war das Hochglanzfoto eines typischen Südtiroler Gehöfts, ein Verzeichnis der Produkte, die auf dem »Gschwendtnerhof« hergestellt wurden, und diverse Biosiegel.

Fanni reihte einige der bunten Etiketten auf ihre Handfläche. In die Mitte legte sie das grüne mit dem EU-Logo, das ein aus zwölf Sternen geformtes Blatt darstellte. Rechts daneben platzierte sie ein Sechseck mit dem Schriftzug »Bio«. Drum herum ordnete sie blaue und grüne Ovale mit dem Aufdruck »Bioqualität« an. Auf den Handballen setzte sie zwei kleine, wie Blütenblätter geformte Plaketten, auf denen »Natürlicher Geschmack« stand. Dann starrte sie versonnen auf die Auswahl an Biozertifikaten, die da auf ihrer Hand lagen, und fragte sich, warum ihr die ganze Sache so seltsam vorkam.

Weshalb hatten sowohl Tristan als auch Johann ein ganzes Sortiment solcher Plaketten mitgebracht? Um zu veranschaulichen, wie ihre Produkte zertifiziert waren? Aber warum? Das Produktverzeichnis wartete ohnehin mit einer Vielzahl an Abbildungen auf, die die Biosiegel auf den Waren deutlich erkennen ließen.

Das hier, dachte Fanni, wirkt wie ein Ausverkauf an Biosiegeln. Biosiegel im Sonderangebot.

So läuft das nicht!

Doch, widersprach Fanni, wenn sie gefälscht sind.

So wie Geldscheine?

Warum nicht? Bioprodukte wurden zunehmend beliebter. Vor allem Erzeugnisse aus Südtirol waren gefragt. Und sie waren teuer. Betrug würde sich lohnen.

Fanni ließ die Etiketten wieder in die Mappe gleiten, behielt aber von jeder Sorte eines zurück und steckte es ein. Als sie auch den Rest der Unterlagen zurücksteckte, fiel ihr ein kleiner Zettel in die Hände, den sie zuvor übersehen hatte. Darauf fanden sich Notizen, aus denen sie allerdings nicht schlau wurde. Kurz entschlossen steckte sie auch ihn ein. Dann sorgte sie dafür, dass alles so zurückblieb, wie sie es vorgefunden hatte, verließ das Zelt und zog den Reißverschluss zu, der sich von außen mühelos schließen ließ.

»Was machst du denn da?«

Fanni, noch in der Hocke, wäre vor Schreck beinahe umgekippt. Aber als ihr klar wurde, wer sie angesprochen hatte, sprang sie ungestüm auf.

»Sprudel.« Sie warf sich in seine Arme.

Er drückte sie an sich. »Warum hast du an dem Zelt rumgefummelt?«

»Wieso bist du hier?«, fragte sie im Gegenzug. »Du solltest Max doch nicht allein –«

»Sein Großvater ist bei ihm.«

»Hans? Großer Gott, Sprudel, was hast du dir denn dabei gedacht? Hans wird –«

Wieder ließ er sie nicht aussprechen. »Ich habe ihm ins Gewissen geredet.«

Fanni lachte hysterisch. »Als ob …« Diesmal unterbrach sie sich selbst, weil es keinen Sinn hatte, über die Vernunft, besser gesagt Unvernunft ihres Ex-Mannes zu diskutieren. Sprudel hatte Max in der Obhut seines Großvaters zurückgelassen. Daran ließ sich nun nichts mehr ändern. Hans Rot mit ins Boot zu nehmen war womöglich verhängnisvoll, aber hatte sie sich nicht die ganze Zeit gewünscht, Sprudel an ihrer Seite zu haben?

Sie hakte sich bei ihm ein und zog ihn rasch weg von Johanns Zelt und von der Feuerstelle, wo sich sicher bald jemand einfinden würde.

»Wir müssen reden, Sprudel. Es ist gut, dass du da bist. So gut.« Sie drückte seinen Arm. »Ich hätte allein nicht mehr weitergewusst. Ein paar Motive zeichnen sich ab, ein paar Leute verhalten sich seltsam, aber die Informationen, die ich zusammengetragen habe, kommen mir vor wie Puzzleteile ohne richtige Konturen. Wie soll man daraus ein Bild zusammensetzen?«

Sprudel löste sich einen Augenblick von ihr und legte dann einen Arm um ihre Schulter, sodass er sie näher an sich ziehen konnte.

Fanni ließ für einen kurzen Moment ihre Schläfe an seine Wange sinken. »Irgendwo liegt die Lösung, Sprudel. Wenn ich nur wüsste, wo.« Sie hob den Kopf und suchte seinen Blick. »Wir müssen alles, was ich zusammengetragen habe, ganz genau durchgehen, filtern und –«

»Das werden wir auch tun. Allerdings im Warmen.«

Dagegen hatte Fanni nichts einzuwenden, gab jedoch zu bedenken, dass sich das wärmste Plätzchen im Kessel in der hintersten Ecke der Imbissbaracke befand.

»Dann reden wir eben dort«, entschied Sprudel.

Dem Lärm nach, der aus der Arena zu hören war, musste die Preisverleihung in vollem Gange sein, was bedeutete, dass im Imbiss weniger Betrieb sein würde.

Tatsächlich zeigte er sich fast leer.

Fanni steuerte zielstrebig auf den Balken an der Rückwand zu, den sie bereits als ihren Stammplatz betrachtete. Sprudel hatte an der Verkaufstheke haltgemacht und kam ihr nun mit zwei vollen Teebechern nach.

»Ich weiß gar nicht, wie ich anfangen soll«, sagte Fanni.

Sprudel strich ihr mit einem liebevollen Lächeln sanft über die Wange. »Fang mit dem an, was dir als Erstes einfällt.«

»Arno fällt mir als Erstes ein«, sagte Fanni. »Und eigenartigerweise kommt mir gerade die Pistole in den Sinn, die er dabeihatte. Bruno hat sie erwähnt. Aber ich habe gar nicht mehr an sie gedacht. Bis jetzt. Warum hat Arno eine Pistole mitgebracht, Sprudel? Hat er sich bedroht gefühlt? Wusste er, dass ein Mörder auf ihn warten würde? Was –«

Sprudel hob die Hand, um sie zu bremsen. »Die Pistole allein besagt wohl nicht viel. Sie muss nicht einmal echt sein. Manche Leute sind sich ja für keinen Unsinn zu schade, gerade bei solchen Veranstaltungen wird eine Menge Klamauk betrieben.«

Fanni dachte an das Planschbecken der Russen und gab ihm recht, sagte jedoch: »Wir sollten Kommissar Bauer fragen, was es mit der Pistole auf sich hat.«

Sprudel wiegte den Kopf. »Ich bin mir nicht sicher, ob er uns Auskunft geben würde. Und selbst wenn, hier und jetzt kann ich ihn nicht anrufen. Er würde sich nach Max erkundigen, fragen, was der gerade macht. Dann müsste ich ihn anlügen. Das würde er wahrscheinlich merken, und dann habe ich meinen letzten Kredit bei ihm verspielt.«

»Das ist die Sache nicht wert«, sagte Fanni einsichtig. »Bauers Entgegenkommen dürfen wir auf keinen Fall aufs Spiel setzen.« Nach einer kurzen Pause fuhr sie fort. »Ob die Pistole tatsächlich scharf war oder nur zur Abschreckung diente, spielt ja an sich keine große Rolle. Der Punkt ist«, sie griff nach ihrem Becher und trank einen Schluck, »dass Arno anscheinend damit rechnete, in Gefahr zu geraten, wenn er zum Elefantentreffen fährt. Deshalb hat er sich bewaffnet und ist angereist, ohne jemanden von seiner Absicht in Kenntnis zu setzen.« Sie sah Sprudel scharf an. »Worauf, denkst du, lässt so ein Verhalten schließen? Unter welchen Umständen würdest du so etwas tun?«

»Wenn ich vorhätte, im Kessel irgendeine Schweinerei aufzudecken, würde ich es genauso machen«, sagte Sprudel, ohne lang zu überlegen.

»Genau das denke ich auch«, pflichtete ihm Fanni bei. »Bleibt die Frage, worum es Arno ging. Was wollte er ans Licht bringen? Wen wollte er bloßstellen?«

Sprudel zeigte einen Anflug von Belustigung. »Soweit ich weiß, haben wir ein paar Vermutungen dazu.«

»Einen ganzen Katalog.« Fanni nickte.

»Leg los«, sagte Sprudel.

Vielleicht solltest du mit dem Überfall auf dich beginnen, bei dem du Tristans Dokumentenmappe eingebüßt und dir dafür einen Knock-out-Schlag eingefangen hast!

Den Teufel werde ich tun, Sprudel davon berichten und seine Nerven noch mehr strapazieren. Stattdessen begann sie wahllos. »Da wären einmal Dimitri und Anatol mit ihrem Oldtimer- und Oldtimer-Ersatzteil-Handel. Von meiner Beobachtung in der Arena und der Unterredung mit Dimitri habe ich dir ja erzählt.«

Das »Bis später, Kiska« hatte sie allerdings weggelassen.

Nun berichtete sie ihm, was ihr zum Thema »Arno und die Russen« durch den Kopf gegangen war. »Ich könnte mir vorstellen, dass Dimitri und Anatol eine Website betreiben, über die man von einer original Indian Military bis zum original Zylinderkopf für den grünen Elefanten ...«

Sprudel gluckste. »Zylinderkopf.«

»... alles haben kann. In der Hauptsache natürlich Fälschungen. Angenommen, Arno hätte sich über diese Website ein richtig teures Teil bestellt. Das Teil wird geliefert, er schaut es sich an, kriegt Zweifel an der Echtheit, untersucht es genau oder lässt es untersuchen, und sein Verdacht bestätigt sich. Die zwei Russen haben ihn übers Ohr gehauen, und zwar drastisch. Er kontaktiert sie, um die Sache rückgängig zu machen. Vor allem will er sein Geld zurück. Aber die beiden weigern sich oder melden sich einfach nicht. Arno lässt aber nicht locker. Von seinem Bruder weiß er, dass Dimitri und Anatol immer, garantiert immer am Elefantentreffen teilnehmen. Arno beschließt, herzukommen, sie zur Rede zu stellen und sich sein Geld notfalls mit Gewalt zurückzuholen. Aber die Sache geht übel für ihn aus. Er hat die Russen tödlich unterschätzt.«

»Klingt so weit ganz plausibel«, sagte Sprudel. »Unrealistisch ist allerdings –«

»Ich weiß«, unterbrach ihn Fanni. »Es ergibt keinen Sinn, dass Arno die Sache vor seinem Bruder geheim gehalten haben soll.«

Sprudel nickte. »Probieren wir es mit dem nächsten Katalogpunkt.«

»Der heißt Bambi. Bambi aus Bratislava«, erklärte Fanni. »Zigarettenschmuggel. Aber wenn stimmt, was Johann sagt, beliefert sie nur ein paar – quasi auserwählte – Elefanten mit Tabak und Zigaretten. Keine große Sache. Falls Johann aber falschliegt oder lügt und Bambi außerdem noch im Drogengeschäft ist, schaut die Sache schon ganz anders aus.«

»Hinsichtlich eines Motivs auf jeden Fall«, pflichtete ihr Sprudel bei. »Aber wo findet sich die Verbindung zu Arno? Es gibt anscheinend keinen Hinweis darauf, dass er jemals mit Bambi zusammengetroffen ist, abgesehen von der kurzen Begegnung, von der sie am Lagerfeuer erzählt hat.«

»Einen, wenn auch recht schwachen, gibt es schon«, erwiderte Fanni und berichtete von der Klarsichtbox mit Lebensmitteln, die auf einem Klapptisch vor Bambis Zelt gestanden und Biokäse aus Südtirol enthalten hatte. »Was natürlich nichts heißen muss«, gestand sie ein und fuhr dann fort: »Davon abgesehen ist vielleicht Folgendes denkbar: Arno erfährt von Tristan oder Johann oder beiden, dass Bambi im Kessel mit Drogen dealt, und kommt deshalb her. Bleibt die Frage, warum. Will er sich mit Stoff eindecken? Will er ihr das Handwerk legen, weil sie seinen Bruder mit Stoff versorgt? Was übrigens erklären würde, warum er ihn nicht einweiht. Will er sie erpressen?«

Sprudels unzählige Falten vertieften sich, als er darüber nachdachte. »Der Zusammenhang ist durchaus vorstellbar, das gebe ich zu, steht aber, finde ich, auf sehr wackeligen Beinen.«

»Was ich ja gar nicht bestreite«, sagte Fanni. »Aber ad acta legen will ich die Theorie trotzdem nicht. Wir setzen sie auf die Reservebank.«

Dagegen hatte Sprudel nichts einzuwenden. »Genehmigt, und jetzt weiter im Katalog.«

Fanni musste kurz nachdenken, bis ihr einfiel, was sie sonst noch zu bieten hatte. »Da wäre die Sache mit der Rockerbande. Karl meint, bei Arno ein 666-Patch gesehen zu haben. Solche Aufnäher –«

»Hells Angels, ich weiß«, warf Sprudel ein.

Fanni sah ihn entgeistert an. »Du hast …? Du warst …?«

Sprudel schlang den Arm um sie und gab ihr einen Kuss. »Ich war mal bei der Kripo, schon vergessen?«

Fanni schluckte. »Johann sagt, Karl muss sich irren. Ich meine aber, dass Karl, was den – oder heißt es das? – Patch betrifft, recht hat. Karl ist ein alter Biker, der erkennt Patches wie ein Doktor Masern oder Röteln. Ich glaube allerdings, Karl hat sich in der Person geirrt, die eine Kutte mit dem 666-Aufnäher anhatte.«

Als sie daraufhin nicht weitersprach, fragte Sprudel: »Und wie lautet die passende Theorie zum Patch 666?«

Fanni trank ihren Tee aus, bevor sie es anging. »Johann streitet ab, dass er oder die Brogler-Brüder etwas mit Rockerbanden zu tun haben. Aber wenn doch, könnte eine offene Rechnung beglichen worden sein.«

Sprudel standen die Zweifel so deutlich ins Gesicht geschrieben, als hätten sich seine Falten zu Fragezeichen verformt. »Und dafür hat sich der Rockertyp das Elefantentreffen ausgesucht? Und wie hat er Arno dazu gekriegt, Hals über Kopf herzukommen?«

Fanni kaute auf ihrer Unterlippe. Antworten darauf gab es hinlänglich (er könnte sich beispielsweise einer List bedient haben), allerdings keine, die auch nur halbwegs überzeugte. Ein Treffen um der alten Zeiten willen? Wäre Arno darauf eingegangen? Wohl kaum. Außerdem galt für die Rockertheorie das Gleiche wie hinsichtlich Bambi und den Russen: Arno hätte sein Kommen nicht geheim halten müssen.

»Reservebank?«, fragte Sprudel.

»Und noch Tee«, antwortete Fanni. Sie blickte auf und schaute zur Verkaufstheke, um festzustellen, ob dort großer Andrang herrschte, als ihr Karls weißer Zottelbart ins Auge fiel. »Warum fragen wir ihn nicht nach dem 666-Patch?« Sie zeigte auf den alten Biker. »Er könnte uns zumindest sagen, wann er es gesehen hat und bei welcher Gelegenheit. Und warum er meint, Arno hätte es auf seiner Kutte gehabt.«

Sprudel sah skeptisch zu Karl hinüber, der gerade einem jungen Burschen lachend auf die Schulter klatschte. »Wenn wir mit ihm reden wollen, müsste ich ihn irgendwie von den andern loseisen.«

Fanni erinnerte sich, wie Bastian bei Johann vorgegangen war. »Kauf ihm eine Flasche Bier, dann muss er sich höflichkeitshalber zu uns gesellen, zumindest bis er sie ausgetrunken hat.«

Sie drückte Sprudel die beiden leeren Teebecher in die Hand und gab ihm einen sanften Schubs.

13

Tatsächlich kam Sprudel mit Karl im Schlepptau zurück.

Der prostete ihren Teebechern mit seiner Bierflasche zu. »Habt wohl auch schon davon gehört, dass mein Schnee-Elefant den ersten Preis gewonnen hat.«

Fanni und Sprudel nickten lächelnd und gratulierten, obwohl keiner von beiden auch nur eine Sekunde an den Schneeskulpturen-Contest gedacht hatte.

Der holte sie jetzt ein, denn Karl begann sich des Langen und Breiten über die Preisvergabe auszulassen, bei der Xarre und Johann offenbar leer ausgegangen waren. Von Xarre und Johann leitete er zu Motorradtouren über und zum »Fahren im Pack«, was immer das auch bedeuten mochte.

Fanni sah das Bier in seiner Flasche schwinden und beschloss, vorzupreschen und nach dem Patch zu fragen, bevor es dazu zu spät war. »Der Tote, Arno, hatte ein 666-Patch auf der Kutte, heißt es. Hast du ihn damit gesehen?«

Karl trank die Flasche leer. »Hm. Ist irgendwie komisch gewesen.«

Fanni wartete darauf, dass er die Sache genauer erklären würde, und nach kurzem Überlegen tat er es.

»Gestern gegen Mittag war das. Ich bin die Zufahrtsstraße entlanggegangen. Da habe ich einen Typen bei seinem Motorrad stehen sehen. Er hat eine Kutte in der Hand gehabt, hat sie sich vor die Brust gehalten und das Rückenteil untersucht, als hätte er Schmutzflecken darauf entdeckt. An der Vorderseite war nichts Auffälliges, deshalb habe ich mich umgedreht, als ich an ihm vorbei war. Und da hat mich das 666-Patch angebleckt.«

»Und woher weißt du, dass der junge Mann Arno war?«, fragte Fanni.

»Ein bisschen später, da war ich auf dem Weg zum Holzholen, habe ich den Typen aus dem blauen Zelt kommen sehen.«

»Warum hast du uns am Feuer nichts davon erzählt?«, wollte Fanni wissen.

Karl zupfte verlegen an seinem Bart. »Na ja, mir ist nicht gleich klar gewesen, dass der Tote und der, der aus dem Zelt kam und der mit dem Patch ... also, ich hab halt erst hinterher zwei und zwei zusammengezählt.«

Fragt sich, ob er auf das richtige Ergebnis gekommen ist!

»Was war das für ein Motorrad, neben dem Arno stand?«, erkundigte sich Fanni.

»Eine Gixxer GSXR – 750 Streetfighter.« Karl klang wie ein Pressesprecher.

»Kann man auch ›Amsel‹ dazu sagen?«, fragte Fanni.

Karl wirkte so entsetzt, als habe sie ihm den Preis für seine Schneeskulptur aberkannt. »Ja, Mädel! Das darfst du auf keinen Fall durcheinanderbringen. Eine Amsel, manche sagen ›Super Blackbird‹ dazu, ist eine Honda CBR 1100 XX. Eine Gixxer«, er musste Atem holen, »ist eine Suzuki 65X-R-750. Verstehst?«

Fanni nickte. Sie verstand sehr gut, dass hier etwas nicht stimmte. »Du hast den jungen Mann, Arno, also neben einer Gixxer gesehen. Aber hieß es nicht, dass er mit einer Amsel gekommen ist?«

Karl strich über seinen Bart. »Da hast du recht, Mädel, so ist es.«

»Und wer fährt eine Gixxer?«

Darüber dachte Karl ziemlich lange nach, doch offenbar kam nichts dabei heraus, denn er klatschte sich mit der flachen Hand an die Stirn. »Das Gedächtnis lässt ganz schön nach mit den Jahren.« Er schaute sich um, offensichtlich bemüht, jemanden aufzutun, den er danach fragen konnte. »Luigi, kennst du einen, der eine Gixxer fährt?«

Luigi – er war eben hereingekommen und auf dem Weg zur Verkaufstheke gewesen – blieb stehen und grinste. »Klar.« Damit wandte er sich ab und tauchte in einem Pulk Biker unter, die an der Theke darauf warteten, bedient zu werden.

Karl zuckte die Schultern. »Da müsst ihr wohl selbst ein

bisschen herumfragen.« Daraufhin steuerte auch er in Richtung Theke.

Fanni und Sprudel sahen sich nachdenklich an. Beide hatten die Stirn in Falten gelegt.

Fanni sprach als Erste. »Arno hatte die Kutte nicht an.«

»Er hat sie sich nur angesehen«, präzisierte Sprudel.

»Und er hat sie bei dieser Gixxer entdeckt«, schlussfolgerte Fanni.

»Was wohl Zufall war«, sagte Sprudel.

»Mag sein«, sagte Fanni. »Aber er hat sich ausnehmend dafür interessiert.«

Sprudel deutete ein Kopfschütteln an. »Warum auch nicht? Wahrscheinlich sieht selbst ein Biker nicht alle Tage ein 666-Patch. Womöglich ist ihm noch nie eins untergekommen.«

»Oder es war ihm vertrauter, als ihm lieb sein konnte«, sagte Fanni.

»Die Rocker sind also wieder im Spiel«, stellte Sprudel fest.

»Sie waren nie wirklich draußen.« Fanni überlegte, wie sie nun weitermachen sollten. Sich nach diesen Gixxer-Motorrädern umsehen? Dazu müssten sie erst einmal wissen, wie so eine Maschine aussah. »Würdest du eine Gixxer erkennen, wenn du sie siehst?«

»Ich weiß nicht recht.« Sprudel zog sein Handy aus der Brusttasche, tippte etwas ein, studierte die Anzeige auf dem Display, tippte erneut. Schließlich blickte er auf. »Ja, könnte leicht zu identifizieren sein. Marke und Modell sind, so scheint mir, auf den Maschinen gut sichtbar angegeben. ›Suzuki‹ steht jedenfalls ganz groß drauf. Den Schriftzug kann man wahrscheinlich von Weitem sehen.«

Das nenne ich mal Masseltoff! Wenn ihr nämlich jedes Motorrad die Zufahrtsstraße hinauf und hinunter genauestens inspizieren müsstet, hättet ihr eine ganze Weile zu tun!

Fanni schaute Sprudel fragend an. »Können wir davon ausgehen, dass die Kutte mit dem 666-Patch dem Kerl mit der Gixxer gehört?«

Sprudel trank einen Schluck Tee und blickte über den Becherrand zur Verkaufstheke, wo der Andrang sichtlich größer wurde. Alle, die beim Schneeskulpturen-Wettbewerb in der Arena gewesen waren, schienen sich nach und nach im Imbiss einzufinden.

Schließlich nickte er.

Damit seid ihr ja volle Kanne auf der Rockerfährte!

»Und was meinst du? Hältst du die Spur für vielversprechend?«

»Sie scheint mir jedenfalls vielversprechender als die beiden andern aus deinem Katalog. Ist der denn damit abgearbeitet?«

Fanni zögerte. »Nicht ganz.« Sie griff in ihre Jackentasche. »Das habe ich in Johanns Zelt gefunden.«

»Du bist da drin gewesen?«

Darauf ging sie lieber nicht ein. Stattdessen hielt sie Sprudel die Handfläche hin, auf der drei der bunten Etiketten lagen, die sie aus dem Zelt mitgenommen hatte. »Das sind Gütesiegel für Lebensmittel aus Südtirol. Tristan hatte auch solche.« Sie erklärte Sprudel, woher sie das wusste, verschwieg jedoch auch jetzt den Überfall.

»Johann und die Brogler-Brüder betreiben also Ökohöfe und nutzen das Elefantentreffen, um Werbung für ihre Produkte zu machen«, fasste Sprudel zusammen. »Vielleicht wollten sie einfach alle Gütesiegel vorzeigen, die sie führen dürfen?«

Fanni war anderer Ansicht. »Wenn du dir eine Südtiroler Bauernsalami mit Biosiegel kaufen willst, Sprudel, schaust du dir dann die Wurst an oder das Siegel?«

Sprudel schmunzelte. »Die Wurst mitsamt dem Siegel.«

»Würdest du die Wurst nehmen, wenn du bloß das Siegel zu sehen bekämst?«

Noch immer schmunzelnd verneinte er.

»Eben. Was nützen die Etiketten ohne die zugehörige Ware?«

Sprudel hob mit großer Geste die Hand. »Sie sind der amtliche Nachweis für beste Qualität.«

Fanni ließ sie gerade wieder in ihre Jackentasche gleiten,

als ihr ein Stück Papier in die Finger kam, das sich anders anfühlte als das, aus dem die Etiketten bestanden. Sie angelte es heraus.

Es handelte sich um den Notizzettel, der in Johanns Mappe gesteckt hatte. »Das lag dabei.«

Sie glätteten den Zettel auf Fannis Hand und beugten sich darüber.

»Sieht irgendwie aus wie eine Preisliste«, sagte Fanni nach einer Weile.

Sprudel nickte. »Für seine Produkte, nehme ich an.«

»Und die kritzelt er auf einen handtellergroßen Zettel? Wozu? Bei seinen Unterlagen waren auf Hochglanzpapier gedruckte Preislisten samt Abbildungen vom Warenangebot.«

Sie griff wieder in die Tasche, holte die Etiketten noch mal heraus und legte sie auf den Zettel. »Was wir da haben, hat miteinander zu tun. Nur wie?«

Sie starrten minutenlang darauf und fanden keine Antwort.

Im Imbiss war es mittlerweile schier unerträglich laut geworden. Dimitri und Anatol hatten sich zu einer besonders laut grölenden Gruppe gesellt und heizten die Stimmung mit einer Runde Wodka nach der anderen weiter an.

An Geld fehlt es den beiden offenbar nicht! Ihre Geschäfte scheinen sich zu lohnen!

Der Gedanke an Oldtimer-Ersatzteile brachte Fanni darauf zu fragen: »Wie kommt man eigentlich an solche Gütesiegel?«

»Na, wie an eine TÜV-Plakette, denke ich«, antwortete Sprudel. »Wenn alle Vorgaben erfüllt sind, bekommst du das Ding.«

»Von einer Behörde.«

Sprudel schien langsam aufzugehen, worauf sie hinauswollte. »Fälschen lässt sich wohl so gut wie alles. Macht aber nur Sinn, wenn es sich auszahlt.«

Fanni starrte wieder auf die Etiketten. »Haben Johann und Tristan mit gefälschten Gütesiegeln gehandelt oder mit echten?«

»Haben sie überhaupt damit gehandelt?«, fragte Sprudel skeptisch.

Fanni ließ sich nicht beirren. »Ich setze das jetzt einfach voraus.«

Sprudel nahm es hin. »Und wie sieht die Hypothese aus, die sich darauf aufbaut?«

Fanni hob den Blick. »Zum Beispiel so: Die Behörde, die diese Gütesiegel vergibt, kann ja unmöglich jede Wurst und jedes Stück Käse überprüfen. Das heißt, sie macht Kontrollen und Stichproben, lässt die Biobauern Formulare ausfüllen, Unterschriften leisten und natürlich Gebühren bezahlen. Wenn alles erledigt ist, bekommen sie ihre Etiketten. Wie viele ihnen wohl zugeteilt werden?«

Sprudel musste eine Zeit lang nachdenken, bis er eine einleuchtende Antwort hatte. »Ich nehme an, die Hersteller müssen die ungefähre Menge ihrer Produkte angeben und erhalten dann entsprechend viele Etiketten. Wenn es zu wenig sind, können sie nachbestellen – zumindest so lange, bis die nächste Kontrollrunde fällig ist.«

»Dann denken wir uns jetzt Folgendes aus.« Fanni steckte Zettel und Etiketten ein und nahm ihren Teebecher in beide Hände. »Ein Biobauer gibt eine viel größere Menge Salami an, als er tatsächlich erzeugt. Das heißt, er hätte etliches an Gütesiegeln übrig. Was könnte er damit anfangen?«

»Er könnte die Dinger an einen Metzger verscherbeln, der die Wurst aus Gammelfleisch herstellt«, sagte Sprudel. »Das wäre natürlich strafbar. Aber wäre eine Handvoll Gütesiegel einen Mord wert? Mehr von den Dingern kann unser betrügerischer Biobauer ja nicht abzweigen. Eine überhöhte Schätzung für die erzeugte Menge von Produkten abzugeben ist logischerweise nur in einem ganz engen Rahmen möglich. Wenn der Biobauer seine Produktzahlen verdoppeln würde, käme das schnell heraus. Um mehr als zehn Prozent zu schummeln kann er sich also kaum erlauben. Und ich fürchte, dann rechnet sich die Sache nicht.«

Damit wäre jetzt die wer-weiß-wievielte Hypothese als unsinnig abgehakt!

»Dann versuchen wir es eben andersherum.« Fanni hatte

nicht vor, den neuen Ansatz gleich wieder abzuschreiben. Sie klopfte auf ihre Jackentasche. »Denken wir uns, dass die Gütesiegel hier gefälscht sind. Es handelt sich um Musterexemplare. Jemand hat sie Tristan und Johann überlassen, weil er mit den beiden ins Geschäft kommen will.«

Sprudel rieb sich die Stirn. »Das würde bedeuten, dass die Produkte der beiden Biohöfe bei den Kontrollen durchgefallen sind.«

»Nein.« Fanni schüttelte den Kopf. »Wenn sie durchgefallen wären, dürften die Höfe ja überhaupt keine Gütesiegel mehr führen. Falls sie es trotzdem täten, käme das sofort ans Licht. Sie müssen also weiterhin Erzeugnisse auf den Markt bringen, die den Vorschriften genügen. Aber sie können ihren Umsatz vervielfachen, wenn sie nebenbei minderwertige Produkte verkaufen, die mit gefälschten Biosiegeln ausgezeichnet sind. Und das hier«, Fanni klopfte wieder auf ihre Jackentasche, »sind Musteretiketten, die Tristan und Johann von jemandem bekommen haben oder jemandem zeigen wollen.«

»Aber warum hier?«, wandte Sprudel ein. »Warum läuft das Ganze fünfhundert Kilometer von ihren Höfen entfernt?«

Fanni war geradezu erfreut über diese Frage, denn die zweifellos plausible Antwort darauf gefiel ihr und passte hervorragend in die Hypothese, die in ihrem Kopf gerade Gestalt annahm. »Weil ein Auftauchen des oder der Typen, mit denen sie paktieren, am Hof nicht wünschenswert wäre.«

»Den oder die darf dort niemand sehen«, ergänzte Sprudel begreifend. »Am allerwenigsten Arno.«

Fanni neigte sich ihm zu und schmiegte ihr Gesicht an das seine.

Es funktionierte noch immer und genauso gut, wie es in früheren Fällen funktioniert hatte. Mit vereinten Kräften hatten sie den roten Faden gefunden, der vergraben und verschüttet, aber unleugbar vorhanden, zur Lösung des Falles führen würde. Fanni zweifelte nicht daran, dass sie ihn gerade in der Hand hielten. Jetzt mussten sie ihm folgen, durften ihn nicht mehr aus den Augen lassen.

»Aber warum im Elefantenkessel?«, sagte Sprudel unvermittelt, nachdem sich Fanni wieder von ihm gelöst hatte, und gab sich im nächsten Moment selbst die Antwort darauf: »Weil ein Zusammentreffen im Bikermilieu am unauffälligsten vonstattengehen konnte.«

Fanni atmete auf. Zum ersten Mal, seit Max in Handschellen abgeführt worden war, fühlte sich die Last auf ihren Schultern leichter an. »Und damit ergibt auch Arnos Heimlichtuerei einen Sinn.«

Sprudel schien ihre Erleichterung zu spüren. Er nahm ihr den mittlerweile leeren Becher aus der Hand, stellte ihn auf dem Balken ab und zog sie in die Arme.

»Arno muss gegen den Etikettenschwindel gewesen sein«, sagte Fanni an Sprudels Brust gelehnt. »Aber Tristan hat sich von der Aussicht, leicht zu Geld zu kommen, wohl verführen lassen. Das Gleiche gilt für Johann. Kann man es ihnen verdenken? Einen Ökohof in einem Gebirgstal zu betreiben ist bestimmt kein Zuckerschlecken.« Wohlig warm in Sprudels Armen spann sie den Faden weiter. »Weil Arno sich nicht umstimmen ließ, haben die beiden beschlossen, die Sache ohne ihn durchzuziehen. Aber Arno muss Lunte gerochen haben. Deshalb ist er hergekommen, und deshalb musste er sterben.« Sie seufzte leise. »Arno war so stolz auf die Erzeugnisse vom Broglerhof. Er hat Max und Bruno davon vorgeschwärmt und sogar ein Stück Heumilchkäse als Kostprobe mitgebracht.«

Sprudels Hand wanderte sanft über ihren Rücken.

Fanni schloss die Augen und genoss es.

Ist es nicht viel zu früh, quasi Feierabend zu machen? Außer einer ganz netten Theorie habt ihr ja noch gar nichts in der Hand! Folglich ist Max keinen Millimeter weiter vom Knast entfernt als gestern!

Warum musste die verflixte Gedankenstimme ihren verflixten Finger bloß immer in die schmerzendste Wunde legen?

Fanni öffnete die Augen und sah Sprudel an. »Wenn richtig ist, was wir uns ausgedacht haben, dann hätten wir für den Mord an Arno drei konkrete Verdächtige.«

»Tristan, Johann und ihren – gehen wir also der Einfachheit halber von einer Einzelperson aus – Geschäftspartner in Sachen gefälschte Gütesiegel«, zählte Sprudel auf.

»Ich kann mir nur schwer vorstellen, dass Tristan oder Johann den Mord begangen haben«, sagte Fanni nachdenklich und legte ihre Hand an Sprudels Wange. »Was hatten sie schon zu verlieren, wenn ihnen Arno die Tour vermasselte?«

»Schwer zu sagen«, antwortete Sprudel. »Solange wir nicht wirklich sicher sind, wie die Sache gelaufen ist. Aber …«

Fanni rieb mit dem Daumen über die Falten auf seiner Wange und wartete, bis er in Worte zu fassen vermochte, was ihm durch den Kopf ging.

»… um ihnen die Tour zu vermasseln, hätte Arno ja nicht extra herkommen müssen. Er hätte sie ja zu Hause zur Rede stellen und ihnen drohen können, den Betrug auffliegen zu lassen. Stattdessen hat er sich entschlossen, die lange Fahrt zu machen. Warum?«

Die Antwort darauf, fand Fanni, lag auf der Hand. »Arno ist angereist, weil er wissen wollte, mit wem sich Tristan und Johann zusammengetan haben oder zusammentun wollten.«

Sie spürte Sprudels fast unmerkliches Nicken. »Denjenigen wollte er in die Finger kriegen.«

Fanni stimmte zu. »Ob Arno wohl einen Verdacht hatte, um wen es sich handelt? Oder musste er das erst noch herausfinden?«

»Auf jeden Fall muss er gewusst haben, dass er hier aufkreuzen würde«, antwortete Sprudel. »Da lag natürlich die Vermutung nahe, dass es sich um einen Biker handelt, und das hat ihm vielleicht ein Licht aufgesteckt.«

Daraufhin standen sie eine Weile schweigend aneinandergelehnt, bis Fanni sagte: »Wir müssen diese Gixxer finden.«

Sprudel schob sie ein kleines Stück von sich weg und sah sie verblüfft an. »Die aller Wahrscheinlichkeit nach dem Kerl mit dem 666-Patch auf der Kutte gehört? Du meinst, eine Rockerbande ist in dem Etikettenschwindelgeschäft?« Er blinzelte verwirrt. »Ja, wieso eigentlich nicht? Aber …«

Wieder wartete Fanni, bis er so weit war, den Einwand zu formulieren. »Haben wir irgendwo einen konkreten Zusammenhang gesehen?«

»Nein«, gab Fanni zu. »Aber mir will nicht aus dem Kopf, dass Arno neben dieser Gixxer stand und sich die Kutte mit dem 666-Patch angesehen hat. Warum? Weil er gerade nichts Besseres zu tun hatte oder weil es tatsächlich einen Zusammenhang gibt?«

Sie dachte eine Weile nach, während ihre Finger eine Falte nachzogen, die von Sprudels Ohr zu seinem Kinn verlief. »Was hältst du von folgender Theorie?«, sagte sie schließlich. »Arno kommt her, um dem Kerl, dessen Machenschaften den Broglerhof ruinieren können, das Handwerk zu legen. Vielleicht weiß er bereits, wer es ist, vielleicht auch nicht. Nein, stopp. Er weiß es nicht sicher. Aber er hat einen Verdacht, weil ihm – wie du schon gesagt hast – ein Licht aufgegangen ist. Arno verdächtigt einen Typen aus einer Rockerbande, den er von früher kennt, und er weiß oder vermutet, was für eine Maschine der fährt. Da es einfacher ist, im Loher Kessel ein Motorrad ausfindig zu machen als eine Person, schaut er sich die Maschinen am Straßenrand an und stößt tatsächlich auf eine, die in Frage kommt. Er untersucht sie genau und findet die Kutte, die der Besitzer wahrscheinlich in irgendein Staufach gestopft hatte, weil er mit dem 666-Patch im Kessel zu sehr aufgefallen wäre. Jetzt hat Arno keinen Zweifel mehr, wen er sich schnappen muss.«

Sprudel hatte nach Fannis Hand gegriffen und sie wieder an seine Wange gelegt. »Ich weiß nicht recht, Fanni. Dass Arno sich die Kutte angesehen hat, muss nicht zwangsläufig etwas mit dem Etikettenschwindel zu tun haben.«

»Hat es aber«, sagte Fanni eigensinnig. »Du glaubst doch nicht im Ernst, dass Arno aus purem Zufall über die Kutte gestolpert ist? Sie kann nicht einfach so dagelegen haben.«

Als Sprudel nicht sofort eine Antwort darauf gab, wiederholte sie: »Wir sollten uns auf die Suche nach dieser Gixxer machen. Oder hast du einen besseren Vorschlag?«

»Warum fragen wir nicht diesen Luigi?«, sagte Sprudel. »Anscheinend kennt er jemanden, der eine fährt.«

Fanni warf einen kurzen Blick in die Runde und stellte fest, dass es aussichtslos war, Luigi in dem mittlerweile völlig überfüllten Imbiss auftreiben zu wollen – falls er überhaupt noch da war.

Sie hielt ohnehin nicht viel davon, ihn nach dem Namen des Gixxer-Fahrers zu fragen. »Luigi spuckt äußerstenfalls einen Vornamen aus, der würde uns aber nicht viel nützen.«

Und was soll das Motorrad ausspucken, falls ihr das richtige findet? Den Personalausweis des Besitzers samt Schuldeingeständnis?

Fanni griff nach Sprudels Arm. »Lass uns an die frische Luft gehen. Hier drinnen wird es langsam unerträglich.«

Etappenweise kämpften sie sich zum Ausgang durch. Fanni sah etliche bekannte Gesichter: Xarre und Karl. Johann und Bambi. Bert aus Hannover winkte ihr zu. Neben ihm stand Bastian. Fanni fühlte seinen Blick und erwiderte ihn. Er lächelte auf eine Art, die sie nicht einordnen konnte.

Unergründlich! Nennt man es nicht so, wenn man nicht schlau aus etwas wird?

Unergründlich. Fanni kaute auf dem Wort herum, weil es ihr nicht ganz passend erschien.

Und was würde Madame eventuell angebracht erscheinen?

Wachsam, dachte Fanni. Bastian wirkt, als wäre er auf Außenposten.

»Was kann es denn schaden, sich die Maschinen an der Zufahrtsstraße mal genauer anzusehen?«, sagte sie draußen zu Sprudel. »Die stehen da alle in einer Reihe. Wir müssen nur entlanggehen.«

Sosehr ihr in dem gerammelt vollen Imbiss auf einmal danach gewesen war, an die frische Luft zu kommen, so heftig packte sie die Kälte, die draußen herrschte. Der eisige Ostwind biss in Wangen und Nase. Je näher sie dem Kesselrand kamen, desto schärfer wurde er, und oben an der Zufahrtsstraße blies er geradezu heftig. Die Sonne hatte sich den ganzen Tag nicht sehen lassen, und jetzt, um Viertel nach fünf, wurde es bereits dämmrig.

Fanni band ihren Schal fester und setzte die Kapuze ihrer Jacke auf, als sie aufmerksam an der langen Reihe der am Straßenrand geparkten Motorräder entlanggingen.

Sie selbst suchte meist vergeblich nach einem Schriftzug, der ihr Marke und Modell verraten konnte, aber Sprudel schien einen Blick dafür zu haben. Einfach im Vorbeigehen konnte er erkennen, ob er eine Honda, Kawasaki, BMW oder Suzuki vor sich hatte. Bei jeder Suzuki blieb er stehen und studierte sie genauer.

Als sie die Reihe fast abgeschritten waren, entdeckte er die Gixxer. »Suzuki 65x-R-750. Da ist eine.«

Fanni ließ den Blick bis zum Ende der Reihe wandern und registrierte, dass keine zweite Maschine geparkt war, die genauso oder ähnlich aussah. Dann erst wandte sie sich der Gixxer zu und betrachtete sie eingehender. Wie ließ sich herausfinden, wem sie gehörte? Die Maschine wirkte so anonym, als wäre sie auf einer Verkaufsfläche ausgestellt.

Sie würden sich nach dem Besitzer erkundigen müssen.

Wir werden, entschied sie, einfach jeden, der des Weges kommt, fragen, wem sie gehört. Irgendeiner wird es schon wissen und uns sagen können, wie der Besitzer heißt, wie er aussieht und wo er sein Zelt hat.

Es könnte aber auch sein, dass du zu einer Schneeskulptur erstarrst, bis jemand hier vorbeikommt!

Doch die Gedankenstimme lag falsch.

Ein Biker in voller Montur, den Helm locker unter den Arm geklemmt, stapfte vom Kessel herkommend auf sie zu.

Fanni wollte ihm entgegengehen, aber Sprudel hielt sie zurück, hakte sie unter und zog sie weiter die Straße hinauf. Hinter dem Quad des Ordnungsdienstes blieb er stehen. »Schauen wir doch mal, welche Maschine er ansteuert.«

Fanni linste über den Lenker des Quads.

Als der Biker näher kam, sah sie ein neongelbes Halstuch aufleuchten.

Im nächsten Moment hörte sie Sprudel flüstern: »Ist das nicht dieser Luigi, den Karl im Imbiss nach Gixxer-Fahrern gefragt hat?«

Fanni nickte. War Luigi selbst einer?

Offenbar. Denn er blieb neben der Suzuki 65x-R-750 stehen, setzte den Helm auf und machte sich an der Maschine zu schaffen.

Deshalb also hatte Luigi so gegrinst und Karl keine vernünftige Antwort gegeben. Er hatte die Frage als einen Scherz abgetan.

Mit Recht, dachte Fanni.

»Karl kann doch unmöglich vergessen haben, dass Luigi selbst eine Gixxer fährt«, raunte sie Sprudel zu.

»Er hat es wohl schlicht und einfach nicht gewusst«, flüsterte Sprudel zurück. »Gestern am Feuer, als jemand aufgezählt hat, wer welche Maschine fährt, ist Luigi nicht genannt worden. Gespräche untereinander werden er und Karl aber kaum führen, dazu ist die Verständigung zu schlecht. Außerdem sieht Luigis Gixxer recht neu aus. Auf dem letzten Elefantentreffen ist er damit bestimmt nicht hier gewesen.«

Während sie miteinander redeten, hatten sich Fanni und Sprudel tiefer hinter das Quad geduckt, was jedoch mit sich brachte, dass sie Luigi nicht mehr beobachten konnten. Fanni ging davon aus, dass er bald wegfahren würde, und schon hörte sie die Maschine starten. Im nächsten Moment brauste Luigi über die Zufahrtsstraße davon.

»Luigi«, sagte Fanni, als Sprudel und sie mit schnellen Schritten zurück in Richtung Kessel gingen. »Wenn wir wissen …« Sie unterbrach sich, weil ihnen erneut ein Biker entgegenkam, der, noch bevor sie mit ihm zusammentrafen, bei einem Motorrad stehen blieb, offenbar ebenfalls in der Absicht, auf Tour zu gehen.

»Eine Kawasaki«, murmelte Sprudel. »Hieß es nicht, Johann fährt eine?«

Fanni hatte Johann bereits erkannt. Sie überlegte, ob sie ihn ansprechen sollte, da trat Sprudel schon auf ihn zu.

»Kleiner Ausflug zum Bärenhof?«

Johann lachte. »Du weißt ja schon recht gut Bescheid über alles, was hier so abgeht.«

»Luigi ist auch gerade weggefahren«, sagte Sprudel.

Fanni stürzte sich auf das Stichwort. »Kennst du ihn schon lange?«

Johann zuckte die Schultern. »Man sieht sich beim Elefantentreffen.«

»Dann kennt er wohl auch Tristan Brogler?«

Johann schien sich innerlich zu winden. »Davon gehe ich aus.«

Fanni zerbrach sich den Kopf, wie sie weitermachen sollte. Schließlich sagte sie: »Kommt Luigi nicht aus dem Trentino?«

Johann nickte, fingerte an seinem Helm herum.

»Und von Zeit zu Zeit ist er mit dem Motorradclub ›Lupi di Montagna‹ unterwegs?«

Erneutes Nicken. »Das hat er gesagt.«

»Er fährt also gern Bergstrecken, wie es rund um Villnöss eine Menge gibt«, machte Fanni weiter. »Stoßt ihr da nicht und zu aufeinander? In solchen Bikertreffs beispielsweise wie dem Bärenhof?«

»Nicht wirklich.« Johann setzte den Helm auf und klappte das Visier hinunter.

Das nennt man dann wohl »dichtgemacht«!

Er stieg auf seine Maschine und startete sie.

Fanni und Sprudel blieb nichts anderes übrig, als ihren Weg fortzusetzen.

Nachdem der Lärm von Johanns Motorrad verklungen war, beendete Fanni den Satz, bei dem sie sich zuvor selbst unterbrochen hatte. »Wenn wir wissen wollen, ob Luigi tatsächlich derjenige ist, nach dem wir suchen, muss ich mich in seinem Zelt nach Hinweisen umsehen.«

Sprudel stieß einen abgrundtiefen Seufzer aus.

Fanni drückte seinen Arm. »Es geht nicht anders.«

»Ich weiß.«

»Ich mach ganz schnell. Keiner wird was merken.«

Sprudel sagte nichts darauf, und Fanni spürte, dass er mit irgendetwas zurückhielt. Er hatte eine Antwort auf der Zunge gehabt und hinuntergeschluckt. Was hatte er nicht sagen wollen?

Sie rief sich ihre letzten Worte ins Gedächtnis: »Keiner wird was merken.«

Niemand würde merken, dass sie in Luigis Zelt gewesen war. Wie auch? Sie würde ja keine sichtbaren Spuren …

Die Erkenntnis traf sie wie ein Boxhieb.

Sie hatte sich gestern Nacht in Arnos Zelt aufgehalten, und am Morgen war es abtransportiert gewesen. Fraglos hatte man es zur KTU gebracht, und dort hatte man Spuren von ihr gefunden. Massenhaft. Und Sprudel wusste davon. Bauer hatte es ihm gesagt. Der Kommissar würde Anzeige gegen sie erstatten. Oder Anklage erheben. Was auch immer. Sprudel wollte sie nicht beunruhigen, deshalb verschwieg er es ihr.

Sie machte eine halbe Drehung, sodass sie Sprudel gegenüberstand und ihn gleichzeitig stoppte. »In Arnos Zelt sind Fingerabdrücke von mir sichergestellt worden, DNA, Stofffasern …«

Sprudel zog sie an sich. »Es sind Fremdspuren festgestellt worden. Spuren also, die weder von Arno noch von Bruno oder Max stammen.«

»Sie sind von mir.«

Sprudel bettete ihre kalte Wange in seine warme Halsbeuge. »Ich weiß. Kommissar Bauer weiß inzwischen auch Bescheid. Aber offiziell sind es unbekannte Spuren. Es war ja nichts da, womit man sie hätte abgleichen können.«

Fanni befreite sich aus seiner Umarmung. »Was wird Bauer tun?«

Sprudel legte den Arm um ihre Schulter und zog sie weiter. »Er will die Sache auf sich beruhen lassen. Vorerst.«

Fanni atmete erleichtert auf. Aber nach ein paar Schritten sagte sie: »Trotzdem muss ich in Luigis Zelt.«

»Ich weiß«, wiederholte Sprudel. »Aber würdest du mir

zuvor noch erklären, warum du dich in Arnos Zelt aufs Bett gelegt hast?«

Erneut schwenkte Fanni herum und stoppte Sprudel mitten im Schritt. »Ich habe was?«

»In Arnos Zelt muss eine Art Feldbett gestanden haben«, erklärte Sprudel. »Und darauf sind eine ganze Menge Fremdspuren gefunden worden. Stofffasern, Daunenfedern und auch Haare, um genau zu sein.«

»Die können nicht von mir stammen«, sagte Fanni entschieden. »Zumindest nicht alles davon.« »Ich war nur kurz in Arnos Schlafkoje und habe außer der Decke, die auf dem Feldbett lag, nichts angefasst. Die Daunenfedern habe ich liegen sehen und …« Sie sprach nicht weiter. Sie würden später noch Zeit finden, sich darüber zu unterhalten. Im Moment war es wichtig, Luigis Zelt zu durchsuchen, solange der noch unterwegs war. Glücklicherweise wussten sie ziemlich genau, wo es sich befand.

14

Luigis Zelt war ein Iglu, aber etwas größer als die üblichen Bergsteigerzelte. Wo es stand, hatte ihnen Karl gestern Abend am Lagerfeuer verraten: »Er campiert im Windschatten zwischen den Holzstapeln, glaubt, da ist es wärmer.«

Diese Holzstapel bildeten nun einen Sichtschutz, wie Fanni ihn sich nicht besser hätte wünschen können. Zudem war es schon fast dunkel.

Sprudel wollte vor dem Zelt Wache halten und suchte im Schatten eines der Holzstapel Deckung.

Fanni fackelte nicht lang. Sie zog den Reißverschluss am Zelteingang hoch und kroch hinein.

Das Gute an der ganzen Sache ist, dachte sie, als sie im Innern wieder nur zwei Gepäckboxen, Matte und Schlafsack entdeckte, dass die Elefanten nicht viel Gepäck dabeihaben können. Wer elefantenmäßig im Kessel campen will, muss sich ganz schön einschränken.

Entsprechend wenig Zeit kostete es sie, zu finden, wonach sie suchte. In einer der Gepäckboxen befand sich eine Mappe wie die, die sie bei Johann gesehen und in Tristans Hinterlassenschaft entdeckt hatte. Sie war gefüllt mit den inzwischen bereits vertrauten Etiketten.

Fanni kniete sich auf den Boden, nahm einige davon heraus und steckte sie ein, bevor sie die Mappe an ihren Platz zurücklegte.

Sie horchte kurz auf, als sie draußen einen dumpfen Schlag und gleich darauf ein Scharren hörte. Weil es dann aber wieder still war, kümmerte sie sich nicht darum, beeilte sich jedoch, die Gepäckbox zu schließen.

Und jetzt mach, dass du wegkommst!

Sie wollte die Order der Gedankenstimme gerade befolgen, ließ aber den Blick dann doch noch mal durchs Zelt schweifen.

Neben dem Schlafsack und Luigis roter Daunenjacke lag eine zusammengefaltete Kutte.

Fanni griff danach, strich sie glatt und drehte sie so, dass die Rückseite nach oben schaute. Das Patch war schwarz mit knallgelber Einfassung und drei knallgelben Sechsen in der Mitte.

Damit habt ihr ihn!

Fanni nickte mehrmals vor sich hin, breitete die Kutte vor sich auf dem Boden aus und bemühte sich, sie wieder genau so zu falten und hinzulegen, wie sie sie vorgefunden hatte.

Sie befand sich noch immer auf Knien, hatte sich vom Zelteingang abgewandt und über die Kutte gebeugt, als sie hinter sich ein Geräusch hörte. Reflexartig wollte sie den Kopf drehen, doch der steckte auf einmal in einem Schraubstock. Bevor sie aufschreien konnte, legte sich ein breites Stück Klebeband über ihren Mund und saugte sich fest. Auf einmal ließ sich ihr Kopf wieder bewegen, aber im gleichen Moment wurden ihre Arme auf den Rücken gedreht und mit Klebeband fixiert.

Das alles ging so schnell, dass sie nicht einmal Zeit für einen Gedanken hatte. Erst als sie umgestoßen und auch an den Füßen gefesselt wurde, begriff sie, dass Luigi früher als angenommen von seiner Motorradtour zurückgekehrt war.

Aber warum hatte Sprudel sie nicht vor ihm gewarnt?

Die Antwort auf diese Frage ist vor ein paar Minuten zu hören gewesen! Ein dumpfer Schlag, ein Scharren, Miss Marple hätte vielleicht ein bisschen kombinieren sollen!

Luigi hatte Sprudel außer Gefecht gesetzt. Und was hatte er nun mit ihnen beiden vor?

Sie rollte sich auf den Rücken, um ihm ins Gesicht sehen zu können, und fand sich einer Mütze mit Schlappohren gegenüber.

Seit wann hatte Luigi …

»Bist selbst dran schuld, dass du heut Nacht erfrieren wirst«, sagte der Kerl mit der Schlappohrenmütze. »Hast mich eine Menge Nerven gekostet. Blöd, dass ich dich nicht schon heute

Mittag im Unterstand erledigen konnte. Hätte sich aber nicht vertuschen lassen.«

Das ist nicht Luigi!

Nein, dachte Fanni. Es ist Xarre, und das macht überhaupt keinen Sinn.

Absolut überhaupt gar keinen Sinn!, echote die Gedankenstimme konfus.

Fanni konnte es ihr nicht verdenken.

Xarre schlug die Plane am Zelteingang zurück, zerrte Fanni ins Freie, ließ sie neben Sprudel liegen, der ebenso mit Klebeband verpflastert war wie sie, und verschwand aus ihrem Blickfeld.

Sie wälzte sich zur Seite, sodass sie näher an Sprudel herankam und ihm zugewandt war, suchte seinen Blick.

Sprudel hatte die Augen zu, rührte sich nicht.

Er war bewusstlos. Luigi hatte ihn niedergeschlagen! Nein, Xarre! Aber wieso Xarre? Das war doch nicht möglich.

Als ob es noch eine Rolle spielen würde, dachte sie deprimiert. Sprudel und ich werden sterben.

Sie rutschte so nah wie möglich an ihn heran, spürte seine Schulter an ihrer Brust, seine kalte Stirn an ihrer Wange.

Wie lange es wohl dauerte, bis man – bewegungslos auf dem vereisten Erdboden liegend – erfroren war? Eine Stunde? Zwei?

Auch das spielte keine Rolle.

Sie würden nicht leiden müssen. Durch Erfrieren zu sterben war geradezu wohltuend, hieß es. Man fühlte sich ganz behaglich, schlief ein und wachte nie wieder auf.

Fanni war ohnehin todmüde.

Sie drängte sich, so eng es ging, an Sprudel und schloss die Augen.

Du willst aufgeben?

Man sollte nicht rebellieren, wenn feststeht, dass man verloren hat, teilte sie der Gedankenstimme ermattet mit.

Auf Rettung zu hoffen war unsinnig. Die Holzstapel, die ihr zuvor willkommen gewesen waren, erwiesen sich nun als

Feinde. Xarre konnte Sprudel und sie gefahrlos hier liegen lassen, bis sie erfroren waren, und sie dann irgendwann nachts oder im Morgengrauen, wenn die anderen Biker in ihren Zelten schnarchten, in den angrenzenden Wald schleifen. Dort würde er sie von den Fesseln befreien und dafür sorgen, dass ihr Tod nach einem Unglück aussah. Vielleicht würde er einen schweren Ast abbrechen und auf ihre Körper heruntersausen lassen.

Luigi, er wird euch finden, sobald er zurückkommt!

Offenbar rechnet Xarre nicht mit seiner Rückkehr, jedenfalls nicht so bald. Vielleicht stecken die beiden ja auch unter einer Decke.

Okay, es sieht nicht gut aus! Aber du könntest wenigstens versuchen, dich bemerkbar zu machen!

Ich könnte schreien, wenn mein Mund nicht zugeklebt wäre.

Wenn du es schaffst, ein paar Meter nach links zu robben, wirst du von den Holzstapeln nicht mehr vollständig verdeckt!

Dazu müsste ich mich ja von Sprudel wegbewegen.

Der Gedanke lähmte sie.

Nur für ein paar Minuten! Nur bis dich vom Weg aus jemand sieht. Das wird bestimmt nicht lange dauern. Los, mach schon!

Zähflüssig sickerte in Fannis Hirn, dass entdeckt zu werden ihre einzige Chance war, mit dem Leben davonzukommen.

Sie hätte Sprudel gern einen Kuss gegeben, was ihr mit Klebeband über dem Mund aber irgendwie abwegig schien, holte stattdessen tief durch die Nase Luft, presste die Fersen auf den Boden und schob sich ein Stück nach unten. Dann löste sie die Fersen, setzte sie weiter vorn ein und rückte mit dem Körper nach.

Sie schaffte gerade mal zwanzig Zentimeter, bevor sie erschöpft innehielt.

Es funktioniert nicht, dachte sie mutlos. Auf diese Art komme ich nie von den Holzstapeln weg.

Dann eben anders! Du könntest es mit Rollen versuchen!

Der Vorschlag erschien Fanni gar nicht so schlecht. Als Kind hatte sie sich oft über Abhänge hinuntergerollt, im Gras, im Schnee, im Sand ...

Hier, wo sie lag, war das Gelände zumindest so weit geneigt, dass sie etwas Schwung bekommen würde.

Ohne lang nachzudenken, warf sie sich zur Seite, kam tatsächlich ins Rollen und knallte im nächsten Moment mit dem Kopf an einen Stein.

Fanni träumte von Stimmen und knirschenden Schritten, von Händen, die sie berührten, und von Armen, die sie umfingen und aufrichteten.

Sie versuchte sie abzuschütteln, wollte schlafen. Tief und unbehelligt schlafen.

»Aufwachen, Fanni.«

Nein.

Aber der Quälgeist gab nicht auf. Er schüttelte sie, klatschte mit der flachen Hand auf ihre Wangen, zog sie hoch, bis sie aufrecht saß.

»Fanni, mach die Augen auf.«

Widerstrebend gehorchte sie. Mit der Ruhe war es ja anscheinend vorbei.

Zuerst sah sie nichts als zertrampelten Schnee, dann zwei Stiefel, vor die sich nun eine Wollmütze schob. Ein Messer blitzte auf, schnitt in das Klebeband um ihre Knöchel.

»Steh auf, Fanni.«

Sie war viel zu müde dazu.

»Steh jetzt auf.« Sie wurde wieder von kräftigen Armen umschlossen und stand gleich darauf auf den Beinen.

»Nicht umfallen«, mahnte die Stimme. »Ich muss deine Hände frei machen.«

Fanni pendelte hin und her wie eine lose Zaunlatte, während in ihrem Rücken Klebeband zerschnitten wurde.

»So, jetzt kannst du den Streifen vom Mund abreißen.«

Fanni versuchte, sich zu erinnern, wie man die Hand hob und ans Gesicht führte. Schließlich gelang es ihr. Mit einer heftigen Bewegung riss sie das Stück Klebeband ab, das ihr den Mund verschloss.

Der Schmerz machte sie endgültig wach. Und jetzt wusste sie auch, wem die Stimme gehörte.

Bastian umfasste sie wieder, massierte ihr Rücken, Schultern und Arme.

»Sprudel«, flüsterte Fanni heiser.

»Bert kümmert sich gerade um ihn ...«, Bastian öffnete seine Thermojacke, drückte Fanni an seine Brust und schlug die Vorderteile der Jacke auf ihrem Rücken übereinander, »... nachdem er sich vergewissert hat, dass bei dir nur Wachmachen und Wärmen vonnöten ist. Bert kennt sich mit Unfallopfern aus. Er war mal Notarzt.« Bastian rieb kräftig über Fannis Wangen. »Er bringt deinen Sprudel in die Orgahütte. Zum Auftauen.«

Fanni glaubte, in seiner Stimme ein Schmunzeln wahrzunehmen.

»Sprudel ist niedergeschlagen worden«, sagte sie vorwurfsvoll.

»Soweit ich mitbekommen habe, sind Sprudels Verletzungen wirklich nicht besorgniserregend. Aber du kannst dich ja gleich selbst davon überzeugen.«

Als Bastian und Fanni den Aufenthaltsraum in der Orgahütte betraten, war Sprudel längst wieder bei Bewusstsein.

Bert hatte ihn so weit wach rütteln können, dass er imstande gewesen war, mit dessen Unterstützung die kurze Strecke zur Hütte zurückzulegen. Jetzt saß er auf einer der langen Bänke, die an den Wänden entlangliefen.

Fanni stürzte sich in seine Arme. »Wie fühlst du dich?«

Er drückte sie an sich. »Der Doc sagt, mein Kopf ist härter als die Holzscheiter, die die Elefanten im Kessel zum Verheizen haben.«

»Mit so einem hat dir Xarre ...« Sie unterbrach sich.

War das tatsächlich Xarre gewesen? Aber Luigi war doch der Gesuchte. In seinem Zelt hatte sie die Mappe mit den Gütesiegeln und die Kutte mit dem 666-Patch gefunden.

Bastian reichte ihr eine dampfende Tasse. »Setz dich und trink.« Er hellte den strengen Ton mit einem Lächeln auf.

Nachdem er auch Sprudel mit heißem Tee versorgt hatte, verließ er mit Bert den Raum.

Fanni und Sprudel lehnten sich aneinander, nahmen kleine Schlucke aus ihren Tassen und fühlten ihre Lebensgeister zurückkehren.

»Es war nicht Luigi«, sagte Fanni irgendwann.

Sprudel sah sie überrascht an. Offenbar hatte er seinen Angreifer nicht zu sehen bekommen.

»Ich weiß nicht, wie das möglich ist, aber es war Xarre«, sagte Fanni.

15

»Sie haben ihn«, sagte Bastian. »Er sitzt unter strenger Bewachung im Headquarter, hat Kabelbinder an Händen und Füßen und wirkt auf einmal ein bisschen … ramponiert. Die Polizei ist auf dem Weg.«

Hinter Bastian drängte sich eine Gruppe Biker in den Aufenthaltsraum der Orgahütte. Karl und Bert, Bambi und Johann – und Luigi.

Fanni schnappte nach Luft.

Bastian schob ihn vor den Tisch, an dem Fanni und Sprudel saßen. »Er soll es euch selbst berichten.«

»Wenn Luigi die ganze Geschichte auf Deutsch erzählen muss, sitzen wir morgen früh noch da.« Johann hatte sich auf einen Stuhl geworfen, und auch die andern ließen sich nieder.

Nur Luigi blieb stehen. »Xarre ist Verbrecher. Un criminale.«

»Das wissen wir inzwischen.« Johann kickte ihm mit dem Fuß einen Stuhl zu. »Er hat Luigi erpresst.«

Offenbar drückten Fannis und Sprudels Mienen blankes Unverständnis aus, denn Johann stützte die Arme auf den Tisch und begann zu erklären: »Xarre dealt mit Drogen, handelt mit gefälschten Markenprodukten vom Gucci-T-Shirt bis zum Vintage-Motorradhelm, mit allem halt, was seine Lieferanten ranschaffen. Seit einiger Zeit vertreibt er zudem gefälschte Gütesiegel für Bioprodukte. Aber was auch immer er seinen Kunden vertickt, Xarre tritt nie selbst in Erscheinung. Er rekrutiert dafür Leute, die er irgendwie in der Hand hat. So wie Luigi.«

Luigi senkte den Kopf und heftete den Blick auf seine Stiefelspitzen.

Johann schlug ihm auf die Schulter. »Jetzt ist ja Schluss damit.«

»Xarre hatte herausgefunden, dass Luigi einer Rockerbande

angehört«, riet Fanni. »Damit hat er ihn unter Druck setzen können.«

»Das hätte nicht ganz gereicht«, sagte Johann.

Luigi hat eine Leiche im Keller!

Fanni zuckte zusammen, als sich die Gedankenstimme in ihrem Kopf plötzlich meldete.

Ich hatte gehofft, du wärst erfroren, teilte sie ihr mit.

»Luigi wird in der Sache bei der Polizei eine Aussage machen«, sagte Bastian und warf einen Blick in die Runde, der dafür sorgte, dass keiner eine Frage dazu stellte.

Was auch nicht mehr nötig ist, dachte Fanni. Man hört genug über Rockerbanden, um zu ahnen, wie gewaltbereit sie sind.

Sie ließ den Blick eine Weile auf Luigi ruhen und kam zu dem Urteil, dass er eigentlich recht zahm wirkte. Und wer wusste schon, welch heikle Situation zu seiner Straftat geführt haben mochte.

»Vor einiger Zeit ist Xarre also in das Geschäft mit den gefälschten Gütesiegeln für Ökoprodukte eingestiegen«, fuhr Johann fort, »und hat Luigi auf mich und die Brogler-Brüder angesetzt. Wir ...«, er schluckte trocken, »kannten uns aus längst vergangenen gemeinsamen Zeiten bei einem Motorradclub.«

Fanni konnte sich denken, um welche Art Motorradclub es sich dabei gehandelt hatte. Luigi schien den Rockern ja nach wie vor anzugehören.

»Luigi hat uns Musterexemplare in Aussicht gestellt, die beweisen sollten, wie hervorragend die Fälschungen sind. Tristan und ich haben tatsächlich überlegt, ob wir uns darauf einlassen sollten. Unser Gewinn hätte sich vervielfacht. Aber Arno war strikt dagegen und hat uns offenbar nicht über den Weg getraut. Er muss damit gerechnet haben, dass wir uns hier mit Luigi treffen würden ...« Johanns Stimme versandete.

Arno war also heimlich hergekommen, hatte Luigis Gixxer gesehen, hatte seine Kutte entdeckt, womöglich sogar seinen Eintrag in die Newsletter-Liste, und hatte zu Recht angenommen, dass Luigi hier war, um das Geschäft mit Tristan und Johann abzuschließen.

Aber was hatte er dann getan?

»Nein«, antwortete Luigi auf ihre Frage. »Arno nicht mich ansprechen.«

Demnach muss Arno gewusst oder zumindest vermutet haben, dass Luigi nur ein Handlanger ist, überlegte Fanni. Aber woher?

Ihr Blick glitt über die Biker im Raum und blieb an Bambi hängen. »Als du im Imbiss mit Arno geredet hast, hast du ihm da günstigen Tabak angeboten?«

Bambi nickte verlegen. »Er wollte aber nichts.«

»Aber er hat sich danach erkundigt, wie du an das Zeug kommst«, mutmaßte Fanni.

»Hat keine Ruhe gegeben, bis er wusste, dass Xarre die Quelle ist.«

»So ist er also auf ihn gekommen.« Johann klang beeindruckt.

Auch Fanni war voller Bewunderung für diesen jungen Mann, der innerhalb kürzester Zeit herausgefunden hatte, was Xarre – über Jahre wahrscheinlich – hatte geheim halten können.

Hatte er ihn zur Rede gestellt?

Zweifellos, denn wie sonst hätte Xarre wissen können, dass Arno ihm auf die Schliche gekommen war und ihn auffliegen lassen wollte?

»Hat er den Mord an Arno zugegeben?«, fragte sie.

Die Biker nickten mit zu Boden gerichteten Blicken.

Fanni hätte beinahe gegrinst. Deshalb wirkte Xarre jetzt ramponiert. Sie hatten nachgeholfen.

Fanni gönnte ihm jeden Faustschlag, den er hatte einstecken müssen.

»Aber wie er in Arnos Zelt gekommen ist und den Mord verübt haben kann, ohne dass Arno Zeit hatte, sich zu wehren, und ohne dass Max etwas bemerkt hat, wissen wir immer noch nicht«, sagte Bastian.

»Habt ihr ihn nicht danach gefragt?« Sprudel hörte sich ein wenig verwaschen an.

Bastian räusperte sich. »Xarre muss sich den Kiefer verrenkt haben, deshalb konnte er es uns nicht mehr erklären.«

Fanni sah Bambi verstohlen grinsen und sich mit der Faust in ihre Handfläche boxen. Sie konnte sich denken, dass ihm Bambi einiges heimzuzahlen hatte. Offenbar hatte er sie ebenso benutzt wie Luigi, hatte sie gezwungen, Tabak für ihn zu schmuggeln.

Unvermittelt fiel ihr ein, dass Bambi am Mittag den Eindruck gemacht hatte, als stünde sie unter Drogen. Hatte Xarre ihr etwas ins Glas getan, um sie gefügig zu machen? Und hatte Luigi das dann ausgenutzt, oder war er ihr beigesprungen?

Fanni verzichtete darauf zu fragen, weil sie Bambi vor den anderen nicht bloßstellen wollte.

»Aber interessieren würde es mich schon, wie er es gemacht hat«, sagte Bastian.

Fanni legte ihm die Hand auf den Arm. »Er war schon drin.«

Die Biker um sie herum sahen sie ungläubig an.

Fanni nahm einen großen Schluck Tee, um ihre Stimme zu glätten, die zusehends heiserer wurde.

»In Arnos Zelt gab es eine Nische mit einem Feldbett darin. Sie war mit Zeltplanen vom Hauptraum abgetrennt. Xarre muss Arno dort aufgelauert haben.« Sie unterdrückte ein Stöhnen, als ihr bewusst wurde, in welcher Gefahr Max geschwebt hatte. »Aber Arno kam nicht allein. Xarre musste also abwarten. Er hat sich aufs Feldbett gelegt und sich Arnos Decke übergeworfen. In der Nische konnte er hören und vielleicht sogar beobachten, was sich im Zeltraum tat. Als Bruno hinausging, Max sich auf der Matte ausstreckte und eindöste, hat er seine Chance gesehen.« Sie kniff die Augen zusammen, um sich die Szene besser vorstellen zu können. »Arno muss direkt vor dem Zugang zur Nische gesessen haben. Das heißt, Xarre musste die Nische nicht einmal verlassen, um die Tat zu begehen. Vermutlich hat er Äther oder etwas Ähnliches in den Hauptraum gesprüht – Brunos Aussage nach hing ein schwerer Alkoholgeruch in der Luft –, hat dann durch die Öffnung in der Plane Arno die Drahtschlinge um den Hals gelegt und zugezogen. Arno war vermutlich tot, bevor er begreifen konnte, was vor sich ging, und Max war durch den Äther und die Rauchschwaden aus dem Ofen so benebelt, dass er überhaupt nichts mitbekommen hat.«

Daraufhin herrschte eine Weile Schweigen, bis Bastian sagte: »Aber wie ist er entkommen?«

Fanni zuckte die Schultern. »Entweder ist er in der Nische geblieben, bis sich eine Gelegenheit ergab zu verschwinden, oder er hat sich schon bei dem Durcheinander nach Brunos Entsetzensschrei verdrücken können.«

Bruno. Würde je ans Licht kommen, ob sein fataler Sturz ein Unfall gewesen war oder ob Xarre dabei die Hand im Spiel gehabt hatte?

Warum hätte Xarre daran gelegen sein sollen, Bruno aus dem Weg zu räumen?

Denkbar ist da einiges, überlegte Fanni.

Vielleicht wollte Xarre verhindern, dass Bruno mit Max redete, weil er befürchtete, das Gespräch würde eine Erinnerung oder eine Ahnung auslösen. Vielleicht hat Xarre festgestellt, dass an seiner Kleidung ein Stofffetzen fehlt, hat begriffen, wo er abgeblieben ist, und wollte ihn holen. Aber als er spätnachts noch mal in Arnos Zelt eingedrungen ist, war der Fetzen nicht mehr da – den hatte Fanni eingesteckt. Xarre hat aber gedacht, Bruno hätte ihn.

Ja, ja, vielleicht!

Brunos Aussage, Max hätte »Arno ist tot« gesagt, kam ihr in den Sinn. Mittlerweile glaubte sie, dass es stimmte. Im Ätherrausch (offenbar hatte er die volle Ladung abbekommen) musste Max den Mord als etwas wie einen Traum mitbekommen haben, der sich dann aber schnell verflüchtigte.

Fanni lehnte den Kopf an die Wand, döste für eine Minute weg, wurde aber wieder wach, als sie Sprudels Hand in ihrem Nacken fühlte.

Sie beide waren also wieder einmal davongekommen.

Ohne Bastian und den Doc wärt ihr jetzt steifgefroren wie gefrostete Heringe!

Bastian. Fanni richtete sich schwerfällig auf und nahm ihn mühsam ins Visier. »Woher habt ihr eigentlich gewusst, dass Sprudel und ich mit Klebeband verschnürt hinter den Holzstapeln liegen?«

Bastian wirkte sichtlich verlegen. »Wir haben euch ein wenig im Auge behalten.«

»Aus Sorge um unser Wohlergehen?« Fanni konnte nicht verhindern, dass eine Spur Sarkasmus in ihrem Ton mitschwang.

Bastian bedachte sie mit einem schnellen Blick, der verriet, dass sie ihn verletzt hatte. »Es ging um die Drogengeschäfte, die in den letzten Jahren so zugenommen haben. Jetzt, wo wir wissen, dass Xarre die Sache in der Hand hatte und wie er sie gedeichselt hat, ist natürlich alles klar. Aber zuvor …« Er dachte kurz nach, bevor er fortfuhr. »Wir haben einfach nicht herausgekriegt, wie der Hase lief, und plötzlich passierte Folgendes: Zwei junge Burschen gehen mit einem Teilnehmer unseres Treffens in dessen Zelt, und wenig später ist der tot. Allem Anschein nach wurde er von einem der beiden ermordet.« Bastian legte eine Hand auf seine Brust. »Für mich gab es wenig Zweifel, dass der Mord mit der Drogengeschichte zu tun hatte.«

Seine Hand bewegte sich bezeichnend auf Fanni und Sprudel zu. »Kaum sind die beiden Burschen abgeführt, taucht ein älteres Paar auf, gibt sich als Großeltern des einen aus und beginnt, im Kessel herumzuschleichen, angeblich auf der Suche nach dem wirklichen Mörder.« Bastian wirkte wieder verlegen. »Was soll man da denken? Entweder sind die beiden komplett verrückt, oder sie haben die Finger in dieser Drogensache.«

Fanni war auf einmal hellwach, beugte sich über den Tisch und fing Bastians Blick ein. »Ihr habt uns verdächtigt? Ihr habt uns überwacht? Du hast mich bei dir übernachten lassen, damit du mich unter Kontrolle hattest …?«

Bastian straffte sich, suchte ihren Blick, und auf einmal erschien in seinen Augen wieder dieses warmherzige Lächeln, das ihr so gutgetan hatte und das auch jetzt alles glattbügelte.

Bastians Stimme vibrierte beinahe vor Sanftmut. »Mir ist schnell klar geworden, dass ihr beide keine Kriminellen seid. Aber das machte die Sache nicht einleuchtender. Und die Frage war, wie das Ganze sich entwickeln würde. Deshalb mussten wir dranbleiben.« Sein Blick wurde ernst, fast vorwurfsvoll. »Du hast es mir nicht leicht gemacht, Fanni. Und dein Vorgehen war gefährlich. Xarre hätte dich …« Er zog es vor, ihr Weiteres zu ersparen.

Bastians Beweggründe sind tatsächlich nachvollziehbar, gestand Fanni sich ein. Und sie machen seine Fürsorge nicht weniger wert. Durch sein konsequentes Handeln hatte er Sprudel und ihr das Leben gerettet.

Vielleicht solltest du mal »Danke« zu ihm sagen!

Dafür war es wohl höchste Zeit.

Doch bevor Fanni dazu ansetzen konnte, flog die Tür auf.

»Da seid ihr ja. Wir haben euch überall gesucht in diesem Hexenkessel und wollten schon das Handtuch werfen. Zwei besoffene Russen haben uns schließlich den Tipp mit der Hütte gegeben.«

Fanni rieb sich die Augen, blinzelte, rieb erneut. Hatten ihr Müdigkeit und Erschöpfung Halluzinationen beschert?

Ich fürchte, er ist echt!

»Ich habe diesen Kommissar zurechtgestutzt«, sagte Hans Rot.

Bevor Fanni sich darüber klar wurde, was er damit meinte, hatte Sprudel sich erhoben und war auf Hans zugegangen. Seine Stimme hörte sich scharf an. »Du hast mir heute Mittag zugesagt, auf Max aufzupassen!«

»Das habe ich eingehalten. Ich habe Max keine Sekunde aus den Augen gelassen.«

Hans klang so defensiv, dass in Fanni Argwohn aufwallte wie kochende Milch. Ihr Blick suchte Max, der neben seinem Großvater stand. »Was ist passiert?«

Max verdrehte die Augen. »Kommissar Bauer ist stinkwütend geworden, weil Opa so herumgebrüllt hat, und hat gesagt, dass er die Schnauze voll hat und mich in U-Haft steckt. Er hat zwei Polizisten kommen lassen. Der eine sollte mich abführen, der andere Opa rausschmeißen. Aber Opa wollte sich das nicht gefallen lassen und hat den Polizisten, der mich abführen sollte, weggestoßen. Während der mit Opa gerangelt hat, hat das Telefon geläutet. Bauer hat abgenommen und minutenlang zugehört. Dann hat er aufgelegt und gesagt, die ganze Sache hätte sich erledigt. Wir könnten gehen. Und Opa soll sich nie wieder bei ihm blicken lassen.« Max sah Fanni gespannt an. »Hast du herausgefunden, wer Arnos Mörder ist?«

Sie nickte abwesend, denn sie hatte noch eine Frage an Bastian, die ihr unvermittelt in den Sinn gekommen war. »Warum hast du, als der Gedenkgottesdienst für Arno gerade anfing, eine Gepäckbox gestohlen?«

Bastian sah sie verdattert an. Schließlich schien ihm ein Licht aufzugehen. »Mein Gott, Fanni. Ich habe die Box von meiner eigenen Maschine genommen. Da waren Kerzen drin für die Totenfeier in der Kirche. Ich habe sie an die kleine Pforte gebracht, die in die Sakristei führt.« Er wirkte gekränkt. »Du siehst wohl immer und überall nur Mauscheleien und Übeltaten.«

»Ja, so ist sie«, verkündete Hans Rot.

Danksagung

Hätte Wolfgang Schmitz, Veranstaltungsleiter des BVDM, mich nicht unter seine Fittiche genommen, wäre ich bei den Recherchen für diesen Krimi aufgeschmissen gewesen. Dafür sowie für das Durcharbeiten und Absegnen des Manuskripts danke ich ihm ganz herzlich.

Wie seit vielen Jahren geht auch diesmal wieder mein ausdrücklicher Dank an das Emons-Team, allen voraus an meine geschätzte Lektorin Stefanie Rahnfeld. Ich danke meiner Familie und last, but not least Dr. M. Auer von der Aulo Literaturagentur.

Die Bikersprüche der Gedankenstimme stammen von: www.motorwaldviertel.at

Lust auf mehr? Laden Sie sich die »LChoice«-App runter, scannen Sie den QR-Code und bestellen Sie weitere Bücher direkt in Ihrer Buchhandlung.

Andere Kriminalromane von Erfolgsautorin Jutta Mehler:

Alle Titel sind auch als eBook erhältlich.

Krimis mit Fanni Rot

Saure Milch
ISBN 978-3-89705-688-6

Honigmilch
ISBN 978-3-89705-784-5

Milchschaum
ISBN 978-3-89705-803-3

Magermilch
ISBN 978-3-89705-898-9

Milchrahmstrudel
ISBN 978-3-89705-963-4

Eselsmilch
ISBN 978-3-95451-006-1

Milchbart
ISBN 978-3-95451-285-0

Wolfsmilch
ISBN 978-3-95451-532-5

Milchlinge
ISBN 978-3-95451-804-3

Milchreis
ISBN 978-3-7408-0067-3

www.emons-verlag.de

Krimis mit Hilde, Thekla und Wally

Mord und Mandelbaiser
ISBN 978-3-95451-168-6

Mord mit Streusel
ISBN 978-3-95451-396-3

Mord mit Marzipan
ISBN 978-3-95451-664-3

Mord mit Schokoguss
ISBN 978-3-95451-998-9

Mord mit Buttercreme
ISBN 978-3-7408-0195-3

Weitere Titel

Moldaukind
ISBN 978-3-89705-452-3

Am seidenen Faden
ISBN 978-3-89705-504-9

Schadenfeuer
ISBN 978-3-89705-580-3

Der kleine Flüchtling
ISBN 978-3-95451-090-0

Zwei Frauen und ein Mord
ISBN 978-3-7408-0274-5

www.emons-verlag.de